講談社文庫

ダーク・ブルー

真保裕一

講談社

目次

《ダーク・ブルー　登場人物》

大畑夏海　日本海洋科学機関　潜航艇りゅうじんパイロット
久遠蒼汰　栄央大学工学部　研究員
奈良橋俊彦　栄央大学工学部　教授

滝山省吾　りゅうじんパイロット
下園弘臣　潜航チーム司令
江浜安久　支援母船さがみ船長
笠松文佳　さがみ司厨部の副料理長

ジョマル・アルカティリ　テロリストの一員　セッター
レオ・グスマン　テロリストのボス
ビアード　口髭のテロリスト
プランピー　小太りのテロリスト
コップ　元警官のテロリスト

ダーク・ブルー

プロローグ

我々の住む惑星――地球は、あまりにも膨大な量の海水を抱いている。陸地の面積は三割ほどにしかすぎず、残る七割を海が占める。海水の体積は十三億七千万立方キロメートルと推定され、総重量は一兆四千百億メガトンに迫る。世界最大の建造物と言われるクフ王のピラミッドを器に見たてた場合、五億五千万杯分にもなる。

海は起伏の差も大きい。陸地で最も天空に近いエベレストの標高は八千八百四十八メートルだが、マリアナ海溝（かいこう）の南にあるチャレンジャー海淵（かいえん）の最深部は一万九百二十メートルにも及ぶ。

多くの科学者が断言している。地球上の生命体の九割が海に生息する、と。

中でも深海の生物は、いまだ多くが謎のベールに包まれている。なぜなら二十一世紀になった今も人類が海の最深部へ到達するすべを持たないからだ。圧倒的な水圧という乗り越えねばならない分厚い〝壁〟が行く手をはばんでいる。人類は英知を結集して三十八万キロ離れた月へ降り立ったが、その三万分の一の距離でしかない海の最深部には、無念ながらたどり着くことができていない。

いまだ神秘に満ちた深海。そこは人類に残された最後の秘境と言える。

だが、水深六千五百メートルまでなら、人は潜っていくことができる。有人潜水調査船りゅうじん6500があるからだ。

深海底では今も地殻変動がくり返され、熱水が噴き出しては新たな鉱物資源が生成され、未知なる生物が淡々と生死を重ねて何十億年もの果てしない時を刻み続けている。

その知られざる世界を探るため、りゅうじんは今日も母なる海の底へ下りていく。

1

目の前に設置された十インチのモニターに、水中投光器が照らす深海の景色が映し出された。海中では、光の中で波長の短い青色系のみが水の分子に当たって拡散されるため、ダーク・ブルーの世界が広がる。

投光器がなければ、深海は闇の世界だ。海面から二百メートルも潜れば、太陽光は届かない。が、さらに深く沈んでいくと、闇の中に色とりどりの光が舞い始める。自らの身を発光させる生命体が行き交うようになるからだ。

クラゲ、エビ、深海魚、プランクトン……。彼らは闇の世界に生きるから、光を求めて動く性質を持つ。厳しい生存競争を勝ちぬくべく、光に近づく生物を捕食するため自らの体を発光させるように進化したのだ。

りゅうじん6500で深海へ潜るたびに、大畑夏海は海の偉大さを痛感させられる。

白、青、緑、オレンジ……。かすかな命の灯火が、暗闇の深海を淡く彩る。目をこらせば、プランクトンの死骸が白い雪のように絶え間なく水底へ舞い落ちていくのが見える。

地球のあらゆる生物は、海という揺り籠に育まれ、雄々しく成長してきた。そして今なお多くの生物が永遠なる生の鎖を連ねて母なる海の羊水を豊かにしている。

夏海は暗いコックピット内でモニター画面に集中した。りゅうじんの窓は、直径十二センチと小さい。透明度の高いメタクリル樹脂製で厚さ十四センチもあるが、水深六千五百メートルの海中では水圧で最大九ミリも縮む。視認できる範囲も狭い。

投光器が照らす視界の奥行きは、せいぜい十メートルほどだろう。四角く切り取られたダーク・ブルーの海中に、白いマリンスノーがじわじわと落ちていく。つまり、りゅうじんもプランクトンの死骸と似たスピードで、深海へ沈んでいるのだった。

コンソール右下の水深計に目を走らせて、マイクに告げた。

「……こちら、りゅうじん。深度三千四百。バラスト、離脱します」

「司令室、了解」

ヘッドセットから柴埜満潜航長の声が響く。潜航回数四百回を超え、潜っていない海溝はないと豪語するベテランだ。指導官としては心強いが、愛ゆえの厳しい鞭の使い手とも知られ、何人もの男が彼の執拗かつ辛辣なアドバイスに文字どおり泣かされてきた。

「おい、大畑。今日は落ち着いてるみたいだな。今度は成功させろよ。また失敗したら、百たたきの刑だぞ。わかってるだろうな」

鞭でたたかれるのではなかった。柴埜の好物はアジのなめろうなのだ。支援母船さがみの司厨部員は清掃係も兼ねているので、洋上では仕事が多く、潜航長の好みに毎度応えている暇はなかった。

「おかげさまで、手料理のレパートリーが増えました」

夏海は減らず口を返し、コンソールのノズルを慎重に回した。

りゅうじんは厚さ七十三ミリのチタン合金で作られた真球の耐圧殻を持つ。その周囲を、エポキシ樹脂によってガラス球素材を強力に固めた浮力材で取り巻いてある。基本的には、浮くように設計されている。そのため、分厚い鉄板のバラスト（重り）千二百キログラムを抱えて潜る。毎分四十五メートルのスピードで自然沈降していく。

目標深度に近づくと、潜水用のバラストを切り離して、海中に捨てる。その重量は六百キロ。

同時に、耐圧殻の後ろにあるバラストタンク内に海水を入れ、浮かず沈まずの絶妙なバランスを取る。ゆえに乗組員の体重と、中へ持ちこむ機材の重量を厳密に測ってから潜るのだ。

水深計を睨みつつ、取りこむ海水の量を手早く微調整していく。この絶妙なボリューム操作が、最初の腕の見せ所だ。

「おい、もう三十秒がすぎたぞ。まだ沈んでるじゃないか。そんなに海底で尻餅つきたいのか」

「少し黙っててください、気が散ります」

わざと焦らせようとするのだから、意地が悪い。その手に乗ってなるものか。もう失敗はしたくなかった。

「何度も言ったろうが。海底地形図はあくまで目安にすぎないものだぞ。もし成長過程のチムニーが真下に突き出してたら、腹を串刺しにされると思え」

海底の熱水鉱床には、煙突のような柱状に突き出した部分がある。熱水の噴出口で金属成分が冷やされて固まり、上へと伸びていくからだ。過去には、五十メートルを超える高さに成長した巨大なチムニーがあったという。

が、柴埜が言ったように串刺しになることは絶対にない。りゅうじんの総重量は二十七トンを超えるので、重みに耐えかねてチムニーはまずポキリと折れる。多少はカウル（外皮）が傷つくだろうが、船体に損傷は出ない。夏海を挑発しようと、けしかけているのだ。

さあ、落ち着け。もう何度も練習してきたではないか。自分に言い聞かせて、中性トリムの状態になるよう、ボリュームを調整する。

モニターの中で、やっとマリンスノーがゆっくりと沈みだした。どうにか、海中で浮きも沈みもしない体勢を保つことができた。

「水深計、確認。中性トリムの保持、完了。これより目標深度まで潜航します」

ひそかに安堵の息をつきながら、夏海はマイクに告げた。ひざの上に置いたコントロールボックスをつかむ。

中央のジョイスティックを下へ降ろした。計六台のスラスター（姿勢制御装置）を同時に操り、りゅうじんを自在に動かすことができる。

ひと昔前のコントロールボックスは、水平と垂直のスラスターを操る二本のバーが横に並んでいた。『鉄人28号』を操るリモコンにそっくりだったため、パイロットを〝正太郎君〟と呼んでいたと聞く。

「残り、五十」

ジョイスティックを戻して、垂直スラスターの回転を止めた。

それでも、りゅうじんは惰性でゆっくりと沈んでいく。同時にカメラを切り替えて、海底の様子を映し出す。

「あと十メートルで停止。おい——少し速いぞ！」

柴埜の叱咤がヘッドセットを通して耳に刺さる。夏海は急いでジョイスティックを上に向けた。

力加減が強すぎたらしい。モニターが突然、真っ暗になった。垂直スラスターの起こす水流によって、海底の堆積物が一気に舞い上がったのだ。

「何してるんだ！　さっさと視界を取り戻せ。危険だぞ」

「はい、前進します」

慎重にジョイスティックを前へ傾けた。モニターを再び正面カメラの映像に切り替える。

ライトを浴びた堆積物の渦が、龍の巻き起こす大波のようにうねる。りゅうじんの航行スピードは時速五キロ。せいぜい早足程度の速度しか出ない。

泥の分厚い雲が少しずつ晴れてきた。

夏海は息を呑んだ。あってはならないものが待ち受けていた。海底から、にょきりと巨人の腕のように太く伸びたチムニーだった。

ぶつかる！

戻るか、左右どちらかによけるべきか。経験の浅さが命取りになりかねない。一瞬、迷った。

りゅうじんは素早い方向転換ができなかった。余裕を持って操らないと、船体が惰性で進行方向へ流れてしまう。急ごうとするあまりに、スラスターの回転数を一気に上げていた。強い水流が辺りの海水をかき回して、さらに堆積物が巻き上がる。見事なまでに、また視界がさえぎられた。

幸いにも衝撃はこなかった。が、緊急警報音がうるさいほどに鳴りだした。

耐圧殻の内径はたったの二メートルで、身の回りは機器に囲まれ、乗員に与えられたスペースは軽自動車の中より狭い。自分の息づかいまで反響して聞こえるほどで、警報音が雷鳴のようにも感じられる。

「何をやってるんだ。被害状況を確認しろ！」

夏海は頭上に埋めこまれた警報パネルを見上げた。ランプの点る箇所をチェックする。

「左舷、垂直スラスター、損傷」

悔しいが認めるしかなかった。警報音とともに赤ランプが点滅している。

「おいおい、おまえまでマリンスノーになりたいのか。ほら、次の一手を考えろ。オブザーバーが乗ってたら、パニックを起こして大混乱におちいるぞ」

「はい――今、酸素濃度を確認中です」

緊急時のマニュアルは何百遍と読み返していた。空調に異変がなければ、とりあえずは深海に漂っていることができる。りゅうじんは、五日分もの予備の酸素を積んでいる。

「空調確認。異常なし」

ひとまず胸を撫で下ろした。が、次はどうしたらいいか。

左の垂直スラスターが動かなくなって最も危険なのは、海流に押されてまたチムニーなどの障害物に衝突することだ。

夏海は一度大きく息を吸った。ジョイスティックを操って、ゆっくりとりゅうじんを旋回させてやる。

まだ堆積物の煙幕が取り巻いていたが、ライトを跳ね返す白い渦の隙間に目をこらしつつ、周囲の地形を確認した。障害物探知ソナーに怪しい影は映っていない。タブレットに表示させた地形図と照らし合わせる。

「全方位、障害物なし。安全確保できました」

だが、スラスターが動かないとなれば、海底での調査は続行できない。上の判断を待つことになるが、緊急浮上するしか手はないだろう。

「今回はあきらめるしかないな。撤収だ」

予想どおりの回答だった。夏海は心して言った。

「りゅうじん、了解。浮上用バラスト、切り離します」

プラスチック製の上蓋を外してから、投棄スイッチを押した。が、なぜか横のランプが点ってくれない。

二度、三度と押したが、同じ。

そうか、と思い当たった。垂直スラスターが破損したことで、その付近の油圧パイプに異変が生じたのだ。電源ケーブルを通す管には作動油が充塡され、深海の猛烈な水圧に耐えうる構造となっている。

「浮上用バラスト、投棄できません」

こちらの声は届いているはずなのに、柴埜は何も言ってこなかった。頭を抱えているのかもしれない。

「こちら、りゅうじん。次の手段として、バラスト保持装置を解除します。許可を願います」

「仕方ない。了解した」

やっと返事をしてくれた。浮上用バラストを切り離せなくなった時に備えて、保持装置の油圧を遮断する方法があった。船底部に取りつけたバラストを、抱える金具ごと切り離すのだ。

だが、これまた動いてくれなかった。何度離脱ボタンを押しても、ランプが点ってくれない。

船底部に凹みができるかして、保持装置そのものが引っかかり、切り離すことができなくなったと思われる。

「保持装置も離脱不能です。このまま待機します」

次の指示を待つしかなかった。その間も、投棄スイッチを何度か押してみた。が、どうせ動かないとはわかっている。

地上の三百倍にもなる水圧に囲まれたまま、身動きができなくなった。残るは、最後の手段しかない。

緊急離脱ボルトを使うのだ。

ガスカートリッジのついた大きなボルトが、船体の要所に埋めこまれている。電流を通して点火すると、ガスが一気に発生する。その圧力で、船外に装着されている装備をすべて切り離すのだ。

特に重いのが、マニピュレーターとサンプルバスケットだ。油圧で自在に動く遠隔操作アームは、左右ひと組で二百キロを超える重量がある。すべての装備を投棄すれば、りゅうじんは自然浮上していく仕組みになっている。最後の安全装置なのだ。マニュアルどおりに対処できたと思うが、自信はなかった。

「……なあ、大畑よ。左右のマニピュレーターそろいでいくらすると思ってるんだ。おまえが一生ただ働きしたって、とても弁済できない額だぞ」

「わかってます。うちの給料が安すぎるからです」

「そのとおりだよ。けど、文句があるなら、理事長に言ってくれ。テスト終了だ。おら、さっさと出てこい！」

ぷつりとマイクを切る音に続いて、上部のコニカルハッチが開き、コックピット内に訓練棟の蛍光灯が白い光を降りそそいできた。

りゅうじん6500のコックピットをそっくりコピーしたシミュレーターを出ると、柴埜潜航長をはじめとする運航管理部の幹部が苦い顔で待っていた。

この四月に驚くほどの低予算で作られたプログラムでありながら、モニターに映し出されたCGはそこそこリアルだった。過去のあらゆる潜航データが活用されているという。

「いいか、よく聞けよ。大畑。百点満点で、見事に四十八点だったぞ」

幹部席で柴埜が意地悪く採点シートをひらひらと振ってみせながら冷ややかに言った。

「お言葉ですが、潜航長。二十メートルを超えるチムニーを地形図に載せておかないなんて、意地が悪すぎるプログラムだと思いませんか」

「文句を言いたくなるのはわかるが、滝山はあっさりクリアして、八十三点という最高点をたたき出したぞ。おれでも七十七点だったのにな」

柴埜の横に座る滝山省吾が、静かに微笑んでいた。研究員を志して入所しながら、ダイビングの研修を体験して以来、潜航する魅力に取りつかれてしまい、道を誤った口だった。

彼はすでに十年のキャリアを持つ。コパイロット（副操縦士）に昇進したばかりの夏海とでは、世界ランカーと新人選手ほどの実力差があった。

滝山が頰に浮かべた微苦笑を消して、夏海を見つめた。

「二〇一〇年十一月三日、ケルマデック諸島近海の熱水鉱床探査報告書を読んでおくといい。海底地形図に出ていなかったチムニーを、柴埜潜航長が接触寸前に回避したとの記載がある。そのケースを参考にしたプログラムだそうだ」

過去の報告書は、潜航士にとって貴重な模擬訓練になる。いくら整備に時間をつくそうと、深海の水圧は予想もしないトラブルを呼ぶことがある。備えがあれば、憂いも嘆きもリスクも最小限に抑えられる。

後輩へそそぐ滝山の視線が、胸に痛い。夏海はそれとなく目をそらし、うつむいた。

「おい、正直に答えろよ。あとで問題になったら困る。――妊娠はしてないだろうな」

柴埜が急に生真面目な顔を作って言った。いつもの質問なので、誰もセクハラとは思わないが、気を遣わせてしまうことが申し訳なかった。

「――はい。今朝、検査薬の結果を提出しておきました」

「体重は？」

「何とか四十八キロを保っています」

「よし、上等だ。少しはやる気があるみたいだな」

柴埜が身をひねって、後ろに座る下園(しもぞの)司令に目で合図を送った。

いつも悩ましげに眉(まゆ)を寄せる癖(くせ)が、下園弘臣(ひろおみ)にはある。今はことさら眉間(みけん)が狭くなっていた。迷っている証拠だ。

「いいかな、大畑君。今回は、通常の調査潜航とは大きく意味合いが違っている。我々ジャオテックの未来に多大な影響を及ぼしかねない重大なミッションになる」

充分に承知していた。

日本海洋科学機関――JAOTEC（Japan Agency for Ocean Technology）――は、文部科学省所管の国立研究開発法人だ。大陸棚、深海、海溝などの海洋調査を通じて、資源開発や生物の基礎研究を重ね、国の貴重な知財とする。近年は、スーパーコンピュータを用いて気象や地殻変動に関するシミュレーション研究にも力を入れている。日本は海に囲まれた島国なので、海洋研究の分野で世界をリードしていくべき責務がある。

「大畑夏海潜航士」

下園司令があらたまるように名前を呼んだ。

姿勢を正して、言葉を待った。

「――七月八日発の第八回調査潜航の派遣潜航士に指名する。用意を進めなさい」

夏海は踵を合わせて胸を張った。

「はい。了解いたしました。心して任務に当たります」

2

ジャオテック本部は横須賀市秋島町にある。最寄り駅からタクシーで正門に到着すると、庁舎前に広がる岸壁に支援母船さがみが停泊していた。十日後に迫った出航の準備が始まったのだ。

「見たまえよ、なあ、久遠君や。実に堂々たる雄姿じゃないか。この船を見るたびに、バブルの時代が羨ましく思えてくるよ。ろくすっぽ利益も出してない研究機関にまで、政府が青天井で大盤振る舞いしてくれてたんだからな」

久遠蒼汰が守衛に名前と訪問先を伝えていると、奈良橋俊彦が一人で岸壁へと勝手に歩み、誰にはばかる様子もなく大声で呼びかけてきた。

「教授、身もふたもない言い方したら、そこらの窓から狙撃されますよ」

「おれは冗談が嫌いなんだ。君こそ口を慎みなさい。我々は、雀の涙より頼りない予算で、このジャオテックに甚大な貢献をしてきたんだぞ。銃弾どころか、感謝のキスを雨あられと浴びせられて当然だろうが」

本当に声が大きい。謙虚や遠慮という言葉は、少なくとも教授の持つ辞書では真っ黒に塗りつぶされている。

気持ちはわからなくもなかった。栄央(えいおう)大学奈良橋研究室は、今やジャオテックの最も頼りとするパートナーと言っていいはずなのだ。会議の余談で話題に出た潜水シミュレーターの基本プログラムを、奈良橋は三ヵ月という短期間で完成させた。蒼汰も少しは手伝ったが、ほぼ教授が一人で仕上げたのだ。

正式に依頼された新型マニピュレーター――ロボットアーム――も試作品は組み上がり、地上での動作テストは難なくクリアしていた。あとは過酷な深海での検証を残すのみだった。

「ほーら、よく見ろ、久遠君よ。建造から三十年も経った過去の遺物なのに、そこそこ使えそうに見えるだろ。この船を、文科省のしみったれた官僚どもが、すっぱり切り捨てる英断なんか絶対できるものか。だから当分、このさがみとりゅうじんを使うだけ使って、無人潜水船の計画はお題目だけで先送りしつつ、予算の削減を図ろうとするに決まってるさ。我々が生きてるうちに計画がスタートできるのを、心から祈ろうじゃないか」

「いよいよ深海での検証実験にかかろうって時なんですよ。お願いですから、せっかくやる気を見せてくれてる海洋センターの人たちに、意地の悪い文句は絶対言わないでください。本気で首、しめますからね」

蒼汰も横に並んで毒づきながら、さがみの白い巨体を見上げた。

全長百五メートル、総トン数四千五百。航行速度は十六ノット。りゅうじん6500の専用母船として設計され、巨額の予算が投じられた。国家財政が潤沢だったバブル時代に造られたので、三十年が経った今も世界水準の設備を誇る。が、経費削減が叫ばれる今は、アウトソーシングの一環で民間企業に運航管理を委託する。

りゅうじんの潜航チームにも、ジャオテックと民間のスタッフが混在する。調査船は長期の航海が多くなるため、チームの結束が必須であるのに、給与体系が違うのでは、不仲の種にならないかと心配したくなる。

大学でも、研究員と雇われ助手では、地位や給与で目を覆いたくなる差があった。契約更新時には、必ず丁々発止の論戦が大学側と演じられるのだ。研究実績であいつに負けているものか。

待遇面での刺激が、互いの知識と能力を磨いていく。奈良橋はいつも笑って、そう助手たちの不満を煙に巻く。本音が一割。九割は詭弁だ。

助手に回す金があるなら研究費を確保すべし。そう教授会で演説をぶったとの、確かな情報が入っていた。講師と助手の待遇が好転しない諸悪の根源は、奈良橋にあるのだ。

「おい、例のコパイロットの女と和解はしたんだろうな。海の上で派手な痴話喧嘩をされたんじゃ、周りがいい迷惑だ」

「教授こそ、四十すぎたのに、どうして結婚しないんですか」

「おれは世の真実を追い求める学究の徒だぞ。理屈が通らないことは、何より大嫌いなんだ。わかるだろ」

単なる言い訳に決まっていたが、一理くらいはありそうだった。男女の間に、論理に貫かれた方程式など存在しない。

そもそも協力を請われたから、ロボット技術の共同研究を進めるとの協定書にサインをしたのだ。ところが、所内での根回しが充分ではなかったらしく、顔合わせでジャオテックを訪れると、潜航チームの面々から醜い深海魚を見るに等しい目を向けられた。

彼女たち潜航チームは、新型マニピュレーターのみの開発だと聞かされていたのだ。ところが、近い将来の無人ロボット潜水船の開発までが、協定書には記されていた。

新たなロボットアーム技術が確立されれば、無人船はより実現に近づく。彼女たちパイロットが魅惑の深海へ挑むチャンスはなくなり、単なるリモコン操縦士へ身分を墜とす。

潜航士の冷ややかな態度を見るや、奈良橋は寸暇を惜しんでシミュレーターのプログラムを書き上げた。たとえ無人ロボット潜水船が完成しても、パイロットの操船技術は必要なのだ。潜航チームにそう伝える意味がこめられていた。

最新のバーチャル・リアリティー技術を取り入れて、洋上からの遠隔操作が可能な無人潜水船を完成させたい、と奈良橋は意気ごんでいる。そのためには、まず何より潤沢な研究費が必須だ。たとえ国家をたぶらかしてでも、開発資金を引き出すしかない。

『――海は資源の宝庫なのですぞ。その開発で、海洋国家たる日本が世界をリードしていかなくて、どうすると言うのでしょう。宇宙開発などという手の届かない夢物語に大枚はたくくらいなら、今すぐ海へ投資すべきなのです、皆さん！』

奈良橋は国会へも足を運び、政治家の前で力説した。自らスポンサー探しにも走り回った。

『いいか、久遠君。しょせんジャオテックは親方日の丸、国が所管する役所のひとつにすぎない。だが、政府の後ろ盾があると、民間企業のトップ連中を信じこませる手立てには利用できる。何としてでも金を引き出すんだ。自由に使えるＡＴＭが目の前にあると思って交渉に当たれ！』

大学も近年は国からの補助金が減らされていた。口を開けてただ待っていようと、研究費は落ちてこなかった。海洋開発を進めるべきとの理念も間違ってはいない。

「さあ。やつらを丸めこむためにも、今回の深海実験で完璧な結果を出すからな。まあ、おれの設計に狂いがあるはずもないんだから、まさしく大船に乗ったつもりでいたまえよ。わはははは」

十日後にスタートする次の航海に、蒼汰も正式に参加が認められた。新たに発見された熱水鉱床を詳しく調査し、海底に眠る資源のサンプルを採取する。独自開発したロボットアームの真価が問われる。

現在りゅうじんに搭載されているマニピュレーターは、昭和に開発された時代遅れの、つかむことしかできない旧型だった。栄央大学では、深海の水圧に耐えうる本物の〝腕と指〟を完成させた。つかむだけでなく、掘る、すくう、石をより分けて拾うことまでができる。外部からの操作はもちろん、データを読みこませることで自律作動も可能になる優れものなのだ、設計上は。

『水深六千五百メートルの水圧は、六百五十気圧にもなるのよ。たった一平方センチの上に六百五十キロ――子象一頭の重みがかかってくるわけ。人間の指を真似(まね)て作ろうなんて、論外でしょうが。すぐ動かなくなるに決まってる。机上の計算どおりにいくものですか』

計画の詳しい中身を小耳に挟むなり、夏海は鼻で笑ってきた。だが、ジャオテックの研究棟で行われた水圧テストは、見事にクリアできた。潜航チームの面々は言葉を失い、互いの顔を見回したものだ。

夏海は対抗意識をみなぎらせて言った。

『あのね、海には海流ってものがあるの。ただゆっくりと機械的に水圧を上げていくのとは、わけが違う。現状のマニピュレーターは、水深一万メートルの過酷な状況下でも動くよう、頑丈極まりなく設計されてるから、あんなふうに不格好なわけ』
データを無視した言い方が気に障り、売り言葉に買い言葉で罵り合いにエスカレートした。知恵と技術を結集すれば、海洋開発に新たな道が開ける。そう熱く語り合った日々は、あっけなく吹き飛んだ。立ち位置の違いから生じる不満が激突して火花を散らし、互いの気持ちが信用できなくなった。それでも共同研究は続く。

彼女は次の航海に選ばれたろうか……。その報告すら受けていないのだった。

エントランスを入った先の受付で、通行証を受け取った。りゅうじんを運航する海洋センター棟へ歩くと、ポケットの中でスマートフォンが震えた。研究室の助手からだった。

「――はい。今到着したところだよ」

「実は、こちらにも警察のかたが到着しまして……」

思い当たる節がまったくなく、前を歩く奈良橋の鳥の巣めいた天然パーマの頭を見つめた。また駐車違反の罰金を払わず、そらっとぼけているのだろうか。

「おいおい、よしてくれよ。もう身代わり出頭はごめんだからな」

「それが、久遠先生に話を聞きたいと言われて……。今、横にいるので代わります」

胸に手を当てたが、神に誓って身に覚えはなかった。教授に似てしまい、口はいくらか悪くなったが、理論武装が得意で面白味のない超クソまじめ男――そう夏海からも太鼓判を押された身だ。

「――突然、失礼します。警視庁池上署捜査一係の佐藤といいます」

感情をあえて排した無機質な声が思考に割りこんできた。

「あ、はい……わたしが久遠蒼汰ですが」

「名和大学海洋研究所のアキル・シナワットさんと、二日前の夜に会いましたよね」

否定はさせないと言いたげな、高圧的な物言いだった。

「ええ、はい、会いました。彼の研究データを受け取るために。それが何か――」

蒼汰の言葉をさえぎるように、捜査係の警察官が声音を強めて言った。

「アキル・シナワットさんは、その夜から連絡が取れなくなり、今朝五時半、多摩川大橋緑地の河川敷で発見されました」

「彼に何が……」

「それをあなたにうかがいたいのです。その場を離れずにいてください。うちの署の者がそちらに急行します。よろしいですね」


海洋センターとの打ち合わせを、蒼汰は上の空ですごした。ネット検索も試みたが、ニュースサイトに記事は出ておらず、名和大の海洋研究所に電話を入れても詳しい経緯はわからないと言われた。研究員はアキルの容体すら聞かされていなかったのだ。

検証実験の細部をつめる会議だったが、メモを取るのもままならず、果敢に質問攻めする奈良橋の横で、できそこないの置物のように蒼汰はただ座っていた。

あの夜、蒲田の居酒屋で、アキル・シナワットは目を輝かせて、りゅうじんのコックピットから見た深海の素晴らしさを熱く説いてみせた。日本の科学技術は世界の最先端を行く。ぜひロボットアームを成功させてほしい。勇んで未来の夢を語る彼は、友人から紹介されたにすぎない初対面の研究者にも、貴重な観測データを惜しみなく提供してくれた。彼に何があったというのか……。


池上署の刑事は、五十分ほどでジャオテック本部に駆けつけた。

会議はいったん休憩に入った。アキル・シナワットは二ヵ月前の航海にも参加しており、海洋センターの職員も彼の容体を案じていた。

施設内の会議室を使わせてもらい、蒼汰は刑事たちの質問を受けた。どこでアキル・シナワット研究員と会ったのか。誰から紹介されたか。何を話し、別れたのは何時か。矢継ぎ早に問いただされた。

彼ら名和大の海洋研究所は、深海低温熱水域の調査をジャオテックに申請し、半年にわたる打ち合わせを経て、二度の潜水調査が認められた。その際に使った計測器の取り扱い注意事項や、観測データの特徴を解析することで、奈良橋研究室が行う検証実験にも役立てることができる。そう考えて、知人経由で名和大に協力を求め、紹介された研究員がアキル・シナワットだったのだ。

「研究データはどういう形で受け取ったのでしょうか」

「ブルーレイディスクです」

「そのディスクをお借りできますか」

「彼の個人的な研究成果もふくまれていますので、彼の許可を得ていただければ……」

研究者の端くれとして当然のことを言ったつもりだった。が、刑事はなぜか一度目を伏せてから、視線を戻して言った。

「残念ながら、アキル・シナワットさんから許可は得られません」

「え……？」

「彼は発見された時、心肺停止の状態でした。今朝、搬送先の病院で死亡が確認されました」

刑事の言葉が耳に入ってこなかった。意味を理解するため、何度も訊き返していた。

死因は、頭部の打撲だという。

アキル・シナワットは、蒼汰と別れた二時間後に、何者かによって後頭部を鈍器で殴られ、殺害されたのだった。

3

日本の治安は素晴らしい。ジョマル・アルカティリの母国では考えられないことだ。小学生が遅くまで学習塾で学んだあと、一人で夜道を帰宅できる。ジョマルが渡ったアメリカでは街に銃があふれていた。警備員はもれなく武装し、置き引きなどのちっぽけな犯罪が、時に命がけの銃撃戦に発展するケースは珍しくもない。銃犯罪への警戒心がさらなる銃の蔓延を呼び、発砲事件の犠牲者は減る気配を見せなかった。

掛け値なしに日本は素晴らしい国だ。

人は優しい。片言でも日本語を話せれば、誰もが感心してくれる。道を尋ねれば、近くまで連れていってもらえる。ホームレスも数えるほどしかいない。ジョマルの生まれ育った村では、一家そろって路上で暮らす者が多かった。病院は遠く、餓死する者さえいた。

世界に冠たる経済力を誇りながら、日本は今、人口が減り続けている。労働力も不足ぎみだ。そのため、外国人労働者が増えている。この横須賀は工場の町として知られ、たとえジョマルが昼日中に歩き回ろうと、アジアからの出稼ぎ労働者と誰もが思ってくれる。感心するほどに日本は好都合な国だった。

ジョマルは夜の横断歩道を足早に渡った。

運動公園の先に続く自動車工場の横をぬけていくと、コンテナを置く敷地が広がっている。柵もなければ、警備員もいない。防犯カメラも設置されてはいない。

コンテナ置き場の暗がりで、ジョマルは深く息を吸った。海が近いので、腐りかけたような潮の香りが匂い立つ。

　母国の海も、今は腐敗臭が漂う。近代化と引き替えに、村は多くの大切なものを失った。自然が壊されるにつれ、悲しいかな人の心も荒廃の一途をたどっていくのが常なのだった。

　一刻も早く手を打たねばならない。民族の誇りと独立のため。この命が枯れ果てようと、必ずや成し遂げてみせる。

　ジョマルは闇の中で支度を調え、コンテナの陰から走り出た。

　右手にまた大きな工場が見えてくる。長い塀に沿った路地を走りぬける。目の前に、こんもりとした緑の小山が見える。貝山緑地と呼ばれる小高い丘だ。

　辺りを見回すまでもなく、この深夜に人影はない。公園としても整備され、出入りは自由にできる。自転車の乗り入れを防ぐ柵の間をぬけ、暗がりの遊歩道を駆け上がる。

　丘の頂上に、ささやかな展望台が作られている。その下に生い茂る枝の隙間から顔を突き出し、夜の海を望んだ。潮風が頬に吹きつける。

　星影の下、海が暗く広がっている。眼下に小さな港が見える。すぐ左手にコンクリート造りの屋舎が点々と建ち並ぶ。深夜三時をすぎたところなので、窓に明かりは点っていない。

日本海洋科学機関――ジャオテックの本部だった。

眼下の港は、ジャオテックが有する調査船の母港だ。全長百五メートル、四千五百トンの大型船が一隻、停泊する。

出港は六時間後だ。すでに準備は終わったのだろう、サイドデッキに乗組員の姿はない。上から三層目のブリッジデッキの窓に明かりが見える。

仲間が入手した情報によれば、乗組員の多くが停泊中も船室で夜をすごす。だから今も、操船スタッフ二十七名のほとんどが船内の居室で休んでいるはずだった。ジョマルは祈った。彼らが深い眠りの中にあることを。

胸で十字を切り、サマ族の守護神に計画の成功を祈った。多くの仲間が今も虐げられ、苦しみの中にある。神よ、同胞を救いたまえ。どうか我に力を……。無惨にも命を奪われた母よ、妹よ、手を貸してくれ。

夜空に瞬く星を見上げた。覚悟は決めている。このミッションのために、命を賭ける。

意を決して、植えこみの中へ分け入った。港と公園を隔てるコンクリートの塀まで慎重に下りていく。下見はすでに終えていた。あとはミスを犯さず、計画どおりに動くのみ。

ジャオテック本部の正門には警備員が配されているが、治安大国とあって、当然ながら銃は持っていない。防犯カメラは正門と通用口と研究棟の屋上にひとつずつ。この貝山緑地を経由して塀を乗り越えれば、誰にも気づかれることなく、ジャオテックの敷地内に忍びこめる。

靴音のしないボルダリング用シューズで、素早く塀を跳び越えた。

研究棟の窓にも明かりは見えない。辺りは静まり返っている。

その存在自体を近隣住民にも知られていない専用の小さな港に、わざわざ侵入してくる者がいるわけもない。そう高(たか)をくくった警備態勢を笑い、ジョマルは闇の中を走りぬけた。

4

七月十一日、午後三時。支援母船さがみは定刻どおりに沖縄(おきなわ)県那覇(なは)市の新港埠頭(しんこうふとう)から出航した。三日前に横須賀を出て、朝に那覇へ寄港し、蒼汰たちロボットアームの開発チーム六名が合流したのだった。

栄央大学からは奈良橋と蒼汰の二名。ロボットアームの部品製造から組み立てを担当した三峯(みつみね)重工業の開発部から四名のエンジニアが参加する。整備に必要な工具と部品に計器類や、個人の荷物も先に横須賀で積んでおいたので、手荷物のみの身軽な乗船だった。

「なあ、久遠君よ。こうして無事、日本を離れられて、まずはひと安心だな」

荷物を船室へ置いてデッキへ出るなり、後ろから声をかけられた。蒼汰は振り向かずに欄干(らんかん)へ歩いて潮風を存分に浴びた。

だらしなく踵を引きずる足音が近づき、横で奈良橋が立ち止まった。首だけこちらに向け、にんまりと意地悪く微笑んでくる。

「太平洋の絶海へ高飛びできるんだ。これで当分、逮捕される心配はなくなったぞ」

ジョークにしても質（たち）が悪すぎた。

殺害されたアキル・シナワットは二度もこの船に乗り、海洋調査に同行した。陽気で研究熱心だった彼を悼（いた）み、弔意を表す半旗が今もマストの上で風に揺れている。

「誰にも言わないから、そろそろ正直に打ち明けろ。そんなに彼の研究成果がほしかったのか」

「本気で、その高い鼻っ柱（はなっぱしら）を殴りつけますからね」

「この上まだ罪を重ねるつもりか、君は。彼がいつも持ち歩いてたパソコンが消えてたんだぞ。研究成果を記録したディスクと一緒にだ。誰が見たって目的は明白だろ」

今朝見たテレビのワイドショーでも、研究データが狙われたのだと元刑事のコメンテーターが好き勝手な憶測を自慢げにしゃべりまくっていた。

「そりゃあ誰だって注目するさ。何せ、殺される直前に食事をともにした人物がいて、しかもデータをまとめたディスクまで受け取ってたんだぞ。誰が見たって第一容疑者で、逮捕されなかったのが不思議なくらいだ。どうかしてるよ、近ごろの警察は本当に仕事が生ぬるい」

あまりのしつこさに、もう苦笑いも起きなかった。遠ざかる島影を眺めて自分を慰めながら、蒼汰は答えた。

「日本の警察は世界一優秀なんです。ぼくには立派なアリバイがあったんですから、とっくに圏外でしたよ」

「あほか。どこの誰が信じると思う。大学の研究室なんてのは、変人とパラノイアの集まりだぞ。そろって嘘をついたところで別に不思議はないだろが」

変人ぞろいの研究室を束ねる責任者が断言するのだから、その信憑性に疑問の余地はなかった。うちの大学は、論文さえ提出すれば、人格には目をつぶってくれると、もっぱらの評判なのだ。

「いいか、自分たちの研究を守るためなら、口裏合わせなんてのは、屁でもない。どこの大学にだって狂信的で情緒不安定な原理主義者はごまんといる。胸を張って自慢できる成果を手にできるなら、平気で警察だって騙しとおそうと考える連中ばかりだ」

蒼汰はひとまずうなずいた。輝かしき業績を挙げるためであれば、多少の犯罪くらいは許されていい。そう思いつめる研究者は過去に何人もいたからだ、残念ながら。

「でも、教授。アキル君は海洋地質学者で、ぼくと先生はロボット工学が専門ですよ。彼のデータがいくら貴重でも、ぼくには何の役にも立ちません」

「冗談はよせ。名和大の海洋研究所は、世界でもトップクラスの実績を持つ。中国やロシア辺りの研究者なら、何百万円払ってでもデータを買ってくれるさ。いつだったかな……君と一緒に美人ぞろいのロシアンパブに行ったじゃないか」

「誘ったのは、教授でしたけどね。もう勘弁してください。聴取に何日も時間を取られたうえ、銀行口座まで徹底的に調べられたんですから」

「いやいや、よく逃げ切ってくれた。どうにか出航できたんだから、万々歳だ。もう刑事たちの目は届きっこない。思いきり羽を伸ばして研究に打ちこんでくれよ。さあ、張り切って格納庫へ乗りこもう。手塩にかけたロボットアームが待ってるからな」

気安く肩を二度たたき、奈良橋は笑いながらブリッジへ戻っていった。

正直、驚いていた。連日の聴取で疲弊しきり、どうにか遅れて沖縄へ一人で駆けつけた蒼汰を、教授なりに元気づけてくれたらしい。

入道雲に囲まれた大海原へ目を転じて、深く潮風を吸った。本当に参加できてよかった。一時はどう見ても重要参考人扱いだった。

ジャオテックの運航管理部からは連日、研究室に電話があったという。早くサポートメンバーを決めてくれ、と。だが、教授はのらりくらりと返事をはぐらかし、今日まで時間稼ぎをしてくれたのだ。

『そりゃ、当然ですよ。久遠さんほどの右腕はいませんからね。あの変人をまともに扱うなんて、ぼくらじゃ到底、無理ですものね』

若手の研究員は口をそろえて言っていた。彼らもできるなら、今回の航海に参加したかったはずなのだ。うちの研究室には、教授に似て口は悪いが心根の優しい連中が集まっている。

丸二年を費やして開発したロボットアームの総仕上げとなる実験だった。場所は太平洋の西域、フィリピン海盆。スケジュールは六日間を押さえた。天候さえ崩れなければ、最低でも三回は水深五千メートルの深海へ潜航できる。

可能であれば、蒼汰もりゅうじんに乗りこんでみたいと考えていた。ロボットアームをコックピットから操る者が一名必要なのだ。

りゅうじんは自然沈降していくため、水深五千メートルまで潜るのに約二時間かかる。往復四時間。海底でサンプル採取の実験を行うのに、約一時間。りゅうじんを海面に下ろし、また浮上後の揚収作業に、合わせてさらに一時間。最低でも六時間は、窮屈なコックピットの中ですごすことになる。

多動症の嫌いのある奈良橋に耐えられるかどうか。だが、開発者の意地に懸けても、最初の実験は自分で行うと言うはずだ。動作確認のため、三峯チームも乗りたいと主張するだろう。

『ある研究者が、りゅうじんの窓から深海をのぞきながら言ってた。海はブイヨンも同じだ。小さなプランクトンや多くの生物がふんだんに盛りこまれた命の素となるブイヨンなんだ、って』

　夏海が自慢げに披露した話が胸に甦る。

　蒼汰は高校時代、平泳ぎで全国大会に出たことがある。怪我で選手生活は断念したが、趣味でスキューバダイビングは体験していた。深海の光景は、浅瀬の珊瑚礁とはまた違った神秘に満ちたものらしい。

『モニターを通して見るのとは大違い。有人潜水船の意味が、そこにあるのよね』

　月面から地球を見た宇宙飛行士が、神秘的な体験だったと語るのにも似ている気がした。特別な体験であるとわかるが、研究者はまず感傷を排してかからねばならないものだ。自分の目で深海を眺めた時、何を感じられるか。心血そそいだロボットアームは無事に動いてくれるか。蒼汰には多くの期待があった。

　警察の執拗な取り調べから解放されて、ようやく仕事に集中できる。蒼汰は気を引きしめ直して奈良橋のあとを追い、水密扉からブリッジの中へ戻った。幅八十センチの狭い通路を後部デッキへ歩いていく。

　りゅうじんを置いた格納庫は、船首から船尾まで通じるアッパーデッキの後部に位置する。二層上のブリッジデッキまで三層分の吹きぬけになり、ちょっとした体育館なみの広さがあった。

　ステンレス製の扉に手をかけ、押し開けた。真正面に、流線型のフォルムを持つりゅうじんが横たわる。FRP（強化プラスチック）製の白いカウルに覆われ、台車の上に載せられている。全長十メートル。幅二・八メートル。高さ四メートル。総重量二十七トン。

本来なら、船体の前部に金属製のサンプルバスケットとマニピュレーターを取りつけてあるが、今は整備のために外されていた。そのため、額が大きく前に突き出たコブダイにも似た姿に見える。

蒼汰もシミュレーターのコックピットには入った経験がある。噂に聞くとおり、身動き取れないほどの狭さだった。耐圧殻の内径はたった二メートルしかないため、乗員は三名に限定される。パイロットが一名。空調を管理し、マニピュレーターを操るコパイロットが一名。残る一枠しか研究者に割り当てられる余地はなかった。

肩が触れ合うほど狭い空間で、呼吸を合わせて船を動かし、マニピュレーターを操作する。深海にも時に不規則な海流が生じることがあり、船を安定させるのは難しい。熱水鉱床では、高温のガスや水が吹き出すため、ひとつのミスが命の危険につながりかねない。

閉所恐怖症ではないつもりだったが、コックピットに身を置いただけで猛烈な息苦しさを覚え、落ち着いてメモを取ることさえ難しかった。

『怖いと思うから、いけないのよ。海は生き物すべての母なんだから。その羊水の中にいると思えばいいの』

女性にしかわからない感覚なのか。そう言ったらセクハラだと睨まれそうで言葉を返せなかった。ただ感心した。

『もしたった一本でも髪の毛がコニカルハッチに挟まってたら、そこから漏水して、船全体が水圧に押しつぶされてしまう。だから潜航士はみんな綺麗好き』

軽やかに笑いながら夏海は言った。

度胸のすわった者でなければ、りゅうじんのパイロットは務まらない。七十三ミリの厚い金属の壁に守られているが、その外側は地上の六百倍という途方もない水圧のかかる世界だ。深海魚は平気な顔で泳ぎ回るが、彼らは深い海で生きるための進化を経てきている。無防備な人間がどうして深海へ挑むのか。

『ねえ、考えてもみて。海の水圧って、十メートルごとに一気圧ずつ、綺麗に正比例して増えていく。真水だと、十・三メートルごとに一気圧ずつ増える計算になる。ね、凄いでしょ』

何が凄いのかわからず、首をひねった蒼汰の鼻先に顔を近づけて、夏海は大きく目を見開いた。

『どうしてわからないの、鈍いんだから。これこそ神の計らいとしか思えないでしょ。いいこと？　海水だと、十メートルでぴったり地上と同じ一気圧なのよ。これが単なる偶然だと思えるなんて、どうかしてる。要するに、真水ってのは自然な存在じゃないってこと。この地球は、海がすべての基本になってるわけ。だから、海水の十メートルでジャスト一気圧になる。この世の基本は、すべて海なのよ。ね、凄いでしょ!』
顔合わせの飲み会で最初に会った時のことだった。海の神秘にもっと触れたい。深海に
は未知なる生物がまだ多く生息する。火山活動は地表に負けず活発で、地球の鼓動と息吹(いぶき)
を深海底でこそ体感できる。
彼女たちの心意気はわからなくもない。だが、直径二メートルの閉鎖空間で最長九時間
もの間プレッシャーにさらされて船を操る。コックピットにトイレはないのだ。男性であ
れば、携帯型の簡易トイレで用を足せるが、女性パイロットは大人用のおむつを穿(は)いて任
務に当たるのだという。
素直に頭が下がった。だから、彼女たちの負担を少しでも減らそうと、より操縦の楽な
ロボットアームの開発に全力をそそいだ。事態は皮肉な結果を呼んだ……。
りゅうじんの丸みを帯びた船体に近づいたところで、蒼汰は異変に気づいて我に返っ
た。
潜航チームはそろいの青い作業服で整備に当たる。白い船体の横に青い背中がずらりと
並び、その右端に夏海の長い髪も見える。彼女たちの向かいには、ジャンパー姿の三峯重
工業チームがまるで睨み合うかのように対峙(たいじ)していた。
慌(あわ)てて見回すと、壁際に置かれたロボットアームの前で苦笑を浮かべる奈良橋の姿があ
った。腕組みする三峯チームとは距離を置くような立ち位置だ。

「どうかしましたか、坂本チーフ」

穏やかならざる気配を察して走り寄ると、坂本静夫が眉を寄せながら目を向けた。三十四歳の若さで開発部門を束ねる優秀なエンジニアだ。

「どうにも不思議なんですよ。なぜか我々の用意しておいたバッテリーが、ひと箱丸ごと見当たらなくなってましてね」

前に並ぶ潜航チームに視線を振りつつ、坂本は言葉を続けた。

「我々はそう事実をありのままに伝えただけなのに、あんたらの管理が悪いんだろうと言われてしまいまして」

「盗難かもしれませんから、ひとまず船長に報告させてもらうほかはないでしょうね」

後ろに立つメンバーまでが、蒼汰を見ずに声をとがらせた。

まずい。気持ちはわかるが、疑念を向けるに等しい発言は、喧嘩を売るようなものに聞こえてしまう。案の定、ブルーの作業服が動き、一人が進み出てきた。スパナを手にした夏海だった。

「聞き捨てならないこと、言わないでください。整備長だって、事実を指摘したまでじゃないですか。わたしたちはオブザーバーの荷物には一歩たりとも近づいてません。それがここでの決まりですから」

蒼汰には目もくれず、あごを突き出し気味に言ってのけた。

開発チームの一人が憤然と受けて立った。

「この工具箱は横須賀でロボットアームと一緒に搬入しておいたものなんですよ。ここはご覧のとおり、りゅうじんの搬出口が大きく開いているので、先に乗りこんでた者であれば、誰でも中に入ってこられる」

「だからって、わたしたちが人の工具箱を勝手に開ける必要はありません。ここにはわたしたちの専用工具が丸々そろってるんです。鍵をかけずにおいて、中から消えたものがあるなんてあとで騒がれても、困ります」

「よせ、大畑。おれの言い方が悪かったんだ。冷静になれ」

整備長の藤島が待ったをかけた。長くパイロットを務めてきたベテランだが、視力が落ちてきたため、整備の責任者になったと聞く。

「何かふくむところがあって言ったわけじゃなかったんです。大畑も青臭い正義感から言ったんでしょう。本当に失礼しました」

上司に頭を下げさせる結果となり、夏海は身の置きどころをなくしたようで、軽く会釈してみせると台車の下へもぐりこんでしまった。その間、蒼汰を盗み見ることもしなかった。彼女の鉄の意志は変わっていない。

まだ沖縄を出港したばかりで、航海はこの先三週間も続く。フィリピン海盆での検証実験を終えたあとは、寄港先のパラオでオーストラリア工科大学の研究チームと合流し、さらに二週間の深海探査に入る。

　蒼汰は三峯のエンジニアを見回して訊いた。

「ほかの工具箱の中は確認を――」

「もちろん、しましたよ。バッテリーの数は、我々全員が横須賀で確認しています。間違いはありません」

　坂本チーフが床に置かれた赤い工具箱を示した。電動ドライバーのセットと研磨機器が収められており、リチウムバッテリーの箱も四つ入れてあったという。そのひと箱が消えていたのだった。

「予備はあるわけですから、整備に支障は出ないですよね」

「そりゃ、まあ……。スペアは持ってきてます。海の上で電動工具が故障したからといっても、港に帰ることはできない。そう船長にさんざん脅されてきましたからね」

「はいはい……ちょっとお邪魔します。ひとつだけ確認させてくださいな」

　揉め事が収まったと見たらしく、奈良橋が潜航チームのもとへ、ふらふらと歩み寄った。余計なことを口走らなければいいが、と不安に襲われて、蒼汰も慌てて近づいた。

　藤島整備長が無言で振り返った。まだ何か、と目で強く訴えてくる。

「あのですね……。横須賀を発って沖縄に来るまでも、当然りゅうじんの整備はこの格納庫で行ってきたんですよね」

「ええ、まあ……」

「その際、クレーンなどの大道具を動かすとかして、そこに置いてあった工具箱が邪魔になったりはしなかったでしょうか」

「我々が移動させた際、中身をひっくり返したんじゃないか。そう言いたいのかもしれませんが、ありえませんね。オブザーバーの持ちこむ計測器や採取道具は、そこの同じ場所に置いてもらう決まりなんです。我々の作業の邪魔になることが絶対にない場所を指定させてもらってます」

納得だ。確かに彼らが勝手に工具箱を移動させる理由はない。

では、なぜバッテリーがひと箱消えていたのか……。

「もう一点だけお聞かせください。この格納庫に防犯カメラはありますかね。見たところ、それらしきものはないようなんで――」

奈良橋が天井の四隅へ視線を移しながら質問した。

「カメラはありません。この格納庫に足を踏み入れる者は、すべて身内ですから」

「なるほど。善意にあふれた考え方と言えましょうか。今後はぜひとも警備態勢の練り直しを図っていただきたいものですね。うちの大学は、身内の学生をまったく信じていないから、やたらと校内に防犯カメラが設置されてるんです。だから久遠君もアリバイが立証できて、この航海に晴れて参加できたってわけなんで」

知らなかった。つまりは、研究室にまでカメラが設置されていたわけか。

主任研究員にも知らされていなかったとなれば、教授がごり押しで大学に認めさせた可能性は高い。学生や研究員のスパイ活動を監視する目的で、だろう。

「どうか誤解しないでいただきたい。身内を信じてないってことじゃなくて、我々もあなたがたも、一攫千金(いっかくせんきん)の国益につながる大変重要な研究に携わっていると言えましょう。その自覚をもっと強く持つべきではないか。ジャオテック本部の警備も、かなり手薄に思えましたもので」

口は悪くとも、もっともな主張に思えた。常に奈良橋は、自分の研究にあきれるほど強い自負心を持っている。警戒心も並ではない。

「もし何か気になったり、腹にすえかねたりしたことがあれば、遠慮なく言ってください、うちの優秀な助手にでも。では……」

当惑の表情を浮かべる藤島整備長に手を振ると、奈良橋はくるりと回れ右してロボットアームの前へ歩いた。

5

深く息を吸って、呼吸を整える。開発チームのメンバーはそろって、夏海たち潜航チームが嫌がらせをしたのだろうと疑ってかかる言い方をした。台車の下から潜航用のバラストを留め置くプラグの取りつけ具合をチェックしながらも、怒りが収まらない。彼らは勝手な妄想を抱いている。

潜航チームは与えられた任務を全力で果たすつもりだ。ロボットアームの実験が成功すれば、パイロットの負担は確実に少なくなる。喜ばしいことなのだ。ところが、三峯とジャオテックの上層部は、さらなる次の目標にすっかり心を奪われていた。深海でのロボット技術が確立されれば、無人潜水船の開発に直結する。

パイロットが乗りこまないと身動きできないのでは、深海での調査に限界がある。ロボット船であれば、潜航時間は飛躍的に延び、結果もついてくる。もはや有人潜水船は時代遅れだ。そう彼らも自覚しているから、今回の検証実験を歓迎していない。

『よく考えろ。無人潜水船が開発されたところで、操縦する者は絶対に必要なんだ。我々の仕事がなくなるわけじゃないだろ』

運航管理部長は夏海たちに言った。はなから既定路線だと言いたげな台詞に聞こえた。文科省から出向してきた背広組は何もわかっちゃいないのだ。

「よーし、今日はここまでにしておこう。夕食までは各自、体を休めておけ。作業会議の成り行き次第で、明日から検証実験をスタートできるかもしれない。そう気構えだけはしておけよ」

整備長がストップをかけなければ、誰もが夜まで汗を流していたろう。入念に手をかけてやれば、確実にりゅうじんは応えてくれる。生き生きと深海を泳ぎ回ることができる。

「ほら、大畑。先にシャワーを浴びてこい。顔に機械油のファンデーションがべったりついてるぞ。あとはおれたちで片付けておく」

珍しくも柴埜潜航長が気を遣ってくれた。夏海が真っ先に食ってかかった態度を見て、何かを感じ取っていたのだろう。

乗組員の命を預かるパイロットは、人の表情を観察する癖がついている。閉所での恐怖を懸命に抑えてはいないか。オブザーバーをリラックスさせてこそ、調査と研究の成果は上がる。

「では、潜航長の気が変わらないうち、お先に失礼させていただきます」

心苦しさをごまかすためにわざと明るく言って一礼し、先に格納庫を出た。

夏海たちの居住区は、上から四層目のボートデッキにある。潜航チームの居室は左。右には研究者の部屋が並ぶ。夏海はチーム唯一(ゆいいつ)の女性なので、若輩(じゃくはい)の身でありながら個室を与えられていた。

着替えを持って部屋を出ると、通路の先に見慣れた男の背中があった。間の悪いことに、滝山省吾がランドリースペースにいたのだ。白のTシャツ姿で細身の上半身を折り、大型洗濯機の中をのぞいている。

今度は気後れを感じて、立ち止まった。足音が聞こえたらしく、滝山が端正な顔を振り向けた。彼は下園たちと司令室で音響測深機のシステムチェックを行っていたはずだった。

夏海は手にしたタオルと着替えを胸に抱いた。が、滝山は不躾(ぶしつけ)に女性の下着へ目を走らせるような男ではなかった。生まじめすぎる表情をさらに固めて夏海を見ると、なぜか大きく首を傾けてきた。

「なあ、どういうことだろ。わけがわからないよ。消えてるんだ。おれの作業服が」

「え……？」

夏海たちには、そろいの潜航服と作業服が支給されている。りゅうじんのコックピットは火気厳禁なうえ暖房もないため、乗りこむ際には難燃繊維で織られた防寒性の高い専用のツナギスーツを着る。さらに潜航チームはりゅうじんの整備も行うので、油まみれになりやすい。スカイブルーの潜航服と作業服は必需品なのだ。

「下着と一緒にまとめて洗濯したんだけど、作業服だけ見当たらない。変だよな」

「ええ……はい」

意識しすぎたせいで、ぎこちない返事になっていた。

滝山が無理したような笑みを浮かべた。

「大畑のを盗もうってのならまだしも、おれのネームが縫いこまれた作業服だものな。誰が好きこのんで持っていったのか、実に興味深いとは思わないか？」

滅多（めった）に冗談を口にしない彼にしては、珍しかった。こちらの動揺を見ぬいたのかもしれない。夏海は慌てて言った。

「実は――いずれ報告があると思いますけど、格納庫で三峯チームの工具箱からバッテリーがなくなっていたようなんです。それで、我々と少し口論になってしまい……」

滝山が目をまたたかせ、小声になった。

「うっかり数を間違えるようなものじゃないよな、バッテリーなんてのは」

「はい。絶対に間違いないと彼らは言い張ってます。まるでわたしたちを疑ってるかのような態度でした」

何か言いかけた滝山が、慌てたように口を閉じた。視線が通路の先へ向けられた。もしやバッテリーの仕返しにと、作業服を隠した者がいたのでは……。

だが、夏海も首をかしげざるをえなかった。いい大人が、そこまで子どもじみた意趣返しをするだろうか。潜航チームの者がバッテリーを隠した証拠はないのだ。知性ある優秀なエンジニアが見え透いた嫌がらせをしてくるとも考えにくい。

では、なぜ滝山の作業服がランドリーから消えたのか……。謎だ。

さがみの食堂は、アッパーデッキの右舷（うげん）と左舷の二ヵ所にある。出される料理は同じなのだが、船長や機関長たち幹部と席をともにするのでは、乗組員の気が休まらない。昔の海軍の習慣を踏襲し、士官クラス用と部員用の食堂が作られている船は今も多いのだった。

夏海は食事へ向かう前に、部員食堂の奥にある厨房に顔を出した。司厨部には数少ない女性スタッフがいた。

カウンターから中をのぞくと、サラダを盛りつけている笠松文佳(かさまつあやか)に声をかけた。六つ歳上の三十四歳。離婚歴あり。

『お互い長く航海に出てたから、ずっとすれ違いだもの。最後は向こうに女ができて、終わり。ま、よくある話よ』

彼女はジャオテックから船を委託された海運会社の職員だが、船内で少数派の女性なので、暇さえあれば酒を酌(く)み交わし、愚痴をこぼし合う仲だった。

「忙しい時にごめんなさい、文さん。誰か掃除の時、ランドリーの辺りで作業服を片づけたりしなかったかしらね」

司厨部のスタッフは、料理長以外は共有スペースの掃除係も兼ねる。もしや滝山が洗濯機に放りこんだつもりで、どこかに置き忘れたのではなかったか。

「何よ、また誰かシャワールームで干しっ放しにしてたわけ？」

「いえ、本人は洗濯機に入れたと言ってるんですけど」

聞き捨てならないと思ったのか、文佳の手が止まり、夏海を見返してきた。

「わたしたち、ルールは守ってるつもりだけどね」

「もちろんそうだと思うんです。でも、気を利かせて乾燥機に移そうとしたところで、誰かに呼ばれでもして、そのままどこかに置いてしまったとか……」

「イチロー。ちょっとおいで」

サラダの盛りつけに戻りながら、文佳が大声で新人の名を呼んだ。

吉高一郎、二十一歳。このさがみで最も若いスタッフだった。

「はいはい、ポテトのつぶし方、甘かったですかね」

泡まみれのスポンジを手に、一郎が奥のシンク前で丸顔を振り向けた。

「あんた、またやらかしたんじゃないだろうね。ボートデッキの担当だったろ」

「姉さん、それは言わない約束でしょうが。ミスしたら、必ず先輩たちに泣きつきますって。何かあったんですか？」

にこやかな返事を受けて、文佳が視線を戻しながら、首をひねった。

「どうもイチローじゃなかったみたいだね。何かの勘違いじゃないかな。油汚れが染みついた作業服じゃ、オークションサイトに出したって、値がつきそうもないでしょうしね」

「すみません。おかしなこと訊いたりして」

司厨部の固いチームワークはうかがえた。彼女たちが何か知っていてくれれば、問題は丸く収まると考えたが、事態はそう甘くないようだった。

「——で、予定どおりに乗りこんできたんだろ、あのカタブツ彼氏も」

文佳が急に声を落とし、目配せとともに言った。

「悪運が強いらしく、逮捕はされなかったみたいで」

「ずいぶんつれない言い方するね」

「教授に似て、なかなか策士なんです、あの男。ま、詳しい話は、またあとで」

「だったら、例のナイスガイに乗り換えたらいいじゃないか」

立ち去りかけると、文佳が意味ありげな言葉を背中に投げかけてきた。からかうような笑みが向けられた。

「ほら、顔が変わった。まあ、長く船に乗ってると、人ってものがくっきり出てくるからね。よく参考になさい」

「文さんこそ、もう一度よく考えるべきです。本当にいいんですか。船長、最後の航海になるんですよね」

悔し紛れに言い返すと、文佳はレタスをふたつに割って、大皿に盛りつけた。

「寝ぼけたこと言わないの」

離婚から一年で、彼女は地上勤務から船の仕事に戻った。理由は、さがみの司厨部に欠員が出たからだと、夏海は見ていた。さがみに乗っていれば、一年の約半分は船長の下で仕事ができる。

料理長に呼ばれて、文佳が厨房の奥へ小走りに姿を消した。そろそろ仲間が夕食に集まってくる時間だった。

　食堂に足を運び、一人で席について、考える。リチウムバッテリーと作業服がなぜ消えたのか……。

　開発チームと潜航チームが洋上でいがみ合えば、検証実験に支障が出るかもしれない。

　唯一、考えられる動機に思えた。ほかに互いの持ち物を隠そうとする理由は思いつかない。

『夏海たちのために開発したんだ。ジャオテックの幹部が何を企んでいようと、おれたちに関係あるものか』

　誤解と無理解をなげくように言った蒼汰の顔が、目の前に浮かぶ。

　横須賀を発って三日。今朝、沖縄の新港埠頭に寄港し、六時間後に出航した。その間、司厨部の発注した食材を搬入し、六名の開発チームが乗船したのみで、部外者は一人として立ち入っていないのだから、船に乗る者の仕業だとしか考えられなかった。

　長い航海では、食事が唯一の楽しみとなる。六名の開発チームが新たに乗りこんできたので、歓迎の意味もこめて司厨部が張り切ってくれたのだろう。各テーブルに刺身の大皿が振る舞われた。

けれど、多くの者が同じことを考えていたと見える。潜航チームと開発チームは離れて座り、会話はまったく弾まなかった。

6

「了解した。ミーティングの時、両チームにわたしが話をしてみよう」

船を預かっていれば、予想もしない事態が時として起こる。江浜安久（えはまやすひさ）は、報告を上げてきた池田（いけだ）チーフオフィサーに答えると、窓から見える大海原の夕景に目をやった。

「気にするな。揉め事を収めるのは船長の仕事だ。君はよくやってくれてるよ」

まだ何か言いたそうにしている池田にうなずき返した。

「いえ……。わたしが、余計なことを言ったばかりに――」

その先の話は聞きたくなかった。江浜は航海日誌に視線を戻した。いったいどこから噂が流れたのか。

「申し訳ありませんでした。ですが、キャプテンが辞表を出されたと聞き――」

「自分で決めたことだ。ほら、早く持ち場に戻らないか」

「あ、はい……失礼いたします」

堅苦しい一礼を返して、池田は上の操舵室に戻っていった。

ペンを置いて、壁に掛けた制服を手に取った。息を整えながら袖を通し、ボタンを留めていく。

確かにあの噂を教えてくれたのは彼だったが、すべての責任は江浜にあった。仕事と私生活は分けて考えるべきで、彼が背負いこむ必要はないのだ。本当にこの船には、あきれるほど誠実な者がそろっている。

鏡の前で姿勢を正した。帽子をかぶり、デスクへ戻った。

会社が運航する船の中で、この支援母船さがみは最もチームの結束が固いことで知られる。ジャオテック職員の使命感は強く、規律に乱れはない。彼らの職務に励む姿を見ているため、船員たちも仕事に手をぬくことは一切なかった。だから江浜は、この船に乗ろうと決めたのだった。

近年、大型船は外国人の乗組員が増えている。人件費を少なくしたい会社は、日本人の船員を最小限に抑えたがる。フィリピン、ブラジル、ベトナム、インド。時にブルガリアやルーマニアといった東欧人も乗りこんでくる。

試験と面接を経て選んでも、人種が違えば仕事への取り組み方に差は生じる。昔は船長に逆らう船員などいなかったが、近年は事情が違い、強く叱責した場合は人種差別や偏見だと主張されやすい。くすぶる不満をためこまれて洋上でストライキを起こされようものなら、船長として役立たずの烙印を押される。

『江浜君。奥さんを亡くして、君は少し疲れてるんだよ。船員に厳しく当たるのは、君自身のためにもならない。わかってほしい』

社の幹部に呼び出されて、五年も預かってきた船から下りてほしい、と通告された。一部の若いフィリピン人船員が、不当な扱いを受けたと会社に苦情を直訴したのだった。

二ヵ月を陸で休んだ。その間に吉報がもたらされた。

ジャオテックが所有し、会社が運航管理を任されている船に乗らないか、と相談がきた。国立の研究機関が持つ船で、乗組員はすべて日本人という近年では珍しくもありがたい船だった。これで定年まで、穏やかに仕事を続けられる。

ところが、たった一年で、さがみの司厨部に笠松文佳が配属されてきた。社の幹部も同僚も、多くを知る者はおらず、チーフの池田も例外ではなかった。

江浜はあらためて乗員名簿を手に取った。

ロボットアームの研究を、潜航士たちが冷ややかに見ているのは知っていた。どちらのチームもプロ意識を強く持つ。彼らのプライドを傷つけないよう言葉を選んで話すしかないだろう。

船長として、今回が最後の航海になる。検証実験はもちろん、りゅうじんの潜航調査をすべて成功させて、全員が笑顔で横須賀に帰ってもらうため、力をつくす。そう胸に言い聞かせて、席を立った。

船長室を出ると、まずメインデッキへ上がった。電波測位によるオートパイロットシステムを搭載しているので、あらかじめ航路を設定しておけば、あとは若い航海士に任せても問題はない。が、自らレーダーと電子海図をチェックして、気象データにも目を通した。船は順調に進んでいる。

午後八時までは、チーフオフィサーがワッチ（当直）を担当する時間帯で、引き継ぎまでに夕食とミーティングを終えるスケジュールになっていた。池田にあとを任せて操舵室を出た。

船内を見回りながら、アッパーデッキへ下りていった。幸いにも厨房は士官用食堂に隣接してはいなかった。彼女は副料理長なので、配膳にも顔を出しはしない。

いつものように奥の席に座った。今日から六名が新たに乗船したので、ビーフシチューとシーザーサラダのほか、刺身の舟盛りが各テーブルに置いてあった。和洋どちらも楽しめるうえ、手作りのプリンと果物のデザートまでがつく贅沢な夕食だった。もしかすると料理長も揉め事があったと聞き、せめて歓迎の食事でチームの融和を図ろうと張り切ってくれたのかもしれない。

「さすがだよな、うちの料理長は」

声をかけられて顔を上げると、隣で椅子が引かれた。

水谷機関長だった。近年はチーフエンジニアと英語で呼ぶのが慣例だが、さがみの若いスタッフはいまだ彼を機関長と呼ぶ。

「美味しい料理でもてなされたら、誰でも少しは機嫌を直すだろうって、な」

「二重底にまで聞こえてましたか」

江浜が眉を寄せると、水谷が微苦笑を返した。機関室はセカンドデッキの下、最下層にある。

「そりゃあ、出航前から大評判だよ。本部のお偉いさんも、あの大学教授にだいぶ振り回されたって聞いたからね。ちょっと見物なんで、おれもミーティングに参加させてもらっていいかな」

江浜が驚きに目をまたたかせると、人を食ったような笑みが返された。

「あんたの見事な行司さばきを目に焼きつけておきたいんだよ。あ、いや、冗談、冗談」

ひとしきり高笑いをしてみせたあと、急に顔を近づけ、声を低めてきた。

「周りの目なんか、気にすることはないよな。最後だからって、丸く収めようとするのもなしだ。あんたが信じるようにやったらいい」

水谷は最後にまた笑みを作ると、スプーンを手にしてシチューを頬張りだした。

多くの意味がこめられていそうだった。噂はかなり広まっているのだろう。

『江浜さんが辞める必要はありませんよ。逃げたと言われるに決まってます』

辞表の件を聞きつけた後輩に言われた。事情を知らない者からは、そう見えただろう。

彼女の夫を呼び出して、正面から問いただした。最初に殴ってきたのは向こうでも、怪我を負わせることになった。示談が成立したので被害届は出されずにすみ、会社にも報告はされなかった。

ところが、今になって急にあの男が騒ぎだした。別れた妻が江浜と同じ船に乗ったと知ったからだ。役員が間に入ってくれているが、このままおとなしく矛を収めるとは思いにくい。いずれ社内にも広まるだろう。

嘘偽りなく離婚の原因は、あの男のほうにあったのだ。けれど、社の同僚たちは何も知らない。そもそも彼女とあの男を引き合わせたのは、江浜だった。

本当に卑怯な策を弄したと思う。それでも彼女は許してくれた……。

とても同じ船には乗っていられなかった。

7

「おい、大畑。ミーティングでは少しおとなしくしてろよ」

ライスをお代わりして席に戻ると、後ろから柴埜潜航長に耳打ちされた。

「聞いてないんですか。滝山さんの作業服まで消えたんですよ。どう考えてもおかしいですよね」

小声で言い返すと、柴埜が難しそうな顔で横に座った。潜航長は係長クラスなので、士官と部員の間に位置する微妙な立場だが、柴埜はいつもこちらで食事をとっている。

「言っとくが、あちこちに滝山のファンは多いんだ。受付のチカちゃんも、広報のツカサちゃんも、滝山にロックオンしたって、もっぱらの噂だ。聞いてないのか、おまえは」

「へー、ツカサたちに作業服を転売するため、誰かが盗んだって言いたいんですか、潜航長は」

「そうツンケンするなよ。あいつのファンが多い事実を言ったまでだ。何せあいつは顔だけじゃなく、仕事もできるし性格もいい」

「次の潜航長ですからね」

「……いや、おれは推薦しないつもりだ」

驚く評価をあっさりと下し、柴埜はビーフシチューに口をつけた。

「考えてもみろ。あいつが上に立ったら完璧すぎて、下が息苦しくなる。その弱点を、あいつ自身もわかってながら、まじめすぎる性格が邪魔をしてる。そうおまえも思ってるよな」

正直な感想は言えなかった。なぜ夏海に彼の話を振ってきたのか、その意図が読めてこない。

「でもな、あいつは本当にできた男だ。おれと違って、いい亭主になるのは請け合ってもいい。結婚すれば、たぶんあいつは変われる。下のことも考えられるようになる。だから、悩みどころでもある。よその女にゃ渡したくないけど、うちには生憎とびっきりのじゃじゃ馬しかいない」

「悪うございました」

こうもストレートに探りを入れてくるとは想像もしていなかった。夏海はあえて一般論を口にした。

「でも、心配はいらないと思います。わたしたち後輩は、滝山さんを全面的に信頼してます。潜航長が言うように、少し厳格すぎるところはありますけど、我々の仕事には緊張感が必要ですし、望むところでもあります」

遠回しに意見を表したつもりでもあった。滝山の気持ちに応えるつもりはない、と。

「そうだな。あいつも大人だ。必ずうまくやってくれる。下手の考え、休むに似たりか」

またも多くの意味が感じられた。あいつも大人だ。一人の女にふられたくらいで、機嫌を損ねて態度を硬化させはしない。だから、おまえは気にするな。働きづらくなることがないよう、しっかり見ていくつもりだ。

長い航海がスタートしたので、あえて話を振ってきたのだった。おそらく潜航長のほかにも危惧する者はいただろう。が、大人としての節度を保ち、静観してきた。滝山は遠く離れた席で同僚と笑い合っている。

チームに女が入ることで、細波が立つ。どこの会社でもあると思われるが、潜航士は人命を預かる仕事で、チームの和が何より優先される。

夕食後の潜航計画ミーティングは、左舷の士官用食堂で行われた。

潜航チームが二班十二名。ジャオテックの研究部員が三名。栄央大学と三峯重工業のオブザーバーチームが計六名。

誰が指示したわけでもないのに、右と左にチームが分かれて座った。夏海は蒼汰を見ずに端の席を選んだ。滝山も離れた遠い椅子を引いて着席した。

気まずい沈黙の中、江浜船長がホワイトボードの前に立った。

「もう噂になってるでしょうが、船内の各所で備品の行方がわからなくなってます。もしかすると、出航前の搬入作業に何かしらの手違いが生じた可能性もあるので、本部に確認を取ってもらってます。もし何か気づいたことがあった場合、同僚にではなく、まずこの船の責任者であるわたしに報告を願います。いらぬ混乱を呼ばないためには、第三者の視点が必要だと考えるからです」

過去に、他国の研究チームが潜航回数への不満から機嫌を損ねるあまり、乗組員と喧嘩騒ぎを起こしたことがあった。海が荒れると、乗組員はストレスを抱えやすい。

「江浜船長！」

開発チームの席で高々と手が上がった。

蒼汰の隣で、失礼にも頭の後ろで両手を組みながら話を聞いていた奈良橋教授が急に右手を突き上げたのだった。

「この船における最高責任者の権限で、船内の徹底捜索を行うべきではないでしょうか」

問題をさらにあおろうとする意思さえ感じられる質問に、船長の表情が固まった。

蒼汰は隣でこめかみに手を当て、悩ましげなポーズになっている。江浜船長が気を取り直そうとするように空咳をしてから、言った。

「このさがみの全長は百メートルを超え、六階建てのビルがすっぽり入る大きさがあるんです」

「ええ、そりゃもちろん知っています。ひと月半も前に船内配置図を渡されましたからね。ホント無駄に大きい船だと感じました。昔の設計なので、仕方ない面はあるでしょうが」

歯に衣を着せないどころか、船のコンセプトと設計方針まで難じる口ぶりに唖然とさせられた。

船長が口元を引きしめてから言った。

「……すべての船室、四つのラボ（実験室）に格納庫、さらには二重底の機関室まで、くまなく見ていくとなれば、一日かけても終わらないでしょうね」

「ええ、もちろんわかります。たとえ二日がかりになっても、調べたほうがいいと考えますが」

船内に犯人がいると決めつけるに等しい言い方だった。

本部に問い合わせ中と船長が言ったのは、事を荒立てたくなかったからだ。幸いにも、紛失したバッテリーと作業服は、検証実験に影響の出る品ではなく、たとえ悪戯心を抱いた者がいたにしても、航海そのものを阻止する狙いがあるとは考えにくい。だから、穏便にすませようとしたのだ。その船長に真っ向から異を唱えるとは無神経にもほどがある。

蒼汰が教授の耳元に何かささやきかけたが、無駄だった。その場の視線を悠然と受け止めて、奈良橋が席を立った。

「よろしいでしょうか、キャプテン。単なる悪戯心と考えたくなる気持ちはわかります。しかし、いい大人が、騒動になるとわかっていながら、バッテリーや作業服を隠すものでしょうか。そこには何か明確な意図があるのでは、と思えてなりませんが」

「奈良橋教授。ジャオテックの警備が手薄だというご意見は、すでに本部に伝えました。しかし、この船で発生した出来事の責任は、すべて船長にあるとお考えください」

「ええ、もちろんですとも。船長の務めは重々承知しております。しかし、あなた一人ですべての責任を負えるわけがないのです。というのも、ロボットアームの開発には、すでに一億八千数百万円という大金が投じられています。安請け合いはしないでいただきたいのです」

おまえに弁償ができるのか。ここまで船長を軽んじる発言を口にするとは、変人の域を超えていた。食堂内が静まり返る。

見かねた平野(ひらの)研究部長が口を挟んだ。

「貴重なロボットアームに何かあっては困るという教授のお気持ちはわかります。しかし、悪意を持つ犯人がいると決まったわけでなく、船長がおっしゃるように、何かの手違いだったというケースもあるのではないでしょうか。むやみに事を荒立てるのはやめませんかね。我々は共同開発の協定書に調印し、二年もの歳月をかけて、ともに汗を流してきたチームじゃないですか」

青臭い空論だった。教授は、そういう聞こえのいい回答を求めているのではなかった。

案の定、何もわかっちゃいないと言いたげに、奈良橋は首を大きく振ってみせた。再び船長に目を戻して言った。

「では、仕方ありませんので、妥協案を申し上げましょう。このわたしに船内のあらゆる場所を見て回る許可をください。皆さんの大切なお仕事の邪魔は絶対にしないと約束させていただきます」

どこまで図々しくも厚顔な男なのか。三峯のエンジニアたちも驚きを目に浮かべて教授を見ている。江浜が決然と言った。

「大型船の詳しい知識を持つとは思えないあなたでは、危険がありすぎます。船長として、認めるわけにはいきません」

当然の回答なのに、奈良橋は隣の蒼汰に向けてお手上げのポーズを作りながら腰を落とした。その手を、蒼汰が慌てて押さえにかかる。尻ぬぐいも大変だ。

「すみません、船長。うちの教授は今回の検証実験に学者生命を賭ける意気ごみなんです。決してこの船の誰かを疑ってかかろうとしてるわけでは――」

「おいおい、綺麗事は言わなくていい。たかだか深海専用のマニピュレーターに、誰が学者生命など賭けるものか。わたしは現状から導き出せる最善の策を提示したまでだ」

「はいはい、わかってますとも、教授の心意気は。でも、初めて乗せてもらう船じゃないですか。ここは船長にすべてをお任せするとしましょう。我々は、あくまでオブザーバーという立場なんですから」

味方であるはずの助手にまで反論されて、奈良橋は大げさに天を仰いでみせた。偏屈(へんくつ)もここまでくると感嘆したくなる。

奈良橋がおとなしくなったのを見て、下園司令が席を立って言った。

「では、当初の予定どおり、明日までに各チームの意見を出し合い、検証実験の海域を決めて、潜航準備に入りましょう。皆さん――ご協力をお願いします」

奈良橋はふてくされた小学生のように、いつまでも一人で横を向いていた。

8

操舵室と通じる伝声管からの呼び出しに、目が覚めた。

「……発煙筒のものとおぼしき煙が前方に見えています。こちら、操舵室の池田です。くり返します。二時の方向、約二キロに発煙筒の煙が見えます」

ハイテク化の進んだ大型船でも、電力が喪失した時に備えて、今も伝声管は現役だった。江浜の休む船長室は、メイン操舵室のすぐ下、ブリッジデッキの前方にある。

チーフの池田がワッチについているのだから、午前四時から八時の間だ。ベッドから跳ね起きて時計を見ると、午前四時四十分。まだ夜明け前で、窓の外は暗かった。制服に手を伸ばしながら伝声管に顔を近づけ、大声で言った。

「今行く。どういう船だ。無線は入ってないのか」

「シルエットから見て、百トンクラスの中型漁船のようです。大場君がマリンバンドで呼びかけましたが、応答がありません」

百トン未満の船になると、共通無線の搭載は任意となっている。アジア船籍となれば、小規模な漁師の船なのだろう。

「周波数帯を変えて、続行しろ」

「了解です。航海灯がすべて消えています。炎らしきものは確認できません」

航海灯までが消えているのだから、電源喪失などのアクシデントに見舞われたと考えられる。予備電源にも影響が出て、無線に応じられない事態に陥ったか。

大急ぎで制服を着て、船長室を出た。狭く急な鉄階段を上がれば、すぐ操舵室に通じている。

まだ洋上は薄暗い。波は昨日より少し高いが、漁船の航行に支障が出るほどとは思えなかった。

「おはようございます。今、赤色灯の点滅を確認しました。懐中電灯だと思われます」

窓に張りついていた池田が双眼鏡を手に振り返った。肉眼ではまだ漁船を確認できない。暗い大海原の広がりが見えるだけだ。

江浜はレーダーの前へ駆け寄った。五キロ圏内に他船の影はなく、手を貸せそうなのは本船だけらしい。電子海図上に、漁船のＡＩＳ情報も表示されてはいない。

江浜は無線室に通じる窓内を振り返った。大場雅史が座り、ヘッドセットを装着している。

「該当する船を問い合わせたか」

「まだ返事がきません。どう見ても三百トン以下ですから、ＡＩＳの搭載義務はありません。簡易装置を持っていても、漁場の情報を隠すため、停波していたとも考えられます」

ＡＩＳ――自動船舶識別装置は、国際法によって三百トン以上の船舶に搭載が義務づけられ、船名や位置情報に速度と針路が電子海図上に表示される仕組みだ。が、海賊が出没する危険海域では、臨時措置として停波が認められている。密漁船も自分の位置情報を隠したがる。

すでにさがみは公海に出ていたが、東には沖ノ鳥島があるため、日本の排他的経済水域に近い。その領海内でマグロなどを狙う船であれば、針路を他船に知られたくはないはずなのだ。

もし密漁船であれば、少し厄介なことになってくる。

「キャプテン。国際信号旗が上がりました」

無線が使えないため、手旗信号で通信を試みるつもりなのだ。たとえ密漁船でも、最低限の知識は持っているらしい。

「半旗を揚げろ」

江浜は命じた。信号の受け手側は、了解の合図としてまず国際信号旗を半揚し、準備が整ったところで全揚する決まりだった。

「中国かフィリピン辺りの密漁船でしょう」

池田も同じ考えだった。可能性はかなり高いが、ともに公海上を航行中であり、違法操業との断定はできなかった。

「大場君、念のためだ。那覇の海保に密漁船らしき船を見つけたと報告だ」

「よろしいのですか。密漁船と決めつけて」

「間違いないだろう。残念ながら、証拠はないと言い添えてくれ」

いずれ相手がたの素性(すじょう)はわかる。彼らの言い分を聞いたあとで、海保と相談して対処するしかないだろう。

もし密漁の証拠が出てこなかった場合、単なる故障を起こした船として見逃すしかなくなる。許しがたいが、海の上では国際法も絵に描いた餅になるケースは多かった。

そもそも江浜たちに彼らを取り調べる権限はなく、海難救助の原則から手を貸す義務さえあるのだ。心情的に納得はできずとも、船乗りの端くれとして海の掟(おきて)は守らねばならなかった。

9

通路を駆ける慌ただしい足音が聞こえた。

蒼汰は船室の狭いベッドで身を起こし、枕元に置いた腕時計を手に取った。四時五十三分。丸窓の向こうは、まだ薄暗い。

遠く階段を駆け下りる音も耳に届いた。夜も明けきらない早朝から、何か突発事態でも起きたのか。バッテリーと作業服の件があるので、胸騒ぎに目が冴える。

横のベッドで寝息を立てる奈良橋を気遣い、蒼汰はそっと立ち上がった。スニーカーを引っかけて、船室のドアを細く開けた。

「……二時の方向。迎える準備を急げとキャプテンの命令だ」

通路の奥から声が聞こえた。航海士の誰かが甲板部員に指示を伝えているようだった。

二層下のセカンドデッキには、船員たちの居室がある。

「……そうなんだよ、発煙筒を焚いてる……信号で伝えてきた」

別の足音がアッパーデッキへと駆け下りていった。発煙筒という言葉の断片から、ひとつの想像が浮かぶ。近くの洋上で故障を起こした船があるのかもしれない。

蒼汰は通路へ身を乗り出して、階段下の様子をうかがった。そこに上から、一人の若い甲板部員が駆け下りてきた。

「あ――お騒がせしてすみません」

「何かありましたか」

「漁船が助けを求めてきたんです。百トンクラスの船だと思われます」

「故障ですか」

「電気トラブルだそうです。工具を借りられれば、修理はできると言って、小型ボートでこちらに来る、と」

若い甲板部員はそう言いながら、階段を下っていった。さらにまた一人、上からセカンドオフィサーらしき年配者も駆け下りてくる。

夜間は何があってもブリッジから出るな。ミーティングの際に船長から、うるさいほど言われていた。が、水密扉から外をのぞくのであれば問題はないだろう。どうやら非常事態のようなのだ。

勝手な理屈を胸で唱え、蒼汰はアッパーデッキまで階段を下りた。上から五層目。格納庫が後部にあり、船首から船尾まで甲板が通じている階だ。

通路の奥から早朝の冷たい潮風が吹きつけてくる。水密扉が開いたままになっているのだ。

壁に身を寄せて右舷へ向かった。扉を通して薄暗がりの洋上が目に飛びこんでくる。太陽はまだ水平線の下で、東の洋上がわずかに明るくなっている。

距離は三百メートルほどか。白波の立つ大海原の先に、ぽつんと遠く一艘の漁船が見えた。遠目にも船体が汚れているとわかる。かなり年季の入った船で、魚網を引くクレーンが船首と船尾に突き出していた。

狭い通路で背伸びをしてみたが、近づくボートは見えなかった。さがみが巨体なので、もう死角に入ったのだろう。だから船員二人が急いでサイドデッキへ出ていったのだ。

「大丈夫ですか。手伝いましょうか」

扉の陰からデッキの二人に呼びかけた。

「危険なので、そこから出ないで。あとは我々の仕事です。船室に戻ってください」

二人はブリッジの壁に立てかけてあった金属製の梯子を取り外しにかかっていた。海面へ下ろして、船縁に固定するのだろう。さがみは喫水線からデッキの欄干まで、三メートルを越える高さがあるのだ。

扉の陰に身をひそめながら見ていると、背後の階段にまた別の船員が駆けてきた。

「危険ですから、お戻りください」

これ以上の邪魔はできなかった。助手までが大学の評判を落とすわけにいかず、言われたとおりに通路をすごすごと引き返した。階段を上がっていくと、不機嫌そうな声が迎え出た。

「おいおい、何事だよ、こんな朝っぱらから騒々しい。どうして説明がない。この船の連中は仕事が甘いな、まったく……」

安眠を妨げられて、かなり機嫌が悪そうだった。船室のドアから奈良橋が眠たそうな顔を突き出し、ぶつぶつ文句を言っていた。

「おはようございます。故障した漁船に出くわしたようなんです」

蒼汰が近づいて説明するなり、奈良橋の寝ぼけ眼がにわかに見開かれた。壁の一点を見つめてから、急に視線をぶつけてきた。

「おい、待て。本当に故障か。昨日の今日だぞ。もし怪しい船だったら、最低最悪の予想が的中しかねないぞ」

言い終えるなり、急に奈良橋が走りだした。目の前に立つ蒼汰を弾き飛ばす勢いで、階段へ向かう。

「待ってください。サイドデッキに出るのは危険です。外はまだ暗いんですから」

「何を言ってるんだ。もっと怖ろしい事態になるぞ！」

奈良橋は聞く耳を持たず、早くも階段を駆け下りていた。意味がわからず、あとを追うのが遅れた。

「待ってくださいよ、教授！」

昨夜は、船長の許可が出ずとも、強引に船内を歩き回った。蒼汰までアリバイ工作に動員され、意味もなくあちこちで記念写真を撮るはめになった。が、消えたバッテリーは見つからなかった。

後ろから呼び止めようとも、奈良橋は猛然と走り続けた。これほど取り乱した教授を見た記憶はなかった。過電圧のスパークで研究室が炎上しかけた時も、終始落ち着き払い、火を消す蒼汰たちを見守っていた。それが今は、血相変えてサイドデッキ目がけて突進していく。

「おい、待て。どこの漁船か確認は取ったろうな！」

水密扉から外へ出るなり、奈良橋が叫んだ。

蒼汰が遅れてサイドデッキへ走ると、すでに梯子は船縁から下ろされていた。海面をのぞきこんでいた若い甲板部員が振り返る。

「危ないって言ったじゃないですか！」

「何してるんだ、君たちは。まさか漁船から誰かが乗り移ろうとしてるんじゃ――」

「ブリッジに戻ってください」

駆け寄る奈良橋の前に、甲板部員が立ちはだかった。その手を払いのけて、奈良橋は欄干にしがみついた。

「おい、よせ。そいつらを乗せるな！」

奈良橋が身を乗り出し、海面に向けて大声を張り上げた。正気を失ったのかと疑いながら、蒼汰も駆けつける。

その瞬間――夜明けの洋上に甲高い破裂音が響き渡った。

10

小型無線機が手の中で震えた。ジョマル・アルカティリは暗がりで目を見開き、急いでイヤホンを耳に差しこんで息をつめた。

「……こちら本部。目標を捕捉した。三十分後に発煙筒を焚く。それまでに可能か。どうぞ」

レオ・グスマンの声が緊張していた。ほぼ四ヵ月を準備に費やし、いよいよ命運を賭けたラグーン作戦がスタートする。ジョマルは合図の信号音を発するボタンを押した。

「本部、了解。あとは頼むぞ。すべてはおまえの手際にかかっている」

ジョマルは返事の代わりに再びボタンを押した。自分のほかに〝トロイの木馬〟を実行できる者はいなかった。この日のために体を鍛え、船と無線に関するあらゆる知識を頭にたたきこんだ。三十分もあれば、必ず成し遂げてみせる。

「ボートを出す直前に、最終的なゴーサインを出す。頼んだからな。神はいつも我々のそばにいる」

ジョマルは暗闇の中で支度に取りかかった。格納庫の横に位置する第四ラボラトリーの中。パラオで乗りこむオーストラリアの大学チームが使用する予定の部屋で、乗組員は誰一人のぞきにもこない。

ただし消えたバッテリーを探そうとする者がいると困るので、普段は天井裏のスペースに身を隠していた。すると怖れていたとおり、昨夜遅くにドアが開いた。照明が灯されたが、二分もせずに闇が戻り、男たちは出ていった。

彼らはバッテリーの紛失に気づいたのだ。が、天井裏まで調べるほどに執念深くはなかった。日本人の危機意識の薄さに感謝せねばならないだろう。

ジョマルは洗浄用シンクに足をかけて手を伸ばし、天井板を外した。奥に隠したリュックを下ろし、密造銃をつかみ取った。

準備はすべて整っている。厳重にビニール袋で包んだにもかかわらず、海水が染みこみでもしたか、三個のリチウムバッテリーが使えなくなっていたのは誤算だった。

ジャオテック本部では、専用港を見渡せる研究棟の屋上に防犯カメラが設置されていた。そのため、貝山緑地を経由して敷地に入ったあと、北端の岸壁から夜の海を泳いで、防犯カメラの死角になる沖側から支援母船サガミに近づいたのだ。幸いにも、碇は両サイドにあり、沖側の鎖を伝って海から上がり、手順どおりにロープを欄干に引っかけて楽に登れた。

仲間がサガミの船内配置図を入手したおかげで、苦もなく船内に忍びこめた。しかも、今回の航海に参加する日本企業の研究員と潜航チームが反目し合っているとの確かな情報まで仕入れていた。航海の目的地も、詳しいスケジュールも完璧に把握ずみだった。

レオ・グスマンほど頼りになるボスはいない。彼についていけば、夢は必ず実現できる。

最終確認のため、リュックから船内配置図を取り出して広げ、ラボの照明をつけた。無線室と操舵室の位置関係をあらためて記憶に焼きつけた。

潜航チームの作業服を着ているので、顔を隠すようにして走れば、誰に呼び止められることもない。最初の標的はメインデッキへ通じる階段の右にある無線室だ。

今の大型船は、港に入る時ぐらいしか無線を使わない。通信衛星インマルサットを介した船舶電話があるため、陸上との交信は問題なくできる。が、ＳＯＳを発信されたのでは、ラグーン作戦が遂行できなくなる。

無線室で銃を撃ったあとは、直ちに奥の操舵室へ移動する。

サガミには、メイン操舵室と総合司令室に船舶電話の端末がある。早朝なので、司令室に人はいない。操舵室さえ占拠すれば、緊急事態を外部に伝える手段はないのだ。

銃弾は油紙に包んでビニール袋に収納しておいた。少しぐらい濡れたところで発砲に支障は出ない。雨の日に使えない銃では戦争で役に立たなくなる。それでも念のため、銃弾はカートリッジから外して、天井裏で乾かしておいた。

密造銃に最初の特殊弾をセットした。準備は万全。覚悟は決めた。

もうひとつの簡易無線機を胸のポケットに差し入れた。イヤホンを装着し、作業帽を目深にかぶる。予備のカートリッジは腰のポケットに収めた。二丁の銃は左右の懐に隠した。

呼吸を整えながら、その時を待った。

手の中で無線機が震えた。ジョマルの手足にも震えが走った。

決意を固めてラボのドアを押し開けた。

午前五時。格納庫に人はいない。水密扉を開けて、ブリッジ内の通路を走った。目の前の階段を三層分上がった先が、無線室と操舵室だ。

上から英語の呼びかけが聞こえてくる。

「……こちら日本船籍、海洋調査船サガミ。応答願います」

レオたちの乗る船を発見し、マリンバンドを通じて船籍を確認しているのだ。足音を忍ばせつつ、素早く階段を駆け上がる。

視界の先に無線室が見えた。通路側のドアは開け放たれ、一人の無線士が席に着いていた。白のTシャツ姿なので、慌てて起き出したのだろう。

ジョマルの足音に気づき、背中が揺れた。坊主頭の男がこちらを振り返った。迷わずに突進した。ガラスの仕切りを通して、奥の操舵室も見渡せる。走りながら素早く目の端で確認する。二人。船長らしき年配者と中年の航海士のみ。楽勝だ。が、油断はしない。

振り向いた無線士が、ジョマルの肌の色に気づいて、不思議そうに目をまたたかせた。その目が遅れて見開かれる。

ジョマルは銃を突きつけ、引き金に力をこめた。狙いは無線機。銃弾が放たれ、轟音（ごうおん）が響き渡る。同時に壁を埋める大型無線機が盛大に青白い火花を上げた。

ガラスの向こうで男たちが何事かと身をひねった。ジョマルはさらに突進した。密造銃に握り替えると、男たちめがけて発砲した。

ドンと轟音が鳴り渡り、ジョマルは一瞬、目を閉じた。

11

今の轟音は何だったのか。蒼汰は反射的に身を縮めた。ブリッジの壁にもたれ、慌てて辺りを見回した。映画やドラマでよく耳にする銃声にしか聞こえなかった。奈良橋もデッキにしゃがみ、ブリッジの上へと視線を向けた。

「しまった、先を越された！　久遠、身を隠せ。何者かが密航してたんだ」

奈良橋が叫ぶなり、体勢を低くしたまま甲板を蹴った。扉へ向けて全力で走っていく。

「急げ。全員捕まったら、終わりだ。逃げるぞ！」

ブリッジの通路へ走りこんだ奈良橋が、水密扉の陰から呼びかけてきた。蒼汰から視線を転じ、船縁の船員たちにも怒鳴り声を放つ。

「逃げろ。銃声が聞こえなかったのか。ボートに乗ってるやつらは、シージャックを目論んでる。操舵室はもう敵に襲われたぞ」

奈良橋の叫びに、船員たちが立ちつくした。一人が欄干にしがみつき、呆然と見返してくる。

そこにまた轟音が早朝の空を揺らした。今度は海のほうからだった。ボートの上から発砲してきたのだ。

蒼汰は音の意味を悟って腰砕けになり、満足に走れなかった。水密扉までの三メートルが遠く、手を差し伸べる奈良橋のもとへ転がるように逃げた。

またも銃声が夜明けの海と空を揺らした。轟音に心臓が悲鳴を上げる。何が起きたのか。頭が空回りを続けて、事態の把握に時間がかかる。

奈良橋に手をつかまれて、扉の奥へと引きずられた。

「立て。ならず者が乗りこんでくる。ほら、気をしっかり持て」

「でも、どうして銃声が――」

「説明はあとだ。今は逃げるぞ。早く立たないか！」

強く腕を引かれた。壁を掌で押さえ、どうにか立ち上がれた。が、ひざに力が入らなかった。一歩も動けず、前のめりに倒れた。

「何やってんだ、死にたいのか。やつらの目的はりゅうじんだ。おれたち役立たずは、即殺されるぞ」

銃声、シージャック、りゅうじん、殺される……。立て続けに発せられた予想外の言葉が、ぐるぐると耳の奥で渦巻いた。ぶつ切りだった単語の断片と、目の前の状況がようやく脳内で結びついた。

そうか……。バッテリーと作業服が消えたのは、船の中に密航者がいたからなのだ。だから奈良橋はジャオテック本部の警備が手薄だと不安を語り、船内を歩き回った。もし何者かが身を隠していたのであれば、備品の紛失に説明がつく。

おそらく、その密航者がボートの仲間と示し合わせて、上の操舵室に突入したのだ。救難無線を発信されては、船を乗っ取っても意味がなかった。同時に仲間がボートで近づき、さがみに乗り移ろうという魂胆なのだ。

潜航調査に参加したアキル・シナワットが殺害された理由も、そこにあったと思われる。彼のパソコンには、さがみの船内配置図や乗員数など細かい情報が書きこまれていた。

一気に動悸が速まった。シージャックを目論む連中が乗り移ってくる。彼らは武器を持っている。早く逃げろ。でも、どこへ逃げたらいいのか。

さがみは今パラオへ向けてフィリピン海を南へ航行中だ。周囲は見渡す限りの大海原で、たとえ海に飛びこんだところで、百キロ圏内に島すらなかった。まさに絶海の只中だった。

「ほら、行くぞ。急げ」

身を隠すと奈良橋は言ったが、いくら四千トンを超える大型船でも、銃を持つ連中を相手にした隠れんぼでは、圧倒的に不利だった。

「歩け、逃げるんだ」

「待ってください。早く乗組員に知らせないと……」

「無理だ。もう遅い。触れ回ってる間に、おれたちまで捕まる」

「でも……」

夏海の笑顔が目の前に浮かんだ。彼女にだけは知らせたかった。仲違いをしようと、正式に別れたつもりは、蒼汰になかった。たぶん彼女も同じ気持ちでいる……。

「教授は先に隠れてください」

「ばか言え。一人で何ができる。おれは体力だけには自信がないんだ」

「彼女に知らせます！」

雄々しく宣言したつもりだったが、足が震えて走れなかった。船が大きく揺れているわけでもないのに、手を壁につけて体を支えないと前に進めなかった。反対側のブリッジへ通路を回りこんでいく。

その時——船内スピーカーが盛大にノイズを発した。

「……サガミの乗組員、よく聞け。船は、我々のものになった」

少し発音の怪しい日本語だった。ボリュームを上げすぎたせいか、声がひび割れていた。犯人は外国人だ。

「残念だが、一人が逆らったので、死んだ。これ以上、死ぬ者、増やしたくなければ、その場を動くな。我々は、多くの銃とマシンガンを持つ。嘘ではない。なあ、船長さん」

シージャック犯の呼びかけに続いて、江浜船長の震え声が廊下に響いた。

「……ああ、嘘じゃない、本当だ。池田君が撃たれて、死んだ。無線も破壊された……。これ以上、犠牲者を出してはならない。どうか、その場から動かないでほしい。逆らう者は殺される……」

12

唐突な破裂音に目を覚ますと、あやしげな日本語が船内スピーカーから大音量で響いてきた。船長の声も聞こえた。

マシンガン、撃たれて死んだ、無線も破壊……。

断片的な単語は聞き取れたが、寝起きのせいか意味がつかめなかった。なぜ発音のあやしい日本語がスピーカーから流れてくるのだろう。

「……くり返す。これ以上は犠牲者を出したくない。その場から動かないでくれ。犯人の指示にしたがうしかない。残念だが、この船は——海賊に乗っ取られた」

犠牲者、犯人、海賊……。

夏海はベッドから跳ね起きた。裸足(はだし)で部屋を飛び出した。船長は気でも狂ったか。が、片言の日本語が何より真実を訴えていた。

アラビア海やマラッカ沖で海賊が出没し、日本船籍の船が被害に遭(あ)ったというニュースを聞いた覚えがある。さがみはフィリピン海の真ん中を航行中だ。かつてジャオテックでも、万一の事態に備えたレクチャーが開かれはしたが、自分の身に降りかかってくるとは考えもしなかった。これは何かの訓練なのか……。

通路へ飛び出すと、ちょうど隣の部屋から柴埜と滝山が続けざまに走り出てきた。

「おい、今のは何だ！」

柴埜が廊下を見回して叫んだ。

夏海が首を振って答えると、再び船長の声が船内スピーカーから聞こえた。

「……くり返す。これは決して訓練ではない。今わたしの横に、銃を持った外国人が立っている。操舵室は占拠された。すまない、わたしのミスだ。まさか密航者が船内にいるとは思わなかった」

「嘘だろ……。海賊だなんて」

滝山が声をしぼるように言った。空転する夏海の頭でも、少しは状況の想像ができた。

あの教授の不安が的中したのだ。ジャオテック本部の手薄な警備の隙をつき、何者かがこの船に忍びこんで身を隠し、操舵室で銃を発砲した……。

「そうか……。だからなのか」

柴埜も気づいたらしく、悔しげに身を震わせた。

バッテリーと作業服が紛失したのは、船内に身を隠していた者が盗んだからだ。今さら思い当たったところで、取り返しはつかない。

「まずいな、操舵室が占拠されたら、無線も使えない……」

滝山が階段を見上げて言った。この状況で船内の様子を案じられる冷静さに、驚かされる。

夏海たちの船室は、下から三層目のボートデッキにある。ようやく近くのドアが次々と開き、牧野(まきの)や辻(つじ)たち潜航士の仲間が引きつる表情を通路にさらした。

「君は船室に戻れ。身を隠してるんだ」

滝山が言って、夏海の肩を押した。柴埜が頬をゆがめ、視線をそそいだ。

「おい、何する気だ、滝山」

「みんなも身を隠してろ！」

滝山は柴埜に答えず、通路に出てきた仲間に語気鋭く言った。夏海に一度うなずいてみせたあと、一人で階段へ走りだした。

すると、反対側の左舷方向から、階段を駆け上がってくる足音があった。

滝山が身を転じて戻り、手を払うようにして夏海たちを後ろへ下がらせた。

が、廊下の先から慌てふためき走ってきたのは、白いTシャツ姿の蒼汰だった。

「大変だ、海賊だ！　何者かが密航してた。仲間が今ボートで乗り移ろうとしてる。やつらは銃を撃ってきた。船が故障したと言って、近づいてきたんだ」

蒼汰は最初、夏海だけを見て言い、それから柴埜たちにも視線を振った。夏海の後ろで誰かが叫んだ。

「本当にシージャックされたのか」

「船長は何してたんだよ」

「教授が身を隠したほうがいいと言ってた。だから早く――」

「どこに身を隠せっていうんだ」

また誰かが言った。滝山が振り返る。

「とにかく部屋に戻れ。ラボに行けばメールが打てる」

操舵室には密航してきたシージャック犯がいる。だから、隣り合った司令室には近づけない。が、格納庫の第一ラボには、船舶電話の回線につながるパソコンがある。

「待ってください、滝山さん！」

行かないでくれ。夏海は叫んだ。蒼汰が頼りにならないと思ったのではない。滝山ほど信頼のおける仲間はいない。

が、夏海たちを振り向きもせず、滝山は身をひるがえして通路の奥へ走っていった。

「待て。危険だ、戻れ、滝山」

柴埜が呆然と声をかすれさせた。追いかけて連れ戻しにいきたくても、シージャック犯の一味がどこから姿を現すかわからなかった。

蒼汰が夏海の両肩をつかんできた。

「おい、もしかすると格納庫に向かったのか、彼は。そうだよな、夏海」

「嘘だろ、おい。まさか——」

無謀な行為をなげく声が後ろで上がる。

夏海が答えないのを見て、蒼汰が唇を嚙んで通路の奥を振り返った。そのまま走りだそうとするように思えて、夏海は心臓を冷たい手でつかまれたようなショックを受け、手足の先が凍えた。体が勝手に動き、蒼汰の腕にしがみついた。

「だめ、危ない！　この船を狙うなんて、りゅうじんしか考えられない。彼らも格納庫に絶対、来る……」

銃を持つシージャック犯に相対して、何ができるか。もし逆らうような素振りを見せれば……。

とっさに蒼汰の腕をつかんだ自分に驚いていた。蒼汰を失いたくない、そう本能的に感じたのとは少し違ったろう。一度は朧気にも将来を考えた人を、死地へ向かわせたのではと後悔に襲われる。たぶん、かつての同志を瞬間的に思いやったのだ。滝山を止められなかったことも関係している。

「しかし、彼一人を――」

　蒼汰は滝山を知らない。優秀な先輩がいる。そう話した記憶はあるが、今の彼だったとはわからなかったろう。

「第一ラボのPCは、船舶電話の回線につながってたよな」

　柴埜が迷いでもするように言って、通路の奥へ目を向けた。自分も手を貸すべきか。もし犯人と遭遇したら……。迷って当然だった。

「だから教授も向かったのか」

　蒼汰までが通路の奥を見つめた。

　絶対にだめだ。彼まで行かせてはならない。大学で研究に明け暮れる男が、銃を持つシージャック犯に立ち向かえるわけがなかった。

　夏海は滝山の無事を祈った。ただ祈ることしかできない。とても自分はあとを追えない。蒼汰を格納庫へ向かわせることも、絶対にできない。

　腕にすがっていると、すぐ近くで耳を聾（ろう）する銃声が聞こえた。

　予期せぬ撃音に、ひざが折れた。横で蒼汰が素早く身をかがませ、夏海を守るように両手を肩に回してきた。

　その体越しに、ブルーの作業服が見えた。階段の上から、落ち着き払った足取りで一人の男が下りてきた。下手な日本語が放たれた。

「動くな。動けば、撃つぞ。死にたくなければ、両手を上げろ。言うとおりにしろ！」

潜航チームの作業服に身を包んだ東南アジア系の若い男だった。手には黒光りする拳銃が握られている。まだ三十歳ぐらいだろうか。髭が濃いのは、横須賀から密航してきたからだとわかる。男は銃の先を揺すり、なぜか後ろに回した左手を振った。

両手を上げるしかなかった。恐怖に身を縮める潜航士に、蒼汰が短く言った。

「手を上げて。言うとおりにするんだ」

「撃たないでくれ……頼むから」

辻克則が壁に背をつけ、あとずさった。男の手にした銃口が眼前に迫る。

息をつめる夏海の前に、プラスチック製と見える細いコードのようなものが投げ出された。結束バンドだとわかる。

「そこの女。男たちの手足を、しばれ。男たちは動くな。死ぬぞ」

足に力が入らなかった。手で床を押すこともできそうにない。

再び銃口が上下して、男が大声で命じた。

「早くしろ。おまえも死にたいか」

「言うことを聞くんだ。できるよな、夏海」

蒼汰にうながされて、夏海は全身に鞭を打つつもりで、床から立ち上がった。

13

蒼汰はアメリカへの留学経験があり、教授と何度も国際会議へ出席した。その際、銃が街にあふれる現実を目にしてきた。民間の警備員が銃を持ち、警官と軍人が小銃で武装する。が、銃口を向けられたり、街中で発砲音を耳にしたことは幸いにもなかった。だから、今自分の身に起きている現実がにわかには信じられず、悪夢の中にいる気さえした。近くに島もない太平洋の真ん中で海賊に襲われるなどと誰が想像しただろうか。

ところが目の前には、盗んだ作業服を着て、黒光りする銃を手に威嚇（いかく）する男がいた。小銃としか見えない大型の武器を誇らしげにかかげる男たちも次々と現れた。すべて東南アジア系とおぼしき肌の色と顔つきだった。そろって薄汚い身形（みなり）をして、ゴム製の長靴を履く者もいたので、貧しい漁師の扮装（ふんそう）だとわかる。

「早くしろ、女。死にたいか」

後ろから進み出た口髭の男が小銃を振りかざして、下手な英語で夏海を脅しつけた。歳は四十前後で、頬に薄笑いを浮かべている。船を乗っ取るという大それた行為に興奮し、目が異様なまでに光って見えた。

こういう男は何をするかわからず、危険だ。蒼汰が目でうながすと、夏海も覚悟を決めたようで、床にばらまかれた結束バンドを震える手で拾い上げた。

蒼汰が受け取ろうとすると、口髭の男が小銃の先を振り向けた。

「動くな。男は両手を上げていろ。女の仕事だ。急げ！」

狭い通路には、十人近くもの潜航士が出てきていた。彼らもまだ状況が呑みこめていないと見え、銃を持つ男が現れても、泡を食って逃げにかかる者はいなかった。人は、予想外の事態に巻きこまれると、叫ぶこともできず、単なる目撃者になるしかないようだった。

こういう突発事態のさなかに、ボートで近づく者を瞬時にシージャック犯と見ぬき、一人で動き出した奈良橋の行動力には驚かされる。滝山という潜航士も、犯人たちに出くわす危険を覚悟で格納庫へ走っていった。

自分に何ができるか。夏海に結束バンドで両手と両足首をしばられながら、蒼汰は懸命に考えた。

まず海賊どもの人数と武器を把握する必要がある。これから彼らが何をする気か。りゅうじんを奪うのが目的だとしても、殺されたアキル・シナワットが残した情報だけで、彼らが潜水船を動かせるとは思えない。

そこから考えられることは、ひとつ。彼らは潜航士を脅して、りゅうじんを奪うつもりでいる。

自分で導き出した結論に、胸の内が震えた。目の前には、手足をしばられていない潜航士が一人いるではないか。アキル・シナワットが参加した調査にも、夏海は潜航チームに名を連ねていたはずだ。

「歩け。下の食堂へ行く。逆らう者は、撃ち殺す。わかったか」

作業服の若い男が日本語で命じた。

「女が最後だ。おれの前を、歩け」

夏海の腕をつかむなり、銃口を向けた。悲鳴を呑むように顔を背け、彼女が目で蒼汰に救いを求めてくる。が、口髭の男に背中を小銃でこづかれてしまい、潜航士たちに続いて歩くしかなかった。結束バンドで両足をつながれているため、すぐつまずきそうになる。

その間も、スピーカーからは船長の苦しげな呼びかけが続いた。

「どうか落ち着いて彼らの指示にしたがってほしい。一人が逆らえば、多くの仲間が犠牲になる。彼らは目的を果たすためなら一切躊躇せず発砲すると言っている……」

通路の奥からは、ほかの乗組員を急き立てる男の声が聞こえた。片言の日本語も耳に届いたので、作業服の若い男のほかにも日本語を操れる者がいるようだ。

蒼汰が階段へ足をかけた時、一発の銃声が響き渡った。後ろで夏海が小さく叫び、その場に座りこんだ。前を行く潜航士も動揺し、慌てて辺りを見回している。

「気にするな。脅しのため、誰かが撃った。歩け。おまえも撃たれたいのか！」

若い男が無精髭に覆われた顔を振って怒鳴り散らした。冷静なように見えて、海賊どもも重圧を感じているのだ。下手に怒らせたのでは、本当に誰かが撃たれかねない。

「さあ、歩こう。今は言うことを聞くしかない。船長が言ったように、仲間のためにもおかしな行動は取らず、食堂へ下りるんだ」

夏海を見てから、潜航士たちに声をかけた。作業服の男が怖ろしい目で見つめてくる。いい度胸をしてるじゃないか。でも、おれたちに逆らうなよ。そう言われた気がして、蒼汰はとっさに目をそらした。

歩け。撃たれたいのか。早く足をしばれ。発音の怪しい英語が通路の奥で飛び交っていた。マレー半島とスマトラ島に挟まれたマラッカ海峡では、今なお海賊が出没すると言われる。彼らはフィリピンの遥か東までテリトリーを広げていたらしい。

「部員食堂へ、行け。早く。急げ！」

階段を下りて、通路を船首方向へ歩かされた。食堂の照明は消えており、中は暗い。まだ午前五時なのだ。

蒼汰たちを食堂へ押しこむと、口髭の男が壁のスイッチを迷いもせずに押した。照明が点されていく。下調べは行き届いている。

「奥へ行って座れ。おかしな動きはするな」

英語で言われたとおり、順に座っていった。蒼汰はわざと後ろを振り向いて時間を稼ぎ、夏海に視線を向けてから壁際に腰を下ろした。

ところが、蒼汰の思惑に反して、作業服の若い男が夏海の腕をまた引いた。数少ない女性を近くに集めておこうというのだろうか。

読みが当たった。しばらくすると、司厨部のスタッフが食堂に連行されてきた。副料理長の女性だけ、やはり手足をしばられていなかった。夏海と並ぶようにカウンターの前に座らされた。おそらく彼女たちには、食事を作る仕事が与えられるのだ。カウンターの奥は厨房につながっている。

二人の航海士と六人の甲板部員も引き立てられてきた。その後ろには、無線士の女性が腕を取られ、ふらつきながら歩いてくる。やはり夏海たちの横に座らされた。

遅れて七人の機関士が、人質の仲間入りをした。最後がジャオテック研究部の三人と三峯チームの四人だった。

犯人どもの手際のよさに、蒼汰は背筋が凍えた。機関士は修理のために工具を使う。司厨部は包丁やナイフを扱う。彼らは手足を結束バンドでしばられたうえ、腰縄で全員が結ばれ、自由を奪われていたのだ。

二十畳ほどのスペースに、四十人ほどの人質が座らされた。

「いいか、我々に逆らうな。命令を聞かないやつは、死ぬ」

最後に現れた男が下手な日本語で言った。歳は四十前後で、肌の色は赤銅色に近く、長い髪を後ろでひとつに束ねている。あごの先に大きな傷痕があった。よく見ると、二の腕やのどにも縫い跡が走っていた。体のあちこちに傷を受ける日々をすごしてきた男なのだ。

あとは作業服の若者、口髭、小太り、ぎょろ目の男がいた。今のところ、五人。

おそらく操舵室で船長を監視する者がもう一人。漁船にも一人が残っているだろう。機関長の姿が見えないので、二重底にも一人が監視についていると思われる。少なくとも計八人。

作業服の若い男のほかは、古めかしい自動小銃で武装していた。銃床や握りの部分に汚れが目立つ。実戦でかなり使われてきたものだと想像がつく。

全員の耳にイヤホンが見え、胸のポケットがふくらんでいた。小型の簡易無線機だろう。腰回りには予備の弾倉のほか、刃渡り三十センチ近いナイフも提げていた。若い男とぎょろ目の背には黒いナップザックがあるので、爆薬でも入っているのかもしれない。

髪を束ねた男が合図を送ると、ほかの四人が長テーブルを片隅へ押しやった。厨房との間を隔てるカウンターに二脚、逆さにして積み上げた。彼らの動きには、まったく無駄がなかった。薄汚れた漁師の姿をしていようと、かなり鍛えられたチームだとわかる。さらに彼らは、互いを名前で呼び合うことをしなかった。発音の怪しい英語で短く言葉を交わしていた。

「一人足りないぞ、プランピー」

髪を束ねた男が小太りに言った。英語のプランプは、肉づきのいいことを意味する。そのままのニックネームだ。

彼らの英語がさほどうまくないのも気になった。母国語ではない英語を使うからには、蒼汰たち乗組員に聞かせる意図もありそうだ。

「いいや、ボス。部屋はすべて調べた。間違いない」

「ビアード、そっちも足りない。すべて確認したのか」

あごに傷のあるボスが、今度は口髭の男に言った。英語のビアードは、口髭の意味だったと思うので、こちらもわかりやすいニックネームだ。

ビアードは数少ない女性の乗組員を前に、舐め回すような卑（いや）しい目つきで見ていた。

「部屋の中は見て回った。こいつらが嘘を言ったに決まってる」

ビアードが言い、素早く小銃をかまえて機関士たちに向けた。その動きを見るなり、作業服の若い男が前に出てきた。手で小銃の先を押した。

「冷静になろう」

「とめるな、セッター。こいつらが悪い。少し痛い目に遭わせたほうが、命令を聞く」

またビアードが夏海たち女性を見て、薄笑いを浮かべた。セッターと呼ばれた若い男は冷めた目でボスに視線を振った。確かセッターは、耳が長くて泳ぎのうまい猟犬だったと思う。

髪を束ねたボスが、蒼汰たち人質をゆっくりと見回した。片言の日本語で言った。

「船長。死んだイケダ。無線室にいた男。機関長、サブエンジニア。ほかに、あと三人、いるはずだ。どこだ。言え」

彼の前に座っていた航海士の一人に銃口が突きつけられた。玉城というセカンドオフィサーが頬を震わせた。

「大場君も、殺したのか……」

「たぶん、死んではいない」

ボスが言って、胸の前で十字を切った。キリスト教の信者か、単なるポーズとも考えられる。

「彼は、看護師のライセンスを持つ。そうだよな。自分で、血止めをしてた。無事を祈ろう」

出航前のミーティングで、蒼汰も聞かされていた。このさがみに船医は乗船していない。代わりに看護師の資格を持つ二人の無線士が乗る。もう一人は女性で、今はカウンターの前で夏海と肩を抱き合っていた。すすり泣きが聞こえる。

セッターと呼ばれた作業服の若者がボスの横に進み出た。蒼汰と変わらない歳に見えるが、密航という重大な任務を任されたうえ、日本語も話せるので、主要メンバーの一人なのだろう。態度も落ち着き払って見える。

「パラオまで、四十八人だ。三人、足りない。いないのは、誰だ。教えろ」

そのうち二人は、奈良橋と滝山だ。あと一人は誰か……。

蒼汰はそっと目だけで、肩を寄せ合う乗組員を見回した。シージャック犯は人質とすべき乗組員の数を正確につかんでいる。この連中がアキル・シナワットを殺害し、船の情報を手に入れたのだ。

「こういう時、歳が上の者に聞く。それが、いい。何度も、この船に乗ってるはずだ」

ボスが人質たちの前を歩いて言った。手にした小銃の先を、ゆっくりとめぐらした。乗組員が次々と身をのけぞらし、一人の男の前で銃口が止まった。潜航チームの司令、下園弘臣だった。

「誰がいない。答えろ。死にたくないだろ」

銃口を眼前にさらされて、下園が頬を引きつらせた。のど仏が大きく上下する。目だけで食堂の中を見渡し、あえぎ声を押し出した。

「……あ、えーと、うちの滝山と奈良橋教授。あとは……司厨部の新人で、名前は確か、一郎君だったと……」

セッターと呼ばれた若い男がメモを取り出し、書きつけた。その一枚を破ると、背の低い小太りに手渡した。東南アジア系の言語で何かしら呼びかけたあと、セッターが下園に近づいて銃口を向けながら言った。

「おまえは、立て。プランピーと操舵室に、行け」

「おれがプランピー。来い、一緒に」

小太りが小銃を振り上げて手招きした。

「早くしろ。死にたいのか！」

大声で責め立てられて、やっと下園が床に手をつき、よろめきながら立ち上がった。

プランピーが隣にいた潜航士を蹴りつけてどかし、下園の背後に回って小銃の先を背に突きつけた。銃口に押されて、下園がのそのそと歩きだした。

二人が食堂から出ていくのを見届けると、髪を束ねたボスが蒼汰たちを見回して、威圧するように低い声で言った。

「いいか、おれたちに、逆らうな。ここで、静かにしてれば、命は助かる。おかしな動き、すれば、死ぬ。まだ、生きていたいだろ？」

いつのまにかカウンターを越えて厨房へ立ち入っていたビアードが、抽出(ひきだし)を開けて包丁やナイフを次々と床へ投げ出した。武器になりそうなものを取り上げておくのだ。

「トイレは、そこのキッチンで、床にしろ。ただし、一人ずつだ」

ボスが厨房を指で示した。なるほど。だから、武器になるものを排除しているのだった。

女性の乗組員は三人だけで、結束バンドで手足をしばられてはいない。食事を提供させるのに働かせるためと、トイレの時を考えてのことだったとわかる。つまり、夏海たち三人にだけ目を光らせていれば、男は全員しばりつけてあるので、楽に監視ができるという理屈だ。

蒼汰は奥歯を噛み、そっと深呼吸をくり返した。無線士の女性と抱き合う夏海に目をやった。

彼女が見返し、目で訴えてきた。これから何が起こるのか。おかしな行動はしないでくれ。そう言いたそうな眼差しだった。

蒼汰は小さくあごを引いて彼女に応えた。次の瞬間、船内スピーカーが再び大きくノイズを発した。

「……聞こえるだろうか、滝山。奈良橋教授。それから一郎君」

小太りのプランピーと食堂を出ていった下園の声だった。操舵室へ連れていかれ、マイクの前に立たされたのだ。

「君たち以外の乗組員は、すべて人質になった。君たちがこのまま身を隠していれば、まず最初に……わたしが、殺される。頼む、出てきてくれ。お願いだ、わたしはまだ死にたくない！」

悲痛な叫びが食堂に響き渡った。

スタッフの最年長者を脅しつけて、涙ながらに仲間を説得させる。理にかなった脅しの手段だ。

「頼む。右舷の部員食堂か、メインデッキの操舵室へ、両手を上げて出てきてくれ。でないと、わたしが撃たれる。三分待つと、彼らは言ってる。彼らには目的があり、それを果たしたら、必ず我々を解放すると約束してくれた。本当だ。だから、頼む。出てきてくれ、お願いだ！」

蒼汰は胸の痛みに耐えかねて目を閉じた。下園の切なる懇願を、三分間も聞かされるのだ。

あの奈良橋が、おとなしく犯人たちの言いなりになってくれるか。名指しされた三人の中で、最も泣き落としの効かない男に思えた。もし姿を現さなければ、下園は確実に殺される……。

「あと二分三十秒だ。頼む、どこにいるんだ。チーフオフィサーの池田君がすでに撃たれて、命を落とした。無線士の大場君も出血がひどく、重傷だ。犯人たちは目的を果たすためなら、平然と銃を撃つと言ってる……」

厨房で、ガタリと物音が鳴った。

髪を束ねたボスが素早くフロアを蹴って、カウンターを越えた。小銃をかまえて視線を振った。

　また物音が大きく響き、続いて震える声が聞こえた。

「……どうか、撃たないで。もう逆らいません。本当です。だから撃たないでください」

　声の若さから、吉高一郎だとわかった。おそらく一人で早く起きだし、厨房で朝食の支度を始めていたのだろう。銃声を耳にして、とっさに戸棚の中へでも身を隠したらしい。

「カモン！」

　ボスが叫び、口髭も厨房へ走りこんだ。作業服のセッターが油断なく残りの人質に銃を向けつつ、ドア前で監視の目をそそいだ。

「お願いですから、助けてください。何もしません。どうか撃たないで！」

　鍋をひっくり返すような金属音が鳴り響いた。ジャガイモの入った袋をたたくような音に続いて、悲鳴が上がった。人質たちが息を呑む。

「黙れ！」

　口髭が怒鳴った。襟首（えりくび）をつかまれた一郎が、奥から引きずり出されてきた。セッターが素早く駆け寄り、結束バンドで一郎の手首をしばりつけた。

　ボスが厨房から戻り、胸に手を当て何かを言った。ポケットの無線機に呼びかけたのだ。

「あと二分だ。一郎君は出てきてくれたぞ。滝山、お願いだ。教授も無駄な抵抗はしないでくれ。君たちが出てこないと、我々の仲間が一人ずつ殺されていく……。まず最初が、わたしなんだ」

時を刻む秒針の音が耳元で大きく聞こえるかのようだった。食堂内が静まり返り、人質すべてが息をつめて恐怖に震える。

蒼汰は祈りを捧げた。お願いだから、早く出てきてくれ。操舵室と無線室はもうシージャック犯の手に落ちた。おそらく犯人たちは船舶電話の回線がどこにあるか承知ずみだ。ラボの回線はすでに切られているだろう。無念ながら、外部に連絡を取る方法はなくなっている。たとえ船内を逃げ回ったところで、打開策が見出せるはずもないのだ。

「おお……滝山。出てきてくれたか。ありがとう……恩に着るぞ」

スピーカーから流れ出る声に、すすり泣きがまざっていた。滝山が階段から操舵室へ上がってきたのだ。

あとは奈良橋一人だった。

いくら偏屈者で通っていようと、人が殺されるのを見すごせるわけはなかった。頼む。今すぐ出てきてくれ……。

「あと一分だ、奈良橋教授、どこにいる。一人で隠れていても、必ず見つかる。その時には、間違いなくあなたも殺されるんだぞ。それでもいいのか。……おい、出てこい、卑怯者が！　自分だけ助かりたいのか！」

涙声がかすれ、悲痛な絶叫へ変わった。下園がどれほど口汚く罵ろうと、彼を責められる者はいない。自分の命がかかっているのだ。

「……いや、すまない。今のは忘れてくれ。ついあなたを責めてしまったが、どうかよく考えてほしい。犯人たちはこの船の配置図をすでに入手している。だから、どこに隠れようと、必ず見つかってしまう。死にたくなければ出てくるしかないじゃないか。違うかな、教授。一人でどう抵抗しようと、今の状況は変えられない。頼む、あと三十秒だ」

「何してるんだよ、奈良橋教授は！」

潜航チームの一人がたまりかねたように言い、蒼汰を睨みつけてきた。航法管制長で副司令を務める平川潜航士だ。

その横から、夏海も目を見すえてくる。あなたの恩師は信頼に値する人なのか、と。

また潜航チームの一人が叫んだ。

「早く出てこいよ！」

「あと二十秒だ。頼む、教授……お願いだ」

下園のうめき声が食堂内に反響した。多くの視線に耐えられず、蒼汰は固く目を閉じた。

寝食を忘れて研究に打ちこみ、自分の求める実績のほかは眼中にない。どこか偏執的な熱情があってこそ、研究者は仲間から認められる成果を手にできる。が、学会や大学という狭い井の中でしか理解されない品行でもあった。あの奈良橋に、まっとうな人としての感情を、小指の先ほどでもいいから持ち合わせていてほしかった。

「あと十秒しかない。頼む！　どこにいるんだ、教授！」

震える叫びが鼓膜を打った。また一人が犠牲になる。

唇を強く噛んだ時、聞き覚えのある声が聞こえた。

「撃つな。出てきたぞ。抵抗する気はない。わたしが奈良橋だ！」

声に気づいて、顔を振り上げた。食堂の入り口に両手を上げた奈良橋が走ってきた。遅い。叫びそうになったが、先に潜航士の一人が犯人たちへ訴えた。

「早く知らせてくれ！」

だが、髪を束ねたボスは動かなかった。胸のポケットに無線機を忍ばせてあるのに、そこには手を伸ばさず、古びた小銃を奈良橋へ振り向けただけだった。

「助けてくれ、頼む――」

壁のスピーカーから泣き声があふれ出た。と思う間もなく、耳を聾する銃声が弾けた。

食堂に座らされていた一同が、雷の直撃を受けでもしたように身を震わせた。蒼汰も自分が撃たれたような痛みを胸の奥で感じた。

「おい、どうして知らせなかった！」

立ち上がって叫んだのは、整備長の藤島だった。目には悔し涙があふれている。

「この人殺しがぁ！」

身をよじりながら非難する藤島を、横に座った男が慌てて押さえようと手を伸ばした。ボスが振り返るなり、藤島の前へ足を踏み出した。小銃を逆さに持ち直して振り上げ、素早く横に払った。

台尻が的確に藤島のあごをとらえた。力任せに殴打されて、体ごと横へ飛んだ。


夏海たち女性の叫びが上がる。口から血を流して倒れ伏す藤島に、仲間の潜航士がひざ立ちで近づいた。が、ボスが今度は銃の台尻で、ドンとフロアをたたきつけた。その音と振動に、一同が動きを止めて身を縮める。

「次は、撃つ。おまえも死にたいのか」

凍りついたように身動きしない人質を見回して、髪を束ねた男が満足そうな笑みを口元に刻みつけた。

14

下園司令の悲鳴と銃声が耳の奥に張りついたまま、息ができなかった。夏海は両腕で胸を抱き、懸命に叫びを呑んだ。嘘だと否定したくても、目の前には銃を持つ男が睨みを利かせ、船が占拠された事実は動かなかった。

なぜ、どうして……。彼らは何者なのだ。

胸に問いかけても、答えは見出せない。自分たちは人質になった。さがみは乗っ取られて、侵入者に逆らうことは許されない。彼らの機嫌を損ねれば、下園のように殺されるのだ。

奈良橋が出頭してきたのに、ボスとおぼしき男は、操舵室の仲間に知らせなかった。我々に背けば、仲間が確実に死ぬ。そう恐怖心を植えつけて、服従させるためだった。乗組員の何人が命を落とそうと、計画は成し遂げてみせる。人の心を持たない冷酷なテロリスト集団なのだ。

悔しさから感情を荒立てて彼らをなじった整備長は、夏海の前で横たわり、口から血を流している。手当してやりたくても、体は動かなかった。恐怖が手足を凍りつかせていた。

蒼汰を置いて逃げた奈良橋が、下園の呼びかけにも姿を見せなかった時、夏海は何て身勝手な男だと憤りをつのらせた。その教え子でもある蒼汰を、睨むことさえした。

けれど、もし自分が船内を逃げていたなら、銃を持つ男たちの前に出ていけただろうか。一人で逃げた事実を反乱行為と見なされて、問答無用に殺されるかもしれないのだ。自分には絶対に無理だ。いずれ見つかるだろうと理解はできても、銃口の前に飛び出していくことはできない。仲間が撃ち殺されると知りつつ、今と同じように息をつめて身を縮めるしかなかったろう。

だから、奈良橋を責められはしない。彼は覚悟を決めて、銃の前に身をさらした。ただ震えるしかない自分より、確実に勇気を持つと言える。

この先どうなってしまうのか……。

お願いだから、早くこの恐怖の時間がすぎてくれ。無神論者のくせに、ひたすら神に祈り、現実から目を背けていた。

ところが――どういうわけか、足音が近づいて、夏海の前で止まった。何かの間違いだろう。全身に悪寒（おかん）が走りぬける。

夏海は身を縮め、Tシャツの胸を抱いて隠した。この船の中の、たった三人しかいない女性の一人。しかも、二十代の若者は自分しかいない……。ただ歩き回っているだけであってくれ。目を閉じたまま、懸命に祈った。

神への祈りは通じなかった。足音は動かず、頭上から男の野太い声が降ってきた。

「おまえ、ナツミ・オーハタだな」

下手な日本語で名を告げられた。

なぜだ。疑問があふれ、胸がつまって息ができない。どうして自分の名前を知っているのだ。頭の中がパニックを起こし、地の底へ突き落とされたような感覚に襲われる。

「ナツミ・オーハタ。顔を上げろ」

再び名を宣告されたが、体は動かなかった。心臓が悲鳴を上げて痛み、呼吸が乱れる。

どこかで誰かが声を上げた。

「彼女に何をさせるつもりなんだろうか」

問いつめるような口調ではなかった。どこか阿るような響きがあった。彼らの気分を害さないよう注意しながら、呼びかけたのだ。

蒼汰の声に思えて、反射的に目を開けた。

異様な顔面が、目の前にあった。色黒で荒れた肌に凹凸が多い。目は血走り、黄色く濁りかけている。髪を束ねた男が前かがみになり、夏海をのぞきこんでいたのだ。蒼汰を目で探すこともできず、夏海は悲鳴を吞んで反射的に横へ倒れた。

「彼女に何か用があるんだろうか」

また蒼汰のものらしき声が聞こえた。続いて野太い声が響き渡った。

「黙れ。おまえは関係ない」

「いや、彼の問いかけに意味はある」

今度は奈良橋教授の声に思えた。手足を結束バンドでしばられ、ドア近くに座らされていたはずだ。

「見てくれ。彼女は怯えている。用があるなら、我々に言ってくれないか」

「黙れ！」

男の怒鳴り声が響き、悲鳴が上がった。肉を棒でたたくような鈍い音も聞こえた。奈良橋が誰かに蹴られたのかもしれない。怖ろしくて、目を開けられずにいた。

「お願いだ。少しは我々の話を聞いてくれないだろうか」

再び蒼汰の声だった。固くつむった目を、恐るおそる開けた。目の前に立っていた男が後ろを向いていた。その先には——無理して胸を張るようにして座る蒼汰がいた。

「何か船のことを聞きだしたいのであれば、彼女よりもっとふさわしい者がいる。言ってくれないか。君たちの目的を……」

最初は声がかすれていた。が、言葉を継ぐごとに気持ちが落ち着いてきたのか、声音に力強さが増した。夏海は薄目のまま、怯えながらも蒼汰を見つめた。

「黙れ。死にたいのか！」

口髭の男が憤然と蒼汰の前へ迫った。

「わかった。何も言わない。静かにしている。本当だ」

今度は蒼汰の声ではなかった。床に倒れた奈良橋だ。苦しげにあえぎながらも、早口で言った。蒼汰を黙らせるためだった。

「この女を、起こせ」

また頭上で野太い声が上がった。

続いて夏海の肩に手がかけられた。肩先に電流が走るような痛みを感じ、身を縮めた。

「ごめんね、夏海ちゃん。わたしに銃が向けられてるの。許して……」

夏海の横に座る文佳の声だった。

彼女を恨めはしない。犯人たちの命令に背けば、彼女も何をされるかわからないのだ。

「ごめん。起こすわね……」

肩に手を回された。もう観念するしかなかった。夏海は冷たいフロアに手をつき、上半身をゆっくりと起こした。顔は上げずにいたが、視界の端に男の汚いブーツが見えている。

「顔を、上げろ」

どっと堰が切れたように涙があふれてきた。怖ろしくて体が言うことを聞いてくれない。けれど、命令にしたがわなければ、もっと怖ろしい事態が待つ。息を継いで座り直し、こわごわと視線を上げた。

「立て。引きずって、いくぞ。さあ、立って、歩け」

髪を束ねたボスが小銃を眼前に突きつけてきた。火薬の焦臭さが鼻をつく。誰かに向けて発砲したとわかり、体がさらに縮こまる。

無理だ……。手足がろくに動かなかった。けれど、立たなければ、殺される。まだ死にたくはない。

横から文佳が手を差し伸べてきた。ごめん。また彼女の詫びる声が耳元で聞こえた。銃で脅されているのだから、謝罪の必要はない。けれど、死地に赴く仲間の背を押す行為だと、彼女は重く悟っているのだった。

生まれたての子鹿よりも頼りなく、ふらつきながら立ち上がった。ひざから腰までが震えていた。

「歩け。操舵室へ、行くぞ」

「夏海……」

聞こえた声のほうへ目をやると、蒼汰が腰を浮かしていた。横に座った三峯チームのエンジニアが慌てたように体を斜めに傾け、肩先でその動きを制止にかかった。奈良橋も苦しそうに身を起こし、蒼汰を見て首を振った。よせ。逆らうな。目で告げていた。

「さっさと、歩け」

銃の先で肩胛骨の辺りを押された。前のめりに倒れかけた。

撃たれて死んだ下園の代わりにされるのだ。怖ろしい予感に足が動こうとしない。

「おまえの代わりは、何人もいる。今ここで、死にたいか」

ボスの冷たい声に、背筋が固まった。深呼吸をくり返し、ひざに力をこめた。どうにか足が動いてくれた。

けれど、驚くほどに船が揺れて、また倒れかかった。たぶん海は荒れていない。恐怖に身が蝕まれて、平衡感覚が狂っている。時化に見舞われでもしたように心が乱れ、全身がすくみ、体がうまく動いてくれなかった。

「夏海……」

また蒼汰の声が聞こえた。けれど、もう振り返ることはできなかった。

気にかけてくれて、ありがとう。銃口に押された背が、火傷（やけど）を起こしたような熱さを感じた。もう会えないかもしれない。考えたくないのに、不吉な予測しか浮かばず、目の前の景色が白くかすれてくる。

狭い通路へ出たところで、無理して首をねじるようにして振り返った。

蒼汰が見ていた。口を引き結んだまま、小さく何度もうなずいてきた。大丈夫だ、必ずまた会える。そう言ってくれていた。

また背中を銃で突かれた。壁を手で押さえ、よろけながら前へ歩いた。蒼汰の姿が視界から消えた。この先は、下園と同じ運命が待っている。絞首台へ歩かされる死刑囚の心境が想像できた。

自分が何をしたというのか。テロリストに襲われた罪なき人々も同じ恐怖と悔しさを抱いたろう。世界に紛争はつきず、ほぼ毎日どこかで銃弾が放たれ、爆発物が火を噴き、血が飛び散っている。自分の身に降りかかって初めて、理不尽さが痛感できた。

この瞬間も平和な日本で安穏（あんのん）とお気楽なテレビ番組を見ながら笑う者がいるかと思うと、その親族までを呪いたくなった。けれど、本当に恨むべきなのは、世界の差別や格差を恥じずに平然と見すごしてきた者たちなのだ。残念ながら、その中に間違いなく自分自身もふくまれている。

三層上の操舵室までが、雲の彼方（かなた）にあるのかと疑いたくなるほど遠かった。

一歩ごとに心臓が痺（しび）れ、手足の先に疼痛（とうつう）が駆けぬけた。銃口で押されたから、かろうじて階段を上ることができた。

息も絶え絶えに、操舵室の前へたどり着いた。ここが地獄の一丁目なのか。そう世を儚（はかな）んだ時、予想もしない声が耳に届いた。

「いいぞ、大畑。よく来てくれた」

驚きに視線を上げた。頭の中が真っ白になった。何が起きたのか、わからなかった。

操舵室の正面には窓が大きく開け、洋上を広々と見渡せた。陽（ひ）が昇り始めたのか、波間がきらめいている。その窓前に、一人の男が立っていた。

ありえなかった。なぜその人がいるのだ。

銃で撃ち殺されたはずの下園だった。

幽霊ではなかった。下園は泣き笑いのような顔で夏海を見つめ、何度もうなずいてきた。目に見えた光景が信じられず、思考が空転する。

殺されていなかったのだ。銃は撃たれたものの、下園に向けられてはいなかったらしい。

手首を結束バンドで結ばれた下園の横には、小銃を手にした筋肉質の男が立っていた。

首にオレンジ色のバンダナを巻いている。年齢は三十代の後半か。

下園の左の壁際には、操舵室へ出頭してきた滝山省吾の姿もあった。見たところ、彼も怪我ひとつしていないようだ。

夏海は素早く辺りを見回した。船長の姿は見当たらない。撃たれて死んだという池田チーフオフィサーも倒れてはいない。いや――それどころか、操舵室のどこにも血飛沫(ちしぶき)の跡がないのだった。

頭が混乱してくる。夏海はしきりに目をまたたかせた。

15

また一人、操舵室に乗組員が連れてこられた。今度は数少ない女性の一人だった。

「船長たちは、そこの無線室に閉じこめられている。驚くのは無理もない。全員、無事なんだ」

ガラス窓の向こうで下園司令が泣き笑いのような顔を見せ、大畑夏海に告げた。彼女が身を震わせて無線室へ向き直る。

驚きの視線を浴びせられて、江浜安久は目を伏せ、不覚を詫びた。今となっては、謝罪の言葉すら見つからなかった。

彼らシージャック犯は手旗信号で、修理のための工具を借りたいと伝えてきた。ミンダナオ島の漁船で、発電機が故障を起こし、漂流しかけている。工具さえそろえば、すぐ修理はできる。ボートで近づくので、アジャスタブルリーマやレンチセットなどの工具を貸してもらえないか。

双眼鏡でデッキを見ると、見すぼらしい身形の漁師が手を振っていた。ボートに工具類を下ろすのなら簡単だった。那覇の海上保安部とも相談して、ボートが近づくのを待った。

ところが、ボートの接近より先に、一人の男が操舵室に乱入してきた。潜航チームの作業服を着ていたので、油断があった。たちまち大型無線機を銃で壊され、閃光弾(せんこうだん)を発射された。

不意をつかれて、何もできなかった。目映(まばゆ)い光に目が眩(くら)み、一瞬にしてすべての感覚を奪われた。転倒を免(まぬか)れようと足を踏ん張るうち、全身に痺れが走って意識が飛んだ。

気がつくと、手足を結束バンドでしばられた状態で横たわっていた。その時になって、ようやく気づいた。何者かが横須賀から密航していたのだ、と。だから、バッテリーと作業服が消えた。ラボ辺りに身をひそめていたのだろう。江浜たちが意識を失ったのは、閃光弾に続いてスタンガンを使われたからだったのだ。

作業服を着た男は、まだ二十代の後半に見えた。が、彼は鍛え抜かれた兵士だった。無線室に残されたメモを見つけ、小型の国際VHF機器で那覇の海上保安部に連絡を取れと命じてきた。工具と一緒に予備の無線機も貸したので、問題はない。そう説明しろ、と銃を突きつけられた。

江浜が首を振ると、作業服の若い男は顔色ひとつ変えずに、大場無線士を殴りつけた。二度も三度も。江浜が「やめろ」と叫ぶまで、執拗にくり返した。

命令にしたがうしかなく、江浜はしばられた手で小型無線機をつかみ、海上保安部を呼び出した。すると、作業服の若い男が無線を奪い、自ら日本語で語り出した。

『チーフオフィサーの池田です。ミンダナオのスリガオ港に所属する、カガヤン三号という漁船で、船長の名はホアン・マカパガルだそうです。予備の無線機を貸したので、地元の組合に連絡を取ると言ってます』

少し発音は危ないところもあったが、そこそこ巧みな日本語だった。海上保安部の係官は見事にだまされ、疑う様子もなかった。太平洋のど真ん中を行く海洋調査船が、海賊に襲われる可能性など一パーセントも考えたことはなかったろう。

よりによって最後の航海が……。

いくら悔しがろうと、銃を持つ男に立ち向かえはしなかった。乗組員四十七名の命を預かる身でありながら、なすすべもなく船を奪われた。船長失格の烙印を自ら押すに等しい失態だった。

その後にブリッジの外で銃声が弾け、ボートに乗った一味が乗り移ってきたとわかった。乗組員の無事を祈っている中、漁師姿の男が操舵室に駆け上がってきた。

下園司令に銃が突きつけられた時は、黙っていられなかった。

『わたしが説得する。船長の仕事だ』

彼らは江浜を殴り、無線室へ押しこんだ。口にタオルをつめられ、あとはただ座視するしかなかった。

続いて池田も無線室に連れてこられた。ともに猿ぐつわをされて、会話はできない。見たところ、床に倒れた大場無線士は、殴られたほかに怪我はないようで、その点は胸を撫で下ろした。

自分の見極めの甘さを恥じるしかなかった。おそらく彼女も部員食堂で囚われの身となっている。司厨部で唯一の女性なので、この先は調理役を任されるだろう。この予測が当たっていれば、しばらく身の安全は保証される。そうであってくれ、と一心に祈るのみだった。

「ぼくも驚いたよ。みんな無事なんだ。どういうことだと思う。君なら想像できるだろ」

下園の横に立つ滝山潜航士が、大畑夏海に語りかけた。彼女への厚き信頼が感じられる話し方だった。

大畑夏海が身をそらし、無線室の江浜たちを見回して言った。

「我々をだまして、おとなしくしたがわせるため……。そうなんですね」

彼女が視線を戻し、下園に問いかけた。

「ああ、そのとおりだ。そこの若者が横須賀から密航してきた。漁船の仲間と示し合わせて、この操舵室を襲った。閃光弾を撃ったあと、スタンガンで船長たちを気絶させた」

「だから、バッテリーが消えた……」

大畑夏海が驚きながらも冷静に解答を導き出した。用意したバッテリーに不具合が生じるかして、盗むしかなかったのだろう。ついでに、船内を動き回るための作業服も手に入れておいた。

表情をなくして立ちつくす彼女の後ろから、シージャック犯のリーダーとおぼしき髪を束ねた男が進み出て言った。

「我々は、おまえたち日本人を殺したくない。もう人殺しは、嫌だ。我々に協力してもらいたい」

16

「話を聞かされて、最初は信じられなかった。彼らが手にしているのは、どう見たって本物の銃だ。けど、彼らは威嚇射撃をしても、乗組員に向けて撃ちはしなかった。人質を目の前で殺して、おれたちに恐怖を植えつけたうえで協力させる手はあったろう。でも、いつ自分まで同じ目にあうかと怖れるあまりに身がすくんでしまい、協力しようにもできなくなる心配は、確かにある」

下園司令が、銃を持つ三人の男たちを見回しながら言った。まるで彼らの言い分を代弁する口振りにも、夏海には聞こえてしまった。

セッターと呼ばれた作業服の男が進み出て、日本語で冷静に告げた。

「我々に協力を誓えば、怖ろしいことは、起こらない。だが、もし逆らうようであれば、次から痛い目にあう。我々は誰も殺したくない。しかし、目的のためには、仕方ない時もある。わかるな」

「でも……あなたたちよね、アキル・シナワット研究員を殺害したのは」

疑問が口をついて出たあと、夏海は早まったかと後悔した。下園たちも驚きに目を見開いていた。罪を鋭く指摘したのでは、彼らを怒らせてしまいかねない。

男たちが素早く目を見交わした。髪を束ねたボスがうなずくと、作業服のセッターが言った。

「すまない……あれは不幸な事故だった。信じてほしい。我々はアキルに協力を求めた。だが、彼はアメリカ国籍を持ち、日本でも恵まれた生活を送っていた。今の暮らしが大切だ、と言った。我々に同情するが、そもそも同じ民族でもない。そう言ったんだ。警察にすべて話す、とも。だから、仲間の一人が怒り、殴った。倒れた時に、頭を打った。不幸な事故だった。信じてほしい」

銃を発砲して船を乗っ取った者を、どうして信じられるだろう。アキル・シナワットは尊い命を奪われたのだ。殺害の意図がなかったという証拠はどこにもない。

髪を束ねたボスが夏海たちを見回して、つたない日本語で言った。

「我々は、目的を果たせば、船を下りる。君たちは、自由になる。だから、協力しろ。断るなら、一人ずつ、殺す。本気だ」

銃を突きつけて服従させることを、協力とは言わない。強要だ。勘違いもはなはだしい。彼らは、武器を使って他国の民間人を脅す犯罪者の集団でしかない。

「もう一度、言う。協力しない者、命を失う。しかし、日本人を殺すこと、目的ではない。ずっと苦しめられてきた我々民族の、独立のため。海に沈んだ宝を、取り戻したい」

やはり狙いは、りゅうじんだった。

だから潜航チームを束ねる下園が最初に目をつけられ、次に自分が呼び出されたのだ。年配者と女性であれば、監視はたやすい。何よりこの二人を服従させれば、少なくともりゅうじんは動かせる。

「大畑。気持ちはわかる。銃を持って脅しつけて、協力してくれとは何事だ、とおれも思った。けど、考えてみろ。彼らは民族の独立のためだと言った。明らかな犯罪行為に荷担(かたん)

しろとまで、強要してきたわけじゃない」

また下園が、彼らの側に立った発言を重ねた。

言われて思い出した。アキル・シナワットの母国は多民族国家で知られ、三百を超える民族が混在すると聞いた。一部の少数民族には、迫害を訴えて政府と対立し、独立を目指す闘いを続ける者らもいるようだった。

「正直言うと、まだ納得できていないところは、ぼくにもある。でも、仲間が人質になっている。今は大切な仲間の命を最優先して考えるしかないと思う」

滝山が静かに、だが力強く言い、唇を嚙んだ。手を貸すしかないだろ。そう目で訴えてくる。

夏海はまだ疑問をぬぐえず、二人に言った。

「聞こえのいい動機を口にした、とも考えられますよね」

「確かにそうだ。言いたいことはよくわかる。アジアの犯罪組織による薬物の密輸は、いまだに毎年、何十件も摘発されて――」

「違う。ドラッグではない。我々の宝だ。民族の力を集めるため、絶対、必要なものだ」

作業服のセッターが下園の言葉をさえぎって語気を強めた。夏海だけを見て、言葉を続ける。

「日本人には、わかるはずだ。我々の仲間は、ずっと苦しんできた。おれたちの家族はみな、軍に殺された。国が多くの仲間を殺してきた。おまえたちも昔、戦争で家族を殺された。自分たちだけいい暮らしをする政治家と軍人が、仲間を殺す。同じだろ？」

視線をぶつけられて、夏海はひるんだ。

難しい問いかけだった。確かにかつて日本は、戦争で多くの犠牲者を出した。だが、当時はかなりの国民が、政府と軍の舵取りに疑問を持たず、開戦直後は中国やアジア各地での勝利に熱狂してもいたのだった。

もちろん、為政者と軍は大本営発表という偽の情報を国民に与え、勝利は目の前にあると言い続けてきた。だから、家族を戦場に送り出すのはつらくとも、国に逆らうことはできなかったと思われる。

けれど、一方的に家族を殺されたとは言いがたい現実があった。当時のことを身をもって知りもしない自分に何が言えるものでもないだろうが、戦争の被害者とは決めつけられない後ろ暗さを多くの日本人が持っている。

夏海が言い返せずにいると、下園が説得の言葉をかけてきた。

「冷静に考えよう、大畑。彼らはテロリストと同じことをやってるのかもしれない。でも、目的さえ果たせば、人質すべてを解放すると言ってるんだ。やるしかないだろ。今も食堂で恐怖に震えている仲間たちのためだ」

銃を向けられ、逆らうことのできない現実は理解していた。けれど、本当に彼らの目的が果たせるのか……。夏海は滝山にも目を移し、静かに首を振った。

「……無理ですよ。本部との定期通信で嘘をつきとおせると思ってるんですか」

「やるしかないだろ。船長だって、乗組員の命を守るには、協力するしかないと思ってるさ。そうですよね、江浜船長」

下園が言いながら無線室のほうへ歩き、ガラス窓を透して中をのぞきこんだ。座らされていた江浜船長が顔を振り上げた。猿ぐつわをされているので声は出せずにいるが、決死の形相で大きくうなずき返してくる。

それでも夏海は不安をぬぐえなかった。

「でも、司令。この船の位置は、衛星を使った測位システムで常時、本部が把握してましたよね」

「その点は心配ない。滝山とも相談ずみだ。検証実験に最適な場所を探している。奈良橋教授がまだ納得しないんで、いろいろ調べ回る必要があって、最初に予定していた海域からは少し離れる。そう伝えれば、本部は必ず信じてくれる」

「あの教授の性格は、運航管理部長も心配してたろ。船の上で我が儘を言いだされたら、船長でも止められないかも、って……」

見事な言い訳だとは思う。だが……。

「銃を突きつけられながら、うまく嘘の演技を続ける自信が、司令にはあるんですね」

自分には、到底できなかった。声が震えて、しどろもどろになるのが落ちだ。本部の者に悟られでもしたら、身の危険が迫る。そう焦ってまともに声が出てこないだろう。

「おれにはりゅうじんチームを預かる責任がある。君たち潜航士を守るためなら、石にかじりついてでも、嘘をつきとおしてみせる。江浜船長も協力していただけますよね」

無線室の船長が、銃を持つ男たちにもわかるよう、身を揺するようにして再び大きくうなずいてきた。

本当にできるのだろうか。海に沈んだ宝を取り戻したい。そう言うからには、輸送中に彼らの船が沈没でもしたのだろう。この広い太平洋の深海に沈んだ船を見つけるために、りゅうじんで潜る。砂漠に落とした一枚のコインを探すより難しいことに思えてならなかった。

「沈んだ船に、サテライトのシステム、載せてあった。だから、一年前、どこに沈んだのか、わかっている」

ボスが夏海に歩み寄り、日本語で言った。近年の新造船は、ＡＩＳ――自動船舶識別装置――の設置が義務づけられている。大切な宝を持ち出そうとしたのだから、測位システムは必須だったと思われる。しかし……。

「待ってくれ。サテライトのシステムと言ったよな。つまり、ＡＩＳ無線ではなく、ＧＰＳだけだったのか？」

滝山が肝心な点を問いただした。ＡＩＳは自船の位置を自動で中継局に発信する装置で、互いの情報をレーダーで確認し合える。

「いや、ＡＩＳは切っていた。だから、沈没したことは知られていない」

若いセッターが迷いもなく答えた。

彼らの船は、船舶共通通信システムを持つ国際ＶＨＦ無線機を積んでいたと思われる。つまり、識別番号や船名を登録しておけば、周辺海域の他船レーダーが傍受（ぼうじゅ）し、互いの位置情報を確認できる。彼らとしては、ＡＩＳを切っていたので、宝を積んだ船の沈没は誰にも察知されていない、と考えているのだ。

しかし、近隣国の軍であれば、薬物の密輸船や他国の海事戦力を把握するため、ＧＰＳを傍受していた可能性は残る。

「船の大きさは？」

下園が望みを託すかのように、犯人たちを見回した。

作業服のセッターが淡々と答え返す。

「全長五十メートル。古い貨物船だ。台風が近づき、波が高くなった。だから、沈んだ。そう聞いてる」

「どうでしょうか、司令。どこかの軍が傍受したとしても、貨物船の沈没はニュースにもなってないわけですよね。密漁船と見なされた可能性は高いのかも……」

「確かに言えるな。無茶な漁師が波に呑まれることは、フィリピンやインドネシアの近海では起こりうるだろうからな」

世界の大国といえども、すべてのGPS電波を傍受はできない。見逃された可能性はあったろうが、決して安心はできない気がする。もし過去のデータと照らし合わせてみる者がいれば……。

一年ほど前、ひとつのGPS電波が途絶えた海域で、日本の海洋調査船がなぜか長くとどまっている。目的は何か。ジャオテック本部に問い合わせが入る危険はありそうだった。

「全長が五十メートルもあれば、何とかなりそうだな」

下園にも不安はあるはずだが、夏海に視線を向け、同意を求めてきた。二人の目が、協力を誓うしかない、とまた強く訴えてくる。

「同じ形の船の写真だ」

ボスが言って、作業台に一枚の写真を置いた。すぐに下園がしばられた両手でつかみ、滝山が横に立った。夏海も後ろへ回り、肩越しにのぞきこんだ。

見るからに古めかしい貨物船だ。船体の幅が広く、船首と船尾に荷揚げ用と思われるクレーンのアームが二本つき出している。

フィリピン海盆の深さは、五千メートル前後。その海底へ沈んだ船を、本当に見つけ出せるのか。しかも、パラオへ寄港する予定なので、時間は限られている。

「大畑。手を貸してくれるよな」

「乗組員のためだ。やるしかないだろ」

二人にまた見つめられた。

17

夏海がシージャック犯に連れていかれた。下園司令の二の舞になりはしないか。蒼汰は今にも叫びそうなほどの恐怖に取り憑かれた。

このままでは知り合いが殺される。そう不安に襲われたのとは違っていた。自分の体の一部が切り落とされるのにも似た、骨の髄にまで響く痛みが身を苛んでいる。呼吸はできるものの、まるで生きた心地がしなかった。己の体の一部のように、夏海のことを考える自分がいる。

彼女たち潜航チームのためを思ってロボットアームを開発したのに、その動機を信じるどころか、裏切りも同じと誤解した度量の狭さが理解できなかった。そういう女と、ともに暮らしていくのは難しい。冷静に考える必要がある。だから、距離を置こうとした。

が、未練を超えてわだかまる感情が、心に深く根を張っていた。ただ純粋に、彼女を失いたくない。シージャックという想像もしなかった事件の渦中に投げこまれて、ようやく自覚できるのだから、男としての覚悟がたぶん自分にはなかったのだ。悔やんでも悔やみきれない。

夏海は無事だろうか。

犯人どもの目的は、りゅうじんにある。やつらはアキル・シナワットを殺し、潜水調査の詳しい情報を手に入れた。しかし、やつらだけで、りゅうじんを格納庫から出して洋上に下ろし、持ち去れるとは思えない。潜航チームの手を借りねば、絶対に不可能だ。

下園司令は撃たれてしまったが、操舵室には滝山という潜航士が投降していた。彼の助けを得られたとしても、まだ人手は足りない。だから、扱いやすい女性の潜航士に白羽の矢を立てた。そうに違いない。きっと夏海は無事だ。

懸命に頭で理屈を組み上げたが、焦燥感はふくらむばかりだった。手足をしばられ、何もできずにいる自分が情けなく、涙がにじむ。

「あの……トイレに、行かせてください」

機関士の一人が、震える声で切り出した。横でもう一人の男もつながれた両手を上げて、自分も同じと訴えていた。

「ワン・バイ・ワン」

一人ずつだ。見張りのために残った口髭のビアードが小銃を振り、最初の機関士を指名した。

　立ち上がろうとした若者は腰砕けのように尻餅をつき、横の仲間に支えられた。もがくようにして身を起こすと、どうにか自力で歩いてカウンターの奥へ進んだ。

　その背後にビアードが立ち、小銃の先を振って威圧する。小太りのプランピーが出入り口に立ち、多くの人質に油断なく目を配り続ける。

「実に見事だ。よく鍛えられた連中だよ」

　横で壁にもたれる奈良橋が、蚊の鳴くような小声で言った。蒼汰も顔と視線を動かさずにささやき返した。

「感心してどうするんです」

「射撃の訓練も積んできたと見ていいな。逆らえば、蜂の巣になるのは確実だ」

　だったら、なぜもっと早く投降してこなかったのか。そう文句を言う代わりに、目で睨みつけた。奈良橋が急に空咳を発した。

　慌てて目を戻すと、プランピーが蒼汰を見ていた。視線がぶつかり、息ができなくなる。

　太い人差し指が蒼汰に突きつけられた。

「おまえ、名前を言え」

「あ……いや、その……」

正直に答えるしかないと思うものの、言葉が出てこなかった。縮んで丸まりかけた舌を無理やり動かし、やっとのことで声にする。

「……ソウタ・クドウ」

「よし。立て！」

あごを振られた。足にまったく力が入らなかった。こういう時に限って、普段はろくに手を貸しもしない奈良橋が、横から押し上げようとするのだから、性格が悪すぎる。

「早く立て。殺されるぞ」

人質たちの視線が蒼汰に集まっていた。

次の犠牲者が決まった。可哀想に……。憐れみの視線が痛いほど身に刺さる。

奈良橋に尻を押されて、どうにか立ち上がれた。まともに犯人たちの顔を見られなかった。観念して目を閉じると、廊下から階段を下りてくる足音が聞こえた。

「ソウタ・クドウ？」

通路の先から、名前を呼ばれた。プランピーが東南アジア系の発音で何か答え返した。

「来い、クドウ。さあ、歩け」

やっと目を開いて視線を送ると、初めて見る長身の男が銃の先を振っていた。筋肉質の太い腕を自慢でもするように袖をまくり上げ、太い首には薄汚いバンダナを巻いている。

なぜ自分が名指しされたのか。蒼汰が奈良橋と無駄口をたたいていた時、この男は食堂にいなかったのだ。無線で指示が出されていたとしても、なぜ蒼汰が指名されたのか、理由がまったく見えてこない。

「前を歩け。早くしろ」

背中を銃の先で押された。頭の中が真っ白になる。どこへ連れていかれて、何をされるのか……。

奈良橋に目で別れを告げると、神妙そうな黙礼を返された。しばられた手を動かし、胸の前で十字を切るポーズまで見せた。

物理の法則しか信じない男が、クリスチャンであるはずもない。無事を祈ると言いたかったにしても、神に召される者を送り出す仕草に映る。縁起でもない。これまでたまった怒りをぶつけようにも、背中をまた銃で押され、前のめりに歩くしかなかった。

つい二十分ほど前、夏海が連行されたのと同じ状況だった。銃を向けられ、狭い階段を上がる。上のボートデッキは潜航チームと研究員の居住区だった。

「上だ。早く上がれ」

メインデッキの操舵室へ連れていかれるわけか。もし夏海と再会できれば、せめてもの慰めになる。

震える足で階段をさらに上がった。操舵室の前に、作業服を着た若い男――セッター――が銃を手に待っていた。

「仲間がいる。中に入れ」

操舵室へ通じるドアが中央にあり、右が無線室で左が総合司令室だ。セッターが親指で示したのは、左。

司令室のドアが開いていた。八畳ほどの、そう広くない部屋だ。手前の壁際が長めのテーブルになっていて、何台ものパソコンが並ぶ。周囲の壁は、ソナーや音響測深装置などの重要機器が占める。中央に置かれた作業台は畳一枚分ほどのスペースがあり、そこを囲むように四人が座っていた。一人が蒼汰を見て立ち上がった。

「驚かないでほしい。無線室には船長と大場君がしばられている。でも、二人とも大した怪我はしていない」

銃で撃たれたはずの下園が目の前に立っていた。右隣には、二十分ほど前に連行された夏海の姿もあった。二人とも無傷どころか、食堂にいた時の蒼白な顔から、少し血色が戻ったようにさえ見える。

下園の左横には、死んだと聞かされた池田チーフオフィサーまでが緊張気味に座っていた。夏海の右隣には、操舵室に投降した滝山潜航士の顔もあった。

これは、どういう手品なのだ……。

下園が詫びでもするように軽く頭を下げてから言った。

「すまない、久遠君。わたしたちが君を指名させてもらった。悪く思わないでほしい」

理解が及ばず、夏海に目を戻した。怯えを漂わせた目が返された。彼女もまだ大いに戸惑っている。

滝山の後ろには、髪を後ろでまとめたボスが小銃を手に立っていた。その口から下手な日本語が放たれた。

「座れ。おまえたちの協力、我々に必要だ」

椅子に座って話を聞くうち、少しずつ状況がつかめてきた。船を乗っ取られたのに、一人も重傷者が出ていなかった事実には、心底驚かされた。

アキル・シナワットの件は不幸な事故だったというが、乗組員に協力を求めるための大嘘という可能性はあった。蒼汰たちを信じさせて協力させたあと、一切の証拠を消すため、人質すべてを始末する計画を秘めていないとは限らなかった。

夏海たちも同じ危惧は抱いたはずだ。けれど、銃の前ではおとなしくしたがうしかない。逆らえば、また別の乗組員が選ばれて、協力を求められるのは目に見えていた。

「では――本当に、フィリピン海盆に沈んだ貨物船を探すため、潜る気なんですね」

蒼汰は写真を作業台に戻しながら、まず下園に訊いた。

「もちろん、やるしかないだろ。沈没した位置はわかってるんだ。その海域を流してマルチナロービームで海底を探り、地形図を作り上げる。五十メートル級の船であれば、船体がすっぽり海底の堆積物に埋まることはありえない。おおよその見当はつけられる」

すべて憶測にもとづく根拠のない願望に聞こえた。蒼汰は夏海に目を転じて問いかけた。

「でも、君は前に言ってたよな。海底地形図で描かれる等深線は、あくまで起伏の傾向を表す目安でしかないものだって……」

夏海がシージャック犯の目を意識でもするように、ぎくしゃくとした鈍い動きでうなずき返した。

「あ、はい。でもそれは、海底地形図を信じきってりゅうじんを動かしたのでは、予想外の岩頭やチムニーに衝突する危険があるからです。ナロービームで深海を計測する際の気象条件によっても、実際の海底の起伏との誤差が大きくなるケースも起こりえます」

夏海は伏し目がちのまま他人行儀に解説した。

その態度を見て、蒼汰はとっさに彼女から目をそらした。堅苦しい言い方をしたのは、二人の関係を犯人たちに悟られないほうがいい、と考えたからに違いなかった。単なる仕事仲間を超えた関係にある男女が人質の中にいると知った場合、嫌がらせを超えた虐待(ぎゃくたい)や暴力に出てくることも考えられる。

危惧を抱いた彼女の気持ちは想像できた。が、すでに食堂で蒼汰は、彼女が引き立てられていく時、男たちに反抗的な態度を取っていた。単に女性を守るため粋がったのだと考えてくれたのならいいが、二人の関係を悟られた可能性は残る。だから、今はより他人を装って(よそお)おくべき。そう夏海は考えたのだ。

「より海底の状況を詳しくつかむために、定域観測グライダーを使う手もある」

夏海のあとを受けて、下園が言った。

「グライダーと呼んではいるが、小型水中探査機のことだ。調査したい水深のデータを打ちこんで海中に放ってやると、自動潜航して地形や海流のデータを集めたうえ、再び海面に戻ってくる。ピンポイントで指定した海底の地形データが入手できる」

「もし、ですよ。そうやって予想をつけた海底にりゅうじんで潜航しても、沈没船が発見できなかった場合は――」

蒼汰が不安を口走ると、髪を束ねたボスがかぶせぎみに言った。

「何度も、潜れ。我々は、目的を果たすまで、おまえたちを、解放しない」

「でも、パラオ着は六日後の予定でしたね」

蒼汰がスケジュールを告げて目で問いかけると、池田チーフがまだ震えを帯びた声で答えた。

「いや、その点は問題ない。りゅうじんに故障が発生したと偽れば、二、三日は時間を稼げる。オーストラリアチームも、りゅうじんが使えないのでは、このさがみに乗船する意味はなくなる。少しは待ってくれると思う」

ひとまず納得はした。が、その方法を採ったにしても、タイムリミットは一週間あまりしかない。その間に、もし海が荒れでもすれば、潜航できる時間はなお短くなる。

「で――ぼくが指名されたのは、ロボットアームを使いたいから、なんでしょうね」

蒼汰が核心に迫る問いかけをすると、下園がまた詫びでもするように頭を下げた。

「そのとおりなんだ。この写真をもう一度よく見てほしい。沈没したのは同タイプの船で、二艘の膨張式救命ボートがＦＲＰ製コンテナに収められ、両舷に設置されていた。この部分だ」

写真に目を落とすと、白い円筒形のコンテナが確認できる。この中にボートが折りたたまれているのだ。

「この右舷に収納されたボートの中に、彼らの取り戻したいものを隠してあったという」

「ものは何ですか？」

下園に訊きながら、男たちにも視線を振った。が、彼らは口をつぐんだまま、答えなかった。あえて表情すら変えずにいる。

「我々も訊いたんだが、教えてもらえなかった。けれど、収納された救命ボートの中に隠し、強く結びつけておいたので、カートリッジの圧縮ガスを噴射させてやれば、コンテナは自動的に開き、救命ボートと一緒に浮上すると言っている」

「確かフィリピン海盆の水深は、五千メートル近くありましたよね」

沈没船は、深海の強烈な水圧に取り巻かれているのだ。五百気圧の海中でガスを噴射させ、期待どおりにボートを膨らませることができるのか。蒼汰は夏海たちを見回した。

「圧縮ボンベの内圧は通常、二百気圧程度だったと思います。水深五千メートルの水圧はその二・五倍になりますよね」

　今さら気づいたかのように、下園たちが目を見張った。水圧に関してはプロの知識を持つのに、圧縮ボンベの性能までは熟知していなかったと見える。

「二・五倍の圧力差があるんですよ。ガスがうまいことボートの中に噴出してくれますかね。いや……すでに深海の猛烈な圧力で、カートリッジ本体が潰れてしまっている可能性もあるんじゃないでしょうか」

「ああ、あらゆる可能性は否定できない。しかし、ガスのカートリッジ本体が割れでもしない限り、その時点で内圧と水圧の均衡が保たれていることになる。つまり、コンテナを開けて、折りたたまれた救命ボートをうまく引き出せれば、浮上とともに水圧が減っていき、やがてガスが噴出してボートを膨らませてくれるはずだ」

　下園が救いを見出すかのように告げたが、表情は厳しいままだ。すべて憶測と願望に近いのだった。

「それを言うなら、すでに救命ボートが押しつぶされて、役に立たない可能性もありますよね」

さらに厳しい見方を口にすると、下園が表情を苦しげにゆがめた。どうして否定的な物の見方しかできないのだ、と文句を言いたかったのだろう。が、生憎と研究者という人種は、あらゆるマイナス要因を排除することで成功へ近づこうと考えるものなのだ。

「救命ボートには通常、多くの装備品が積まれている。数日分の食料や水をはじめ、浮き輪となる発泡材も載せてある。だから、たとえボートの一部が裂けたとしても、海面まで絶対に浮上してくるはずなんだ」

池田チーフまでが細い糸にすがりでもするような口調で補足した。横で滝山もうなずいた。

「最近の膨張式救命ボートは、水深四、五メートルほどの水圧を察知すると、自動的に圧縮ガスが噴出されて、海面へ浮上する造りになっている。だが、写真で見た限り、旧タイプの救命ボートに思える。コンテナを開くスイッチ代わりの赤いロープを引いてやらないと、膨張はしない、そう彼らも言っている」

滝山の説明を受けて、理解が及んだ。そのロープを引くために、ロボットアームが必要なのだ。

旧型マニピュレーターでも、ロープをつかむことはできる。が、ロボットアームほどに動きの精度はなかった。ガスカートリッジが使えなくなっている可能性もあり、その場合はコンテナを強引に開けてやる必要があり、ロボットアームの性能に賭けるしかないのだ。

「そうだとも、久遠君。ロボットアームでコンテナをこじ開けて、ボートを引き出せばいいんだよ。りゅうじんでつかんだまま海面まで浮上してくれれば、同時に揚収ができる。我々の技術があれば、絶対に成功するさ」

下園が希望をこめた説得の言葉を重ねてくる。蒼汰はそれとなくシージャック犯の顔色を盗み見てから、言った。

「――最近の救命ボートにはレーダートランスポンダやイーパブも装備されていたはずですよね」

出航前のミーティングで、多くのレクチャーを受けてきた。救命胴衣の身につけ方から、ボートの使用法まで。自分でも独自にネットで情報を集めてもみた。

レーダートランスポンダやイーパブは、遭難者の位置と救難信号を発信する小型軽量の無線装置だ。当然ながら、このさがみの救命ボートにも装備されている。

「その点は、問題ない」

下園が男たちの表情をうかがう素振りを見せながら答えた。

「どちらも船舶や航空機で扱う周波数帯の無線なので、たとえコンテナを開けて救命ボートを膨張させたとしても、海中から電波は発信できない。水圧に耐えうる構造になってるかも疑問がある」

またも希望的観測だった。

そもそも非常用の通信機器で、雪山から灼熱(しゃくねつ)の砂漠まで使用できるよう設計されたものなのだ。もし水深五千メートルの水圧にも耐えられる造りであれば……。

不安が胸の中で一気に膨れ上がる。海面へ浮上するとともに救難信号が自動的に発信されてしまう。近くを航行中の船が必ず受信し、近隣国の港湾当局へ通報が行く。すぐに確認作業と救助活動がスタートする。

たとえフィリピン海の真ん中であろうと、一時間もあれば偵察機が飛んでくる。その時までに犯人たちは、浮上した救命ボートを回収し、現場海域を離れねばならない。

蒼汰が犯人であれば、飛来する偵察機の目を眩ます方法をまず考える。現場近くに停泊するさがみが、もし黒煙を上げていれば、救難隊は間違いなく、さがみに突発事態が発生して、救命ボートを使ったのだと信じこむ。

その隙に、さがみの前に現れた漁船で、彼らは現場から逃走するつもりなのだ。救難隊が送られてきても、近くを航行する小さな漁船の動きなどは、誰も気に留めないだろう。

レーダートランスポンダが作動しなかった場合も、彼らは逃げ出す前に、さがみの救命ボートを海に落とせばいい。偵察機をわざと呼び寄せることで確実に目眩ましができるのだから、実によく練られた計画だと言えた。

蒼汰は研究者の習性で、またマイナス要因を見つけて問いかけた。

「本部での水圧テストはクリアしましたが、深海での検証実験はこれからなんです。もしロボットアームが動かなくなったら――」

「その点も考慮して、片側には旧型のマニピュレーターを装着する」

下園が迷うことなく答えた。

りゅうじんには、左右二本のマニピュレーターを装着できる。片側のハサミが大きいシオマネキに似た方式で挑もうというわけだ。もちろん、ロボットアームがうまく動けば、ロープをつかんで引くなど楽にできる。

「ただし、マニピュレーター左右の重量が違ってくるので、バランスを崩さないよう、りゅうじんの操縦には細心の注意が必要だ。難しいオペレーションになるが、乗り越えるしかない……」

下園が言って、なぜか夏海と目を見交わした。

嫌な予感がして、蒼汰は言った。

「待ってくれ。もしかすると、夏海もりゅうじんに乗りこむのか……」

驚きのあまりに、つい夏海を呼び捨てにしていた。

彼女は視線を受け止め、周囲の男たちを見てから言った。

「彼らの中の一人がコックピットに乗って、直接指示を出すそうなんです。その際、男の潜航士が二人乗っていて、もし抵抗でもされたら困ると考えたんでしょう……」

りゅうじんの定員はたったの三名。指示を出すシージャック犯が一名。操縦士が一名。それを夏海が務める。最後の一名がマニピュレーターを動かす係になる……。

「すると、このぼくにロボットアームを操れと――」

蒼汰は心臓の疼きを覚えながら言った。

りゅうじんの狭いコックピットに身を置き、海底へ潜航した経験はない。そのあまりの窮屈さに、閉所恐怖症の者でなくとも、パニックを起こしかけると聞いた。

初めての潜航で、しかもシージャック犯に銃を向けられながらロボットアームを操るなど、至難の業(わざ)に思えた。夏海もまだコパイロットの身だった。一人で深海に潜航した経験はない。シミュレーターでの訓練は積んできたろうが、荷の重い任務となる。

下園が蒼汰を見つめ、首を振った。

「いや……久遠君にそこまで望んではいない。君には指導をしてほしい。ロボットアームの操縦法を」

「では、滝山潜航士も乗って、二人でロボットアームを扱うのですね」

当然の指摘をしたつもりだが、下園も滝山も答えなかった。夏海も視線を落としている。

横で発音のあやしい日本語が聞こえた。

「おれが乗る。おれに動かし方を、教えろ」

振り返ると、作業服のセッターが決意に満ちた目を向けていた。

あまりに無茶な要求だった。ロボットアームは中学生にでも操れる手軽さと確実さを目指したが、潜航経験のない者に、とっさの判断ができるとは思えなかった。閉鎖空間の中、どこまで冷静に作業をこなせるものか。不安しか感じない。

蒼汰は下園に向き直った。

「定員は三名ですよね。彼に教えなくとも、もう一人のパイロットが操ればいい。そのほうが成功の確率は高くなる」

「だめだ。パイロットは、一人だ」

今度は、髪を束ねたボスが威圧的に言った。

続けて作業服のセッターがまた訴えかける。

「わざと失敗されたら、船を奪った意味がない。おれが絶対に成功させてみせる」

りゅうじんを動かすには、夏海たち技術者の協力が絶対に不可欠だ。が、狭いコックピット内で男の潜航士と向き合うのは、危険がつきまとう。自分だけ助かりたいと思い、銃を奪おうと無謀な賭けに出てくるかもしれない。

計画を成し遂げるには、りゅうじんのパイロットを一人に制限して、反乱行為を絶対に防ぐべきと考えたのだ。

ボスが感情を排するような目で言った。

「だから我々は、ナツミ・オーハタ、彼女を呼んだ」

すでにパイロットの指名を受けていたから、彼女はずっと沈痛な面持ちで、あえて蒼汰を見ずにいたのだった。その心中は台風に見舞われた小舟より激しく揺れ続けているに違いない。

蒼汰は下園に目を移して言った。

「本当に成功する確率があるんでしょうか。無謀なチャレンジにしか思えませんが」

「彼女ならできる。わたしはそう信じてる。経験は積んできたし、シミュレーターの成績も悪くなかった。精神力も、潜航士の中でトップクラスと言っていい。度胸のよさは、君も知ってるはずだ。昨日、格納庫で堂々と君たちに意見をぶつけたくらいだからね」

「心配しないでください。仲間を助けるためなんです。必ずミッションを成功させてみせます」

夏海が言い終わらないうちに、髪を束ねたボスが動いた。小銃の台尻で、フロアを強くたたきつけた。

「さあ。船を動かせ。海底の地図を、作れ。ミッションのスタートだ！」

18

シージャック犯たちが司令室から出てきた。小銃を手に通路を経て、無線室のドアを開けた。

中へ入ってきたのは、プランピーと呼ばれる小太りの男だ。江浜の隣でうなだれる大場の肩を銃の先でこづき、顔を上げさせた。

「立て。おまえは食堂に行け。いいか、ここで見たことは、一切話すな。話せば死ぬ」

彼らの間でセッターと呼ばれていた若者が後ろから告げた。プランピーが腕をつかんで大場を立たせ、無線室から引きずるように連れ出していった。

髪を束ねたボスと、若いセッターの視線が江浜にそそがれた。

「おまえの代わりは、イケダが務める。でも、りゅうじんを海面へ下ろすには、Aフレームクレーンを動かす必要がある。本部との連絡は、シモゾノが引き受ける。おまえは船を操るだけでいい。逆らわずに、できるな」

ボスが英語で言った。どうやら船長の資格を剝奪(はくだつ)されるらしい。

江浜は五十五歳。若い航海士を食堂から呼んで働かせることはできた。が、銃で監視されながらの作業になり、ミスを呼びやすい。船長としての権限さえ奪ってしまえば、初老の男のほうが扱いやすいし、経験もある。彼らの選択は理にかなっていた。

「いいか。おまえはキャプテンではない。イケダの下で働け。この船のキャプテンは、おれだ。わかるな」

タオルの猿ぐつわを外されて、額に銃口を押し当てられた。

「……イエッサー」

安請け合いに聞こえないよう、江浜は充分に考える間を取ってから答えた。結論はもう見えている。乗組員のためには、協力するしかないのだった。

「逆らえば、殺す。――立て」

銃を突きつけられて通路へ歩いた。

入れ替わるように、栄央大学の久遠という研究員が、セッターに呼ばれて通路へ出てきた。二人はそのまま階段を下りていった。ロボットアームを動かす訓練を早くも始めるらしい。

江浜が司令室に入ると、作業台の前で池田が立ち上がった。江浜を見つめ、申し訳なさそうに一礼してきた。

素早く首を振り返した。気にするな。君のせいではない。あとは頼む。多くの思いをこめて、目で応じた。それでも池田は顔を伏せたままだった。

「では、作戦会議を始めます」

下園が一同を見回して言った。潜航士が二人。あとは江浜と池田。たった五人で、沈没した貨物船を見つけて海底に潜り、救命ボートを引き揚げることが本当にできるのか。

作業台から遠いパイプ椅子に、江浜は腰を下ろした。老兵に似つかわしい席だ。

手始めに、池田が海図を広げた。サテライト測位システムの電波が途絶えた位置は、北緯十三度二十二分四十五秒、東経百三十四度六分十一秒。日時は去年の六月七日、午後十時八分二十五秒。その位置に池田が赤ペンで丸を書きこむ。

フィリピン海盆の南方海域だった。グァム島から西に約千キロほど。さらに八百キロほど西には、フィリピンのサマル島がある。最も近い島はミクロネシアのヤップ島か。それでも南東五百キロは離れている。

「過去に何度もフィリピン海溝に潜って調査をしてきましたから、近海の潮流を観測した過去のデータが本部にあったはずですよね」

滝山が指摘し、下園がうなずき返す。

「当時の気象データも手に入れておいたほうがいいな。――インマルサット回線を使ってネットにアクセスさせてもらいたい」

男たちの顔色を見るように言い添えた。

東南アジア系の言語で短く会話が交わされ、髪を束ねたボスが言った。

「おれが、見る前で、やれ。三分だけだ」

「絶対におかしな真似はしない。わたしはまだ死にたくないし、仲間を助けるために全力をつくす」

「信じているぞ、シモゾノ。パソコン使うのは、一人だ。怪しい動きを見せれば、回線を切る。痛い目にあう。いいな」

「わかっている」

「では、直ちに本船を目標海域に向かわせます」

池田が言って席を立ち、遠慮がちに目を江浜に向けた。

自動航行システムで針路と速力を指定すれば、目的地へ運んでくれる。あとはレーダーで他船の位置情報をチェックするだけでいい。

江浜も椅子から立った。コップと呼ばれた筋肉質の男が池田の後ろへ回りこんだ。江浜を睨み、先に行けと目でうながしてきた。

足首をしばられているため、せかせかと小股で歩くしかない。二人して幼いペンギンのような頼りない足取りで、操舵室に入った。見慣れたはずの海が、取りとめもなく広がっているように感じられた。

機関室にも監視役の男が配され、水谷機関長とセカンドが人質になっていた。いつでもエンジンは動かせる態勢が取れているという。本来なら江浜が命じるのだが、申し訳なさそうに池田が会釈をしながら言った。

「針路修正。北緯十三度二十二分――」

速力は十六ノットに設定した。全速で向かわずとも、明日の朝には目標海域に到達できる。

「問題は、ワッチをどうするかだな」

銃による監視を気にしながら、池田に相談した。

「我々二人で交代するしかありません。潜航チームに負担はかけられないので」

「よし。時間は決めず、疲れた者が申告して、この場で仮眠を取っていこう」

「了解しました」

ＡＩＳを搭載した船であれば、レーダーに表示されるため、接近しても心配はない。フィリピン海のど真ん中に、小型船が通りかかるケースはそうないと思われるが、事故を起こしたのでは、シージャック犯の目的が果たせなくなり、人質の命に直結する。

「よし。次は本部への連絡だ。船舶電話を使っていいだろうか」

司令室から許可を求める下園の声が聞こえた。本船の位置情報は、ジャオテック本部にもリアルタイムで伝わっている。連絡もなく針路を変えたとなれば、先方から呼び出しがくる。

下園が船舶電話の受話器をつかんだ。その横にボスが近づき、銃口を脇腹へ突きつけた。

短縮ボタンを押すと、すぐに本部の担当者が電話に出たようだった。

「――もしもし、お疲れ様です。……ええ、順調ですよ。ただし、あの教授がまた、いろいろ注文を出してきましてね。……そうなんですよ。ある程度の大きさと重みのある岩を採取できる海底でなければ意味がないと言いだしまして。あまりの粘り腰に船長も説き伏せられてしまい、検証実験の海域を少し変更することになりました。……ええ、教授は今、三峯チームと最後のテストを進めています」

操舵室で聞いていても、背筋が冷えてくるほど下園の声は固かった。が、比較的クリアな音声を誇る衛星回線でも、多少はノイズが加味される。本部の担当者が不審に思わずにいてほしい。

「……はい、さがみ司令室、了解です。もし再び海域を変更する場合は、事前に連絡をいたします。……ええ、気をつけます、特に教授の動向には。……では、次の定期連絡でまた詳しく報告させていただきます」

下園が受話器を戻した。緊急事態を告げる符丁のような言葉は聞き取れなかった。

かつて海賊対策のミーティングが開かれた際も、シージャックまでは想定していなかった。不審船には近づくな。怪しい船を見かけた時は速やかに海保へ連絡する。当たり前の指導をされたにすぎなかった。

まさか太平洋上で襲われるとは……。後悔の念がまた湧いて、胃の奥がきりきりと痛みだす。

江浜は窓へ進み、波立つ洋上を見渡した。この先は何があろうと、乗組員を守る。

事態の急変をまだ受け入れられずにいるのか、池田が横でうつむいていた。

「必ず全員で日本へ帰ろう」

「あ、はい……」

「もうすぐ娘さんが産まれるんだろ」

結婚から五年でようやく子を授かった、と笑顔で報告を受けていた。船長として、あらためて思わざるをえなかった。船と乗組員だけでなく、その家族をも預かっているのだ、と。

「黙れ」

後ろで筋肉質のコップが銃を揺すり上げた。江浜は英語で言った。

「全力で君たちに手を貸そうと誓い合っていた。安心してくれ」

「二度と日本語で勝手に話すな。絶対だぞ」

「ラジャー」

銃を握る手がわずかに震えているのに気がついた。この計画に命を賭けて挑んでいるのは、彼らも同じなのだ。極悪非道で血も涙もない海賊集団と思っていたが、実情は少し違うのかもしれない。

江浜はわずかな希望を感じ取った。彼らが言うように、民族の独立のために武器を手に取った者であれば、きっと会話が成立する。彼らはただ卑劣なテロリストではない。だから、人質を殺さない計画を立てた。

暮れゆく海を見渡した。これが最後の航海と決めていた。必ず乗組員と日本へ戻る。夕陽を照り返す海の輝きが、やけに眩しく目に焼きついた。

19

作戦会議が始まっても、夏海は多くを語らずにいた。本当にこの少ないメンバーで沈没船を見つけて海底に潜り、救命ボートを解き放てるのか。口を開けば、次から次へと不安の言葉があふれそうだった。

成功させないと、人質に犠牲者が出る。言い換えるなら、乗組員の命運を、一人でりゅうじんを操る夏海が握っているようなものでもある。気負いすぎてはミスを招きかねず、ひそかに深呼吸をくり返しても重圧は増すばかりだった。

滝山がインマルサット回線からアクセスして、当時の気象データを引き出した。

彼は大学の海洋学部を出ている。ジャオテックに入った当初は、基礎研究グループに配属された。今もデータを活用する手並みは、潜航チームで群を抜く。

「沈没の当日は、台風の影響でかなり波が高くなってましたね」

ダウンロードしたデータを見ながら、滝山が渋い表情になった。横からパソコンを見ると、百五十キロほど東の海上で台風九号が発生していた時期に当たるのだった。

「なるほどな……。台風に追われて、貨物船は逃げ道を失ったわけか」

下園が海図を見て冷静に読みを口にした。

海域の西はフィリピン。南はインドネシア。東はアメリカ領のマリアナ諸島。フィリピン海に差しかかったところで、台風が北上してきたのだろう。西か南に逃げるのが普通だが、エンジンにトラブルでも発生して悪天候から逃れられず、波をまともに受けて沈没にいたったと思われる。

彼らは東南アジアで密貿易を手がけるグループだろうか。ネット検索をかければ、手がかりとなる過去の事件がヒットする可能性はあったが、監視の目がそそがれる中では難しい。

操舵室と司令室には、今後も絶えず監視の者が張りつくのだ。船舶電話を隠れて使うチャンスはまず訪れない。ほかに外部と連絡を取る手段はあるか……。

シージャックされた際に、滝山が第一ラボへ走ったが、メールを送れたとは考えられなかった。さがみはフィリピン海の真ん中を航行中で、ＳＯＳを発信できても、自衛隊や海上保安庁の艦艇が接近するには時間がかかる。たとえアメリカ軍の協力を得て艦隊が近づこうと、四十八人の人質を取られた状況で打てる手立てがあるとは思いにくい。シージャック犯はヘリコプターや飛行艇を要求し、脱出を図るはずだ。悪くすれば、見せしめとして人質に犠牲者が出る。

そう考えると、やはり人質解放への早道は、武装した彼らに協力するほかにない気がした。その結論を冷静に見通したから、下園は彼らに手を貸そうと、早々に決断できたのではなかったか。蒼汰も納得したようには見えなかったが、言われるがまま作業服のセッターと格納庫へ下りていった。おそらく滝山や船長たちも同じ思いでいる。

「次は本部のデータベースに接続させてほしい」

滝山が髪を束ねたボスに了解を求めた。海流の情報を入手するためだ。真横で監視されながら、滝山は一分もかからずに膨大なデータベースの中から必要な情報を選び出した。司令室のディスプレイに次々とデータが表示され、下園がメモを片手に端からチェックしながら言った。

「台風九号の波は東南東から。黒潮の影響もあるので、船が流されたとすれば、西北西の方向で、かつ北寄りだろうな……」

洋上で波が荒れていても、海面下では影響を受けにくい。海底までの深さはつかめているので、捜索すべき範囲をある程度はしぼりこめる。

沈没した海域は、フィリピン海盆の中央やや南に位置する。ただし、お盆のように平らな海底が続いているわけではなかった。四方を海溝や海嶺(かいれい)(比較的急な斜面を持つ海底の高まり)に囲まれているため、周りに比べれば平坦なので、海盆と名づけられたのだ。その水深は、三千五百から六千メートルと幅がある。

二千メートルを越える起伏があるのだから、とても平地とは言いがたかった。低い海山が連なる地形も想定される。もし谷のような海底に船が埋まっていた場合、作成した図面上に船体の特徴が表れず、判別のつかないケースも大いにありうるだろう。

音響測深機は、扇形の音響ビームを多角的に海底へ照射し、反射波が戻ってくる時間差を測定することで距離の概算を弾き出す。そのデータを細かく集めて等深線を描き、海底地形図を作っていく。

周辺海域を何度も往復させることができれば、より多くのデータを集められ、等深線の精度も上がる。が、そのぶん船を行き来させる時間がかかる。

「どこでグライダーを送り出すか、そのタイミングが問題になってきますね」

滝山がデータを見比べながら言い、下園がしばられた手で海図を引き寄せた。

「できるなら、最終確認のために使いたいからな。限られた時間を、少数精鋭でうまく使っていくしかない。おれたちの経験値がものを言ってくる。気を引き締めてかかれ」

「了解です」

海面に戻ってきたグライダーを回収し、パソコンと接続して初めて、集めたデータを活用できる。再びグライダーを潜航させるには、メンテナンスと充電の時間が必要となる。

海図を睨みながら、潜航までのスケジュールを組んでいった。

下園がコピー用紙に工程を書きこむと、髪を束ねたボスが割りこんできた。あごの傷に触れてから、表を示して訊いた。

「ここでようやく潜るのか。遅すぎる」

「グライダーをいつ出せるか、その判断が難しい。おおよその目標だと思ってくれ。事前の準備に手を抜くわけにはいかない」

下園が答えると、小銃の台尻でいきなり作業台がたたかれた。

夏海は反射的に身をすくめた。滝山も目を閉じ、壁へとのけぞる。が、下園は動かなかった。

「海底の詳しい状況を探るには、ある程度の時間が絶対に必要だ。簡単なミッションではないから、入念な準備が成功につながる」

「だめだ。六日もかけるなんて、遅すぎる。三日で潜れ。必ずだ。一日遅れると、人質が一人、死ぬ。そう思え。わかるな」

海底へ潜るのが遅くなれば、さがみの位置情報から本部が疑問を抱きかねない。嘘がどこまで通用するか。彼らは一日でも早く宝を引き揚げ、逃げ去りたいのだ。

「水深五千メートルの海底を甘く見たら、あまりにも危険だ。ただでさえ我々は、人手を制限されている。リスクの高い潜航を強いられたのでは、ミスを誘発しやすい」

ボスがまた小銃を振りかざした。今度は銃口を下園の胸に押し当てた。わずかに身を震わせたが、下園は目の前に立つ男を見つめて言った。

「君たちの願いを叶えるためだ。我々も失敗はしたくない。仲間のために」

「船長が言った。十二時間で到着する。だから、地形図を作るのに、一日。りゅうじんの準備に、一日。三日でできる。やれ」

「無茶だ。その三日間、眠らずに作業を進めろと言う気か」

「五時間は寝ていい。パイロットのナツミは前日に、七時間を与える。三日で、やれ。仲間を殺したいのか。いいな、必ずだぞ」

ボスは話を打ち切り、背を向けた。彼らにも焦りがあるのはわかる。タイムリミットが決められたミッションなのだ。

三日で潜航するスケジュールを組み直した。たった一日で海底地形図を作らねばならない。過去のデータベースを当たって周辺海域の深度を調べ、海流のスピードを仮設定したうえ、五十メートル級の船が沈没までに流される距離をパソコンで計算させた。フィリピンの東を流れる黒潮の影響が強いケースと、台風による西北西の流れを強く取ったケース、それぞれ演算を試みる。

結果はすぐに出た。船が消息を絶った海域から、北西六百メートルの圏内に沈んだ可能性が七十三パーセント。その海域の中点を求めて、直径二キロの圏内を最初に流し、音響探索を実行すると決まった。

池田チーフを呼んで、下園が海図を見せながら説明すると、階段を上がる足音が聞こえた。視線を送ると、手をしばられた蒼汰と作業服を着たセッターだった。

「ずいぶん早かったですね」

滝山が作業台から問いかけた。蒼汰の表情があまりに険しく見える。

「わけがわかりませんよ。どういうことか、まったく動かなかったんです。あれほど横須賀でテストをくり返してきたのに」

夏海は首をひねった。過去のテストでも、ロボットアームが何の反応もしないというケースはなかったはずだ。

ボスが近づき、セッターと呼ばれた若い男と視線を交わした。夏海も目で蒼汰に問いかけた。本当なのか。それとも何かの時間稼ぎに、動かないとの演技をしたわけなのか。

蒼汰が男たちを見回し、小さく首を振った。

「考えられることは、ひとつ。一人で逃げた教授が格納庫に走って、何か細工をしたのかもしれない。手塩にかけて育ててきた果実を摘み取られたくなかったがために。滝山さん、何か見ませんでしたか」

「いや、ぼくは何も……。ただ隠れていたのでね」

第一ラボで何をしていたのだ。男たちに迫られるのを怖れたようで、歯切れの悪い言い方だった。

蒼汰がボスを振り返って、肩をすくめた。

「では、仕方ない。何をしたのか、本人に聞くしかないでしょうね」

確かにありうる話だった。あの教授には、何を考えているのか常人では想像もつかないところがあった。

20

蒼汰はセッターに背中を押され、再びアッパーデッキへ下りた。今度は船尾の格納庫でなく、船首の食堂へ小刻みに歩いていく。

奈良橋は何を企んだのか。支援母船を乗っ取ったことから、犯人の目的はりゅうじんにある、と想像がついた。海に沈んだ何かを探して引き揚げるつもりだ。ロボットアームが使えなければ、作業効率は悪くなる。

たとえ目当てのものを探し出せても、引き揚げられなかった場合、いつまでも同じ海域に留まってはいられない。さがみの航跡はジャオテック本部でチェックできる。船舶電話で言い訳をくり返すにしても、長くあざむくのは難しい。

そこまで考えたすえに、犯人らの時間を奪う狙いでロボットアームに何らかの細工を仕掛けたわけか。だが、目的を達せそうにないとわかった時点で、彼らが素直に人質を解放して逃げる保証はどこにもないのだった。

彼らの求める宝は、今も海の底で眠る。その場所を秘匿しておきたい場合、乗組員の口を封じるのが最も容易(たやす)い方法だ。ゆえに、さがみを沈めるための爆薬を用意していないと誰が言えるだろうか。

自らの命を危機にさらす、あまりにリスクの高い賭けに思えた。ロボットアームを守ろうという意図はわかるが、人質全員の命を脅かすに等しい浅はかな行為だ。

アッパーデッキの通路を一歩ずつ進むと、部員食堂は沈黙に支配されていた。ドア横に椅子を置いた口髭のビアードが、蒼汰たちを見て席を立った。

今のところ、犯人の新たなメンバーは漁船から乗り移ってきてはいないようだった。ボスにセッター、ビアード、プランピー、筋肉質のコップ、ゴーグルと呼ばれる無口なぎょろ目。手足が長く細身の男も見かけた。あとは水谷機関長の姿がないので、機関室にも一人が配されている。計八名。

いずれ監視役を交代して、手の空いた者から睡眠を取っていくのだろう。海底での作業が進まずに長期戦となれば、彼らも疲弊してくる。その隙を突こうと時間稼ぎを図るため、ロボットアームに細工をした可能性はあるが、武装した犯人の機嫌を損ねるのは、どう見ても得策とは思えなかった。

小股に歩いて食堂へ入ると、人質の多くが顔を振り上げた。ビアードが威嚇のために銃口を素早くめぐらせたので、蒼汰に話しかけようとする者はいなかった。奈良橋は右手の壁に背をつけ、胡座をかいている。蒼汰に気づいていながら、目を向けてこない。訪ねてきた理由に早くも見当をつけているのだ。

歩み寄って奈良橋を見下ろした。

「教授のほかには考えられません。ロボットアームが動かないんです。何をしたのか、教えてください」

「ん？　何の話だ」

軽い調子でとぼけてきた。手足をしばられて監視されようと、人を食った態度を変えないのだから、筋金入りの偏屈者だ。

「沈没船を探して、目当てのものを引き揚げることができれば、我々は解放されます。そのためには、ロボットアームが必要なんです」

解放、という言葉を聞いて、多くの乗組員が息を呑むような動きを見せた。視線が痛いほどに突き刺さる。

「実は、下園司令も池田チーフも無事で、上の司令室にいます。なぜなら、彼らの目的を達するには、我々の協力が必要だからです」

おお……。生きていたのか。人質たちの間から、頼りない歓声がぽつぽつと湧いたが、奈良橋は驚いた様子もなく淡々と言った。

「そうか、よかった。彼らの目的が果たされるといいな」

言葉とは裏腹に、目の奥は暗く沈んで見えた。武力で船を乗っ取った連中の言うことを本気で信じているのか。彼らの願いを叶えてやったところで、証拠隠滅のために船ごと沈められて終わりになるのが落ちだろ。どちらも同じ結果になるなら、抵抗しないでどうするのだ。研究者はあきらめたら終わりだぞ。そう目で迫られている、と感じた。

仲間のためにもシージャック犯に手を貸すしかない。一度は決めたはずの心が、ぐらぐらと揺れていた。

彼らは乗組員に発砲しなかった。が、名和大学のアキル・シナワットは殺されている。潜航の情報を手に入れる目的を遂げたから、口封じに殺害された可能性はあった。ならば、蒼汰たちにも同じ運命が待つとは言えないか。世界には、目的を果たすためであれば手段を選ばず、あえて多くの犠牲者が出る方法を選ぶテロが横行する。

おまえは本気でテロリストに手を貸すつもりか。やつらは本国でも無惨なテロ行為をくり返してきたに決まっている。沈没船から麻薬を引き揚げ、多くの武器を調達するつもりだ。その行為に荷担すれば、新たな犠牲者を生む結果につながるぞ。奈良橋の暗く沈んだ目が問いかけてくる。

「彼らに協力しなければ、必ず我々人質に犠牲者が出ます」

ほかに説得の言葉を思いつかなかった。

「では、おれも手を貸そうじゃないか。ロボットアームを点検してみよう」

奈良橋が言いながら背筋を伸ばし、蒼汰の後ろに立つ男たちを見比べた。予想もしなかった発言に目を見張る。

そうだったのか……。さがみが乗っ取られると知り、人質になるのはさけられないと想像できた。そこで、彼らに手を貸す振りをしつつ、反撃の機会を狙おうというのだ。だから、蒼汰を見すえてきた。この人であれば、必ずロボットアームを動かすことができる。そう犯人たちに口添えしてくれ、と――。

蒼汰は素早く意を酌み、セッターを振り返った。が、人の心根を見透かすような鋭い眼差しが待ち受けていた。

「この男が、設計したんだな」

「そうです。なので、ロボットアームの細部まで知りつくしています。だから――」

その先を言うことはできなかった。セッターが銃口を奈良橋に向けたまま、人質たちを見回した。

「ロボットアームを作り上げたエンジニアのボスは誰だ、手を上げろ」

食堂内は静まり返ったままだった。蒼汰の話を聞き、誰も危害は加えられていなかったと知りながらも、恐怖が先に立ち、三峯のエンジニアはそろって顔を伏せていた。

「手を上げないと、仲間が痛い目にあう」

セッターが日本語で言った瞬間、蒼汰は背中に衝撃を受けた。後ろから不意打ちをされて、前のめりにフロアへ転倒した。両手をしばられたままなので、慌てて身をひねって、どうにか顔から倒れることは免れた。

身を起こそうともがく間もなく、今度は太ももに衝撃が襲った。ビアードが薄汚いブーツで後ろから蹴りつけてきたのだ。

女性の悲鳴が上がる。蒼汰は痛みに耐えながら、フロアを転がって逃げた。

「早く手を上げろ。次はそこの女が痛い目にあう」

セッターが声を強めると、ビアードが小銃を向けた。副料理長の女性が悲鳴を放ち、隣の男性へと身を寄せる。

「我々は、日本人を傷つけたくない。でも、逆らう者は、許さない。わかるな」

若いセッターが落ち着き払って言い、人質を見回した。続いてビアードが小銃の台尻でフロアを強くたたきつけた。銃声でも聞いたかのように、人質たちが叫びを放つ。

「君たちがやっている行為は、逆効果だ。脅しつけて働かせたのでは、プレッシャーを感じてミスを重ねる者が出るだけだ」

英語が聞こえた。蒼汰は横たわったまま顔をねじって視線を上げた。殴られた背と足が痛み、耳鳴りまでしていた。が、奈良橋の声に聞こえたのだ。

視界の端でビアードが動いた。案の定、奈良橋の前へ進み、睨(ね)め下ろした。

「黙れ」

野太い声で言うと、右足を後ろへ引いた。察知した奈良橋が身をひねってよけた。が、左肩を蹴られて、横倒しになった。苦痛をこらえる声が響く。

「チーフエンジニアは誰だ。手を上げろ」

またセッターが淡々と人質に呼びかけた。

やっと部屋の奥で両手を上げる者がいた。三峯の坂本チーフが怯える目で、横たわる蒼汰を見つめてきた。名乗り出るのが遅れて、すまない。そう言うかのように、頭が下がる。

「おまえなら、ロボットアームを直せるな」

「あ……いや、見てみないと、はっきりしたことは……」

「おまえが、修理しろ」

「わたしなら、確実に直せる」

ビアードの足元に倒れ伏した奈良橋が、顔を上げて言った。苦しげに声が震えていた。

憤然と見下ろしたビアードがまた蹴りを放った。奈良橋がうめいて壁際へ転がった。

なおも歩み寄ろうとしたビアードの腕を、後ろからセッターがつかんで引き留めた。ビアードが忌々(いまいま)しそうにうなずいてみせ、小銃を奈良橋へ向けて英語で言った。

「二度とふざけたこと言うな。おまえが壊した。我々の計画をつぶすためだ。違うか」

銃口を突きつけられても、奈良橋は言いがかりだとばかりに、大きく首を振ってみせた。

「わたしじゃない。ロボットアームはデリケートなマシンだ。すぐ機嫌を損ねたがる。生みの親であるわたしなら、絶対に直せる。なあ、久遠君」

教授に呼びかけられたので、蒼汰は腹に力をこめて上半身を起こした。痛みに耐えながら声にした。

「……そうです、確実です。教授であれば間違いなく直せます」

「だめだ。おまえは一人で逃げた。油断できない男だ。何かよくないことを考えている。立て」

銃口を奈良橋に向けたまま、セッターがあごを振って坂本チーフに命じた。

力になれず申し訳ない。その意をこめて奈良橋を見ると、黒目がわずかに上下して、目だけでうなずいてきた。

やはり奈良橋は人質になると見越して、ロボットアームに細工を施したのだ。あの状況で、瞬時にそこまで考えたのは流石と言えたが、監視された身で何ができるというのか。銃を持つテロリストに素手で立ち向かう体力など、もとより教授にあるわけもない。

「おまえも立て。行くぞ」

セッターに言われて、蒼汰は自力で立ち上がった。まだ足がふらついていた。

銃口が揺すられて、坂本チーフが頼りない足取りで歩きだした。たぶん彼なら問題なくロボットアームを動く状態に戻せるだろう。

食堂を出る直前、蒼汰はそれとなく奈良橋を振り返った。まだ横たわったまま、その目はフロアの一点を見ていた。自分に何ができるか、知恵を振り絞っているようだった。研究者はあきらめが悪いほど、成功を手にできる。その執念深さは理解しているが、どうかお願いだから、危ないことはしてくれるな。蒼汰は一歩ずつ通路を進み、強く念じた。

奈良橋の軽率な行動ひとつで、人質すべての命が危機にさらされかねない。簡単にあきらめる人でないのが、不安でならなかった。

21

水平線が燃えるような夕焼けに染まっていた。その頭上から夜が闇をまとって追いかけてくる。

江浜安久は操舵室の窓から双眼鏡で茜色に乱反射する洋上を見回した。小さな漁船を見逃しやすい魔の時間帯になっていた。

午前と午後の四時から八時、通称ヨンパーワッチは通常、経験豊かな一等航海士が受け持つ。明け方と日没時は、周囲の船を視認するのが難しい。電子海図をチェックしても、針路上に船影はなかった。念のためにレーダーものぞいたが、近くを航行する船は見当たらず、しばらくは安心できる。

不意打ちのシージャックから、早くも半日がすぎた。今も背後には、操舵室を監視する男が一人。でんと椅子に腰かけ、小銃から片時も手を放そうとしない。彼らの間でコップと呼ばれる男で異様に目つきが鋭い。ニックネームのとおりに警察官の経歴を持つのだろうか。

彼らは船内図を入手していたと見え、セカンドデッキの大型冷蔵庫からリンゴやトウモロコシを持ち出し、分け合っていた。江浜たちに食事が出される気配はなかった。

背後の司令室は無人だ。下で定域観測グライダーの準備が進められている。食堂から新たに連れてこられた坂本エンジニアと栄央大の久遠研究員も、一緒に格納庫へ下りてロボットアームの修理に入った。

二重底の機関室では、水谷と部下が三千馬力のディーゼルエンジンに目を光らせる。江浜の足元では、池田が毛布にくるまって仮眠中だ。ハイテク化された船なので多少の無理は利くが、この状態を長く続けるのは厳しい。保って一週間が限度だろう。六日後にはパラオへ寄港する予定なのだ。それまでに、何としてでも宝を引き揚げねばならない。

問題は、そのあとのほうだった。本当に人質を解放する気が、犯人たちにあるのか。宝を取り戻して逃走する際、彼らは通信手段を断ったうえで、さがみの航行力も奪うつもりだろう。船内に火を放つか、爆破するのが最も手早い。その場合でも、船体に大きな穴が開かない限り、さがみは沈没しない構造になっている。損傷具合にもよるが、脱出のチャンスはありそうだった。手分けして結束バンドを切断し、ボートデッキへ上がって救命ボートを下ろす。日ごろの訓練を役立てれば、船からの退避はできる。

胸の内で手順をなぞっていると、階段を上がる足音が聞こえた。ドアの先を振り返った。

食器籠を抱えた文佳の強張る顔が見えた。江浜と目が合うなり、その表情が泣き出しそうに崩れた。彼女の後ろには、髪を束ねたボスが小銃を手に続いている。

「キャプテン……。遅くなりました。夕食をお持ちしました」

震える声がしぼり出された。食器籠の中を見ると、白い握り飯が山となっていた。

「助かるよ、ありがとう。みんな喜ぶ……」

当たり前すぎる礼の言葉しか言えなかった。銃を向けられたまま米を炊き、人数分の握り飯を作ってくれたとわかる。が、彼女をねぎらい、勇気づける台詞が浮かんでこない。

何を言ったらいいのだろうか。彼女の夫を殴りつけた経緯を、せめて自分が会社に報告していれば、彼女の異動は絶対に認められなかった。別の船に配属されていれば、少なくとも彼女はこのシージャックに巻きこまれずにすんだのだった。

「そこに、置け」

ボスが作業台の上を銃口で示した。文佳が進み出て、震える手でプラスチック製の籠を置いた。

握り飯は小さな俵型だ。とても中に何かを隠しておける大きさではない。ペットボトルの水もラベルが剝がされ、中身がすべて見えている。

「戻るぞ。歩け」

今度は小銃の先が文佳に向けられた。また人質として食堂に戻されるのだ。

涙のにじむ目で見つめられた。何かを訴えようとする視線をそそがれながら、江浜は小さくうなずくことしかできなかった。急いで言葉を添えた。

「……ありがとう。またみんなのために、食事を頼む」

彼女が待っていたのは、ありきたりな礼の言葉ではなかった。気をしっかり持て。必ず作戦を成功させて、みんなを助けてみせる。だから、わたしを信じていろ。いや……君だけは何があっても守る。

言葉は浮かんだが、とても口にはできなかった。文佳の頰に大粒の涙が見えた。立ち去る背中に慌てて言った。

「乗組員のために、全力をつくす。食堂のみんなに、そう伝えてくれ」

「黙れ。行くぞ。歩け」

ボスが再び銃口を通路の先へ振った。文佳が名残惜しげに見すえてくる。その背を、ボスが手で強く押して歩かせた。

本当にすまない。江浜は立ち去る彼女の後ろ姿を見ていられず、陽が落ちて暗く沈んだ洋上に目を戻して唇を噛んだ。

ふいに足元で、苦しげな声が聞こえた。

「本当に申し訳ありませんでした、キャプテン……」

意味がわからず、視線を落とした。壁際で横になっていた池田が、毛布で顔を隠したまま小さく言ったのだった。

「一人で責任を背負うことはない。工具を貸そうと決めたのは、わたしだ」

「違うんです……。ずっと江浜さんに謝まろうと思ってました」

彼女の夫が女に手を出し、揉めているらしい。そう告げたことを、まだ池田は気にしていた。

「前の船のこともあっただろ。ずっと考えて、決めたんだよ」

「いえ、違うんです。彼女のことを……少し恨んでました」

なぜだ。問いかける言葉が出てこなかった。言われて、今さらながら気づいた。確か池田は、社が委託された学術研究船の青鷗丸でセカンドを務めていたと思う。あの当時、文佳も半年ほど青鷗丸に乗っていたはずだ。

「……すみません。江浜さんがまさか殴りつけるとまでは——。別れたほうがいいと思ったのは確かで。本当に、余計なお節介をしてしまい、すみませんでした」

気を静めるために深く息を吸った。そうだったのか。池田に気づかれていたわけか。彼女とのことを。

おそらく彼も文佳を気にして見ていた時期があったのだろう。もしかすると、何らかのアプローチをしたのかもしれない。けれど、彼女はよりによって、歳の離れた妻子ある男に惹かれていた。

「……いいんだ。気にするな」

懸命に無表情を取り繕い、無理して言った。そうだとも。池田に罪はなかった。彼が教えずとも、いずれ噂は耳に届いた。そして、自分は同じことをしたに決まっている。

池田としては、彼女たちの揉め事をあおろうという意図はなかったろう。一度は恨みに思った人でも、別れたほうが彼女のためになる。赤の他人にすぎない男が助言を与えるより、もっとふさわしい人物がいる。

「ずっと謝まろうと思ってました……」

「もう言うな。やつらに聞かれたら、怪しまれるぞ。いいから、黙って横になってろ」

「はい……こんな時になって、本当にすみません」

たくし上げられた毛布が震えて見えた。

慌てて暮れ行く海に目をそらした。鏡になった窓から、卑屈な顔をした初老の男がじっと江浜を見返していた。

22

寒さに震えて目を覚ました。七月の朝の気温は低くない。肩には毛布も掛けられていた。それでも体中に冷たい感覚があった。人質の身だとの意識が体の奥底を凍えさせていた。

夏海はそっと身を起こし、辺りを見回した。操舵室の窓の外が明るくなっている。壁の時計は午前五時五分前。下園と滝山が作業台に突っ伏したまま寝入っていた。夜遅くに格納庫から戻った蒼汰と坂本チーフも壁際で寝息を立てている。

蒼汰の説明では、ロボットアームの固定ボルトが三本外されて油圧がかからず、コントローラーの回路にも破断箇所が見つかった。ボルトをしめ直して予備の回路に替えたので、あとはパソコンを経由してデータをリセットすれば、動くようにはなるらしい。が、油圧の再調節は必須で、少なくともあと五、六時間はかかる見こみだという。

その説明を犯人たちにする際も、蒼汰は絶対に夏海を見なかった。単なる仕事仲間の一人だから、意味ありげな目配せをするわけにはいかない。そう自分を戒めていた。

問題があるとすれば、滝山のほうだ。彼は何かにつけて夏海を気遣い、優しい言葉をかけてきた。疲れてないか。自信を持ってミッションに当たれ。下園司令と支援する。

声をかけられるたび、夏海は胸の内が冷えていった。二人の関係を誤解されたら、女性である自分に災いが降りかかってはこないか。

りゅうじんを操縦する重大な任務があるので、執拗な嫌がらせを受けはしないだろうと予測はできた。が、二人の関係を誤解したら、夏海を思いどおりに操ろうとの思惑から、滝山を痛めつけにかかることも考えられた。それでも滝山は、絶えず夏海を気にかけた。この毛布も彼が掛けてくれたのかもしれない……。

冷えて強張る肩をさすり、夏海は腰を伸ばして操舵室の奥をのぞいた。小銃を持つ筋肉質のコップが、今も動物園のクマさながらに歩き回っている。船を奪われてから、やっと一日がすぎた。

彼らは何者なのか。互いをニックネームで呼び合っているのが、唯一の救いに思えた。素性を隠す意図があるからには、自分たちの正体が暴かれたのでは困る、と考えている証拠だからだ。つまり、人質を解放するつもりでいる。そう見ていい気がする。

罪もなき者を犠牲にするテロ行為は、たとえ加害者の側に同情すべき理由があろうと、許すことはできなかった。銃を振りかざして他国の船を奪う行為は、まぎれもなく悪辣な犯罪だ。そう怒りを覚えながら、なぜか別の感情も湧いてくる。

夏海が暮らす日本という国は、もしかすると世界を相手にテロを仕掛けた先駆けと言える気もするのだった。

先の大戦で日本は多くの犠牲を出したが、その血で民族の独立を勝ち取ったとは言いがたい。夏海たち若者は、ただ経済大国に生まれたから、幸福な人生を歩めている。不幸な現実に抗う（あらが）ため、銃を手にする若者は世界各地に存在する。

そう考えていくと、目の前にいる男たちは、まだしも理性を持ち合わせていた。逆らう者を銃で撃って始末し、恐怖で働かせることもできたのだ。そのほうが手っ取り早い。が、彼らは人質を殺さない方法を選択した。

目的を遂げたあと、口封じのために殺すつもりでいたなら、閃光弾やスタンガンを使って人質を傷つけずにすます面倒な計画をわざわざ実行するものか。もちろん、安易に彼らを信じては危険だったが、彼ら自身が表明したように、やはり人質を解放するつもりがあるとしか思えない状況なのだ。

切なる希望をこめた推測だろうか。だが、船を沈めるという大量殺人を犯し、もし彼らの犯行だったとのちに判明したなら、悪辣極まりないテロリスト集団とのレッテルを貼られるのだ。

すでに彼らはアキル・シナワットを殺害している。さらに大量殺人まで犯したとなれば、関係国による徹底捜査が行われる。彼らグループの関与が浮かび上がれば、世界中から非難され、苛烈な摘発も予想される。彼らが目指す民族の独立は、さらに遠のいていく。

だから、人質を殺さない計画を立てた。そう信じたい気持ちが強くある。

武器を持って乗りこんできたシージャック犯の心情を、いつしか理解しようと考える自分がいた。〝ストックホルム・シンドローム〟という現象が思い起こされる。

監禁された人質が、時間経過を経て、犯人に同情心を抱くようになっていく心理状態のことだった。彼らに気に入られれば、自分は助かる。その保身の感情が、犯人への理解を生んでいく。

彼らの希望を叶えるために、今は手を貸すしかない。そう思う心情こそが、ストックホルム・シンドロームなのか。夏海にはわからなかった。少なくとも、早々に犯人の側へ寝返ったかのように見える下園司令を、決して卑しんではならない。それだけは言える気がするのだった。

堂々めぐりの思案に暮れていると、操舵室に髪を束ねたボスが戻ってきた。

「起きろ。時間だ。さあ、仕事にかかれ！」

夏海たちは格納庫へ向かった。セッターとぎょろ目のゴーグルに銃を突きつけられ、りゅうじんの準備に取りかかる。蒼汰たち研究チームもロボットアームの修理を始めた。

「念のため、バラストはふたパターン用意しておこう。いいね」

下園が手書きの工程表を夏海と滝山に見せた。ロボットアームは旧型マニピュレーターより長く腕が伸び、可動域も広いが、新素材を使っているため重量は五十キロ近くも軽い。りゅうじんが抱える鉄板のバラストは一枚二十五キロ。二枚の微調整ですむ計算だ。

バラストの切り離しは油圧によって行われる。家庭の上水道は〇・三メガパスカルの水圧をかけて送られているが、りゅうじんの油圧はその四十五倍を超える。血管のように張りめぐらされた耐圧ホースに作動油を送るポンプユニットは、まさしくりゅうじんの心臓部だ。手分けして耐圧ホースの接続部を細かくチェックし、メインと予備の蓄電池にも充電を開始する。

横では、蒼汰と坂本チーフが油圧の調節に移った。ジョイント部に埋めこまれたセンサーに信号と可動パターンを読みこませ、ひとつずつ反応を確かめていく根気の要る作業だ。

午前十時二分。さがみが目標海域に達したとの連絡が、セッターの無線に入った。

作業を中断して、夏海たち潜航チームはメインデッキへ急いだ。下園たち男性陣は足をしばられているため、走ることができない。ぎょろ目のゴーグルに小銃を向けられ、一段ずつ慎重に階段を上がっていった。

司令室では、池田が海図を広げて待っていた。江浜船長が電子海図の前に立ち、髪を束ねたボスが二人に油断なく監視の目をそそぐ。

「どの方向から流すか、が重要ですね」

「時間がないので、まず慎重に位置情報を確認して、無駄が出ないようなコースを考えてからスタートしよう。――君たちはビームの準備だ」

下園が池田に答えて、夏海たちに指示を出した。小銃を持って立つ犯人など気にした様子もなく、二人は海図に進行方向を書き入れていった。

江浜船長がさがみの巡航速度を落とした。電子海図と現在位置を照らし合わせつつ、マルチナロービームを水深五千メートル近い海底めがけて照射していく。

音は、およそ毎秒千五百メートルの速さで水中を伝わる。ただし、海水温や海流の動きによって微妙な誤差が生じるため、ビームを多角的に放ち、一度に多くの反射を受ける仕組みだ。データを複層的に集めることで、誤差を最小限に抑えられる。

夏海たちはパソコンの前に座り、計算処理を経て次々と描き出されていく等深線に目をこらした。船の移動に合わせて誤差が少しずつ修正され、海底の起伏が描かれていく。そのデータを3D処理してやることで、より立体的な地形図ができる。

患者のレントゲン写真から病巣を見出そうとする医師のように、全神経を集中させて画像を注視する。貨物船を思わせる立体が描き出されていないか。

目標海域の水深は、おおよそ三千九百メートル前後と浅かった。フィリピン海プレートが西にわずかながら動いているため、南北に海嶺や海膨（かいぼう）（ゆるやかな盛り上がり）の走る箇所が多かった。その高さは、場所によって三百メートルを超える。全長たった五十メートルの貨物船では、石ころのようなものだ。本当に見分けられるのか、不安が襲う。

「くそっ、それらしき形がちっとも出てきやしないな。コンピュータの計算だと、この辺りに沈んだはずなのに……」

仲間のためにも早く沈没船を見つけたい。下園が地形図をあらゆる角度から吟味しつつ、焦りの声を上げた。

滝山が操舵室の船長に呼びかける。

「もう少し西の海域を流してみてください。大波を横からまともに受けて転覆してしまい、先に測位システムだけダウンした可能性も考えられます」

「了解した。五十メートル前後の船が転覆したとなると……船体に破損がなかったとしても、保ってせいぜい一、二時間だろうな」

「毎分十メートル流されたとして、一・二キロ。二十メートル流された場合で二キロ半か……。南北の距離をどう見るかですね」

池田が海図を引き寄せて江浜に告げた。

髪を束ねたボスがあごの傷を触りながら苛立ちの声を上げる。

「早くしろ。あと何時間で終わるんだ」

「半日は見てほしい。夕方までには、この辺りの海底をあらかた探査できる」

「遅い。今すぐグライダーの準備にかかれ」

「無理だ。夕方になったら、グライダーの回収ができなくなる。危険もともなう。責任者としてゴーサインは出せない」

下園が立ち上がって異を唱えた。

見るからに疑ってかかる視線が返された。

「我々が嘘を言って何になる。仲間のためには、一分でも早くミッションを成功させたい。気持ちは君たちと同じだ。だから、グライダーは何があっても回収しなくてはならない。たとえ沈没船らしき影を見つけられても、目指す船ではなかった場合も出てくる。もし二度とグライダーが使えなくなったら、りゅうじんで潜る意味はない。わかるだろ」

必死の形相で下園が訴えかけた。

赤く充血した目で見つめられ、ボスがわずかにあごを引いた。

「よし。……明日の早朝にグライダーで調べる。突きとめたら、りゅうじんですぐ潜る。準備しろ」

「無茶だ。グライダーの回収に二人。りゅうじんを海面に下ろすのにも二人。吊り上げワイヤーを外すのにも二人。この人数では、りゅうじんを着水させるだけでも、かなりのリスクがともなう。少なくともあと二人、仲間を解放してくれないと、作業はできない」

「一人でワイヤーを外す。命令だ、やれ」

「失敗してもいいのか。もし事故が起きれば、もう潜れなくなる。冷静に考えてくれ」

下園が譲らずに力説した。

彼らはアキル・シナワットが残した記録から、潜航に必要な人数を弾き出したのだろう。が、あくまでオブザーバーの研究者が残したメモにすぎないのだ。りゅうじんを吊り上げる巨大なAフレームクレーンの操作者が一名。波の向きに合わせて船の向きを変える航海士が一名。ワイヤーを外す者が一名。パイロットも一名。それでことは足りる、と安易に考えている。

不可能ではないが、途方もなくリスクは高まる。わずかなミスも許されない作業なのだ。特にダイバーがワイヤーを外し、りゅうじんから離れる時が危険だった。直径十センチもあるワイヤーの先には、重く頑丈な取りつけ金具が装着されている。波に同調して金具が大きく揺れれば、ダイバーを直撃しかねず、鉄のハンマーで殴られるに等しい衝撃が襲う。

「冷静に考えてくれ。我々はこのミッションを成功させたい。そのためには、何より安全が第一だ。リスクが高いとわかって緊張しながら任務に当たれば、予想外のミスが生まれる。あと二人いれば、かなりの確率でりゅうじんを安全に潜航させられる。嘘じゃない」

「おまえたちはプロフェッショナルだ。我々は命をかけて、闘ってきた。このミッションも同じだ」

「どうしてわかってくれない。同胞のために、命を惜しまず闘ってきた君たちの勇気と覚悟には感心する。しかし、我々は闘うプロではない。深海の研究者であり、技術者だ。頼む。あと二人でいい。君たちに絶対逆らったりしない者を選ぶつもりだ。人質を解放するという君たちの言葉を我々は信じている。だから、君たちも我々を信じてくれ」

下園がなおも言葉をつくして訴えかけたが、ボスの目の冷ややかさは変わらなかった。一歩前に進み出るなり、下園の胸に小銃の先を突きつけた。

「おれたちは、軍人に銃を向けられてきた。何千、何万の仲間が、虫のように殺された。自分が生きるため、仲間を裏切る者も多かった。でも、おれたちは死を怖れず、仲間のために闘ってきた。おまえたち日本人に、できないわけがない」

彼らが味わってきた苦難は想像するしかない。が、多くの日本人は安全の庇護のもとに生きてきた。過酷な環境に置かれた時、自分に何ができるか、自信を持てる者は少ない。

彼らは日本という国と、その繁栄を当然と考える日本人を、心の底から信用できずにいるのだろう。新たに二人の人質を解放することは、彼らのリスクを高める。口でいくら綺麗事を言おうと、わかったものか。

たぶん日本が、彼らの母国の元首と笑顔で握手を交わしながら、弾圧の不遇にある民族を見て見ぬ振りをしてきたからなのだ。ゆえに夏海たちも、彼らが弾圧されてきた情報を一切知らず、その母国がどこなのか、見当すらつけることができずにいる。

「命はひとつだ。その命を仲間のために、つくす。日本人なら、わかるはずだ。トッコーと同じだ」

特攻――。多くの日本人が、日々の暮らしの中でほぼ思い起こすことのない言葉だった。

連合軍の艦隊に向かって体当たりを仕掛けた特別攻撃隊。祖国のため、国に残してきた大切な家族の明日を守るため、命を散らしていった男たち。

戦後七十年がすぎて、美談として語られることは多い。けれど、敵対する国に混乱を起こし、多くの罪なき犠牲者を出すことを目的とした自爆テロと何が違うのか。日本人の一人としては、違うと思いたい気持ちが強い。けれど、きっと欧米人は何も変わらないと考えているだろう。

彼らも、同じだと信じている。日本は世界と無謀な戦いをくり広げたあげく、多くの犠牲を出して敗戦国となった。が、本土を焼け野原にされながら、いつしか経済大国となり、世界と渡り合える地位を築き上げた。その奇跡とも言える繁栄が手にできたのは、国民が覚悟を持って懸命に闘ってきたからだ。そう彼らは信じることで、自らを奮い立たせ、明日の奇跡を信じて懸命に闘ってきたのだ。

日本人であれば、我々の覚悟を理解してもらえる。だから、さがみをシージャックする際、犠牲者を出さない計画を立て、協力を要請した。そう夏海には思えてくる。

「司令。これを見てください！」

ボスと睨み合う下園の横で、滝山が立ち上がった。

夏海は予感を抱いて、彼の後ろに走り寄った。下園も振り返って、パソコンのディスプレイを見つめた。

「ここです。少し怪しく見えませんかね」

滝山が３Ｄで描かれた海底地形図の一部を示した。水深は三千九百五メートルと表示されている。

夏海には判別がつかなかった。言われて凝視してみれば、海膨の麓に少しだけ盛り上がった部分があるように見えなくもない。

「北からの角度に切り替えます。こんな形の岩があるでしょうか」

滝山がキーボードをたたき、３Ｄ地形図を回転させた。その凹凸を見て、夏海は息を呑んだ。

指で示された部分に、斜め上へ柱状のものが突き出していた。岩塊やチムニーにしては考えにくい突起に思える。

視線を振られた下園がキーボードに手を伸ばした。自ら地形図を回転させた。

「待てよ。待て……。確かに怪しいが、海膨の上部が長期にわたる浸食を受けて崩れたケースもなくはないぞ。大きさは？」

「六十メートル前後でしょうか。少し大きすぎるかもしれません」

「いやいや、それこそ海膨の斜面に衝突して、岩塊と一緒に落ちた可能性も考えられる」

「どうしますか、司令。今からグライダーを出せば、日没までに回収できると思いますが……」

「決断しましょう。司令。あまりにも不自然な形ですよ」

夏海も下園を見つめて言った。髪を束ねたボスも近づいてきた。ディスプレイに表示された正確な位置と水深をメモに取ると、滝山が言った。

「大畑、格納庫へ行くぞ。司令は作業艇を出してください」

23

銃で監視されている現実に変わりはないのに、人は慣れてしまう動物なのだな、と蒼汰は実感した。蹴りつけられた背や足の痛みは、すでに引いている。ドライバーを握る指先はもう震えず、心臓が急にしめつけられることもなく、ロボットアームの修理を終えられた。

海水耐食性に優れたチタン合金製アームの中には、血管のように細い耐圧パイプが縦横に走る。旧型との違いは、パイプ内に神経とも言える光ケーブルの繊維が通っている点だ。関節に当たるジョイント部に光信号を送ることで、微細な油圧調節ができ、より滑らかな動きが可能になる。

修理のために耐圧パイプの油をすべて抜き取ったので、再び注入して圧力を与えないとアームは動かなかった。各ジョイント部の圧力値と信号を結びつけ直してやる必要がある。

坂本チーフが書きこみ用のパソコンをマスターコントローラーとつないで、アームの心臓部に信号を送った。が、すぐに首がひねられた。

「どうした。動かないのか」

作業服を着たセッターが反応して、食ってかかるような形相になった。彼もだいぶ疲れがたまって見える。

「久遠君。前にもあったかな？ ジョイント部のセンサーから信号が返ってこない……」

坂本チーフに問われて、蒼汰は迷った。

研究室で予備テストをくり返した際、同じ状態におちいったことが何度かあった。が、学生たちと夜を徹して原因究明に当たり、プログラムにバグがあったと判明し、万全の対策をほどこしてある。だから、あの時と同じ状態になるわけがないのだ。

つまり、何者かが再び運転ソフトに手を加えた、としか考えられなかった。

その芸当ができる人物はたった一人——奈良橋教授だけだ。

シージャックに遭遇して格納庫へ逃げた際、ロボットアームに細工したうえ、ソフトにまで手を加えたに違いなかった。だから、投降してくるのが遅くなったのだ。三峯のエンジニアも乗船しているので、単なるマシントラブルは彼らが問題なく修理してしまう。が、動作ソフトの異常を検知して直す作業は、開発者でなければできなかった。

何を企んでのことなのか。蒼汰は迷いを振り切って、言った。

「――実は、以前にも何度か同じ異常を起こしたことがありました。たぶん、パイプの油圧を抜いたことで、センサーの感度に影響が出たのだと思います」

「じゃあ、反応しないセンサーをすべて交換しなきゃならないのか」

「いえ。ソフトの書き換えで何とかなると思いますが……」

わざと言葉をにごし、後ろで見つめるセッターに視線を振った。それで坂本チーフにも先読みができたと見える。彼まで悩ましげな顔になった。

「どうした。早く、解決しろ」

セッターが苛立たしげに目を吊り上げ、銃の先を振った。

「ジョイント部のセンサーが反応しない。運転ソフトに手を加えれば、たぶん解決できる。そのためには、ソフトを開発した奈良橋教授の助けがいる」

奈良橋の名を出すなり、セッターの目が鋭くなった。本当なのか。それとも何か企んでのことか。猜疑の視線がそそがれる。

蒼汰は腹を決めて、首を振った。真実を隠しとおして言った。

「ぼくでは無理だ。このアクシデントを解決できるのは、教授しかいない」


セッターは疑わしげな目を崩さず、ボスに無線で報告を上げた。東南アジア系の言語で密談が続いたあと、脅しをこめた目つきで命令してきた。

「プロフェッサーを呼びに行く。もしおかしな動きをすれば、おまえたちも痛い目にあう。だから、あの男によく言い聞かせろ」

再び部員食堂へ歩きながら、坂本がちらりと目を向けてきたのは、先を案じてのことだろう。彼も奈良橋の仕業だと勘づいている。

大いに不安はあるものの、ロボットアームが使えないのでは人質解放の目処は立たない。教授の手を借りるほかはないのだった。

シージャックから三十時間が経ち、食堂に監禁された人質は見るからに疲れ果てていた。足音に気づいて何人かが顔を上げたが、視線はすぐ力なくフロアへ落ちた。食事と水を制限され、銃に監視されながらでは熟睡もできなかったろう。当の奈良橋は優雅に目を閉じ、壁にもたれている。

「呑気に寝ていないで、目を覚ましてください、教授。やはりあなたの力が必要になりました」

蒼汰が呼びかけると、物憂げに目が開かれた。間違いなく演技だ。自分が呼ばれることを予測していたはずなのだった。

「どうした、何があった？　坂本チーフがついていながら、修理できなかったのか」

「いえ、あらかた終わってます。あとは運転ソフトを使ってセンサーの微調整をするだけですが、なぜか信号が返ってきません」

「なるほど。いったんオイルをすべて抜いたんだな」

「はい。バルブを閉め直す必要がありましたので」

「だったら、当然だよ。先にセンサー内のマイクロチップに一時停止の信号を送っておけば、問題なく処理できた。それをしないでソフトを働かせたとなると、ちょっと面倒かもしれないな」

犯人たちを煙に巻くための大嘘だった。

油圧がなくなった時点で、マイクロチップの回路は自動的にリセットされる。が、その事実を知るのは、プログラムの開発を手がけた奈良橋と蒼汰のみだ。その指摘を蒼汰が犯人の前で披露するはずはないと信じてデタラメを口にしたのだから、少しは信頼されていることにはなるのだろう。

「よし、任せろ。何とかしようじゃないか」

奈良橋がフロアに手をつき、おもちゃのロボットみたいに、ぎこちない動きで立ち上がった。腰の横をさすり、ちらりと蒼汰の目をのぞいてくる。とにかく黙っていろよ。あとは任せろ。そう目が強く言っていた。研究が大づめに差しかかると、奈良橋は決まって助手たちを遠ざけ、一人で最終確認をしないと気が収まらない慎重派へ変貌する。

蒼汰も目に力をこめて見返した。犯人たちを刺激するようなことはしてくれるな、と。教授に伝わったかどうか、不安ばかりが駆けぬける。

「待て。動くな」

セッターが奈良橋の前に歩んだ。目で蒼汰に合図を送り、結束バンドをフロアに投げた。

「それで二人の足のバンドを、結べ」

「おやおや、運動会でもないのに、二人三脚をやれというわけか」

「おまえは油断できない。足を結べば、勝手に動けはしない」

奈良橋がしばられた両手を上げて肩をすくめてみせた。了解の合図のつもりらしい。

蒼汰はフロアにかがみ、二人の足の結束バンドをつなぎ合わせた。これでしばらく、トイレに行くのも教授と二人になる。不謹慎だが、〝大〟だけは勘弁を願いたいものだ。

「さっさと歩け。格納庫へ向かえ」

「歩きながら、これまでの状況を説明します、教授。彼らに逆らえば、銃の台尻で思いきり殴られると思ってください、いいですね」

　二人三脚で格納庫へ向かいながら、手短に潜航までの手順を伝えた。すでにマルチナロービームで沈没船らしき輪郭を見つけ、定域観測グライダーでの調査に入ったところだ、と。

「おいおい、素晴らしく順調じゃないか。最初は恐怖で抵抗心を奪っておき、実は犠牲者が出ていないと打ち明けて感謝の気持ちを湧かせて、健気に働かせようという戦略が丸当たりだな。全員まんまと懐柔されたってわけだ」

「黙れ。難しい日本語を話すな」

　セッターが銃の先で奈良橋の背を強く押した。その衝撃で奈良橋がよろめき、蒼汰まで前のめりになった。

「君たちの手腕を褒めたんだよ。長い髪をしたあのボスはかなり頭がいい。ストックホルム症候群の心理状態まで計画のうちだったようだからね」

「うるさい。おまえは必要なことだけ言葉にしろ。あとは黙っていろ。いいな」

「了解した。今後、口は慎もう」

　奈良橋は両手をまた上げ、降参の意思を示したあと、口の前でチャックを閉めるポーズを作ってみせた。銃を突きつけられても、ここまで自分の意見を口に出せるのだから、強心臓にもほどがある。

格納庫に到着すると、奈良橋はマスターコントローラーに接続されたパソコンの前に座った。キーボードを軽やかにたたき始める。その手をたちまち止めて、セッターを見上げてうなずいた。

「思ったとおりだった。わけはない。二時間で必ず直してみせよう」

自信ありげに宣言してみせた。そもそも自分で手を加えたのだから、マッチポンプもはなはだしい。

が、真実は告げずに、蒼汰はさも感心するかのような演技を心がけた。坂本チーフも緊張気味に見つめ続ける。

「必ず二時間で終わらせろ。急げ」

「OK。悪いが、水の差し入れを頼む。のどが渇いて仕方ない」

「うるさい。黙れ。直したら、水をやる」

奈良橋の演技は、なかなか堂に入ったものだった。プログラミング言語をディスプレイに表示させると、画面の右で何やら演算処理をスタートさせた。時に腕組みして黙考し、首を大げさにひねりながら吐息をつく。立ち上がって蒼汰を引きずって歩き、ジョイント部を子細に眺めつつ、何度もうなずくという入念さだった。

もしやパソコンを使って、また何かの細工をしているのか、と疑いたくなった。が、ロボットアームに接続しただけなので、衛星通信や船舶電話とはつながっていない。特殊な演算処理をすべき理由も、蒼汰には思いつかなかった。

　ここまで熱心にプログラムを書き換える演技をする必要がどこにあるのか。奈良橋は一心不乱にキーボードをたたき、プログラムに手を入れ続けた。その間を利用して、坂本チーフが一人で修理箇所を再チェックしていった。足をつながれた蒼汰一人が暇をもてあました。

「よし。これで完成だ」

　奈良橋は本当に二時間近くもパソコンに向き合い、ついに演技を終えた。

「さあ、試運転にかかろうじゃないか。セッターと呼ばれる君。これがロボットアームを動かすマスターコントローラーだ。扱い方はもう聞いてるよな」

　薄い辞書並みの大きさしかないマスコンのボックスを差し出した。今はりゅうじんの船体に装着していないので、直接ロボットアームとつないであった。

「念のために、わたしの口からも説明しておこう。このハンドルを握って前へ押せば、アームは伸びる。左右と上下方向へ動かすには、ハンドルをひねればいい。レバーを握れば、指先が同じように動く。自転車のブレーキのような操作で、アームの先に取りつけたフィンガー・ジョイントが自在に動く仕組みだ。センサーからの反応もあるから、つかんだ物質の硬さも、だいたいはわかる。ほら、やってみなさい」

　コントローラーを押しつけられて、セッターが戸惑いの目を返した。片手に銃を持っているので、両手で受け取ることができないのだ。

それが目的なのか、と警戒心をみなぎらせて、セッターが一歩後ろへ身を引いた。

「なるほどね。銃を手放したくないなら、片方ずつ試してみればいい。あ、そうか――そもそも取りつけるロボットアームは片方だけだったか」

そう言って奈良橋は、パソコンの横にマスコンを置き、両手を上げながら後ろへ退いた。その動きに合わせて、蒼汰も後退する。

セッターが油断なく銃口を揺すり、一緒に並べ、とあごを振ってきた。言われたとおりに三人で身を寄せ、りゅうじんの前まで下がった。

「ハンドルをつかんで、前後左右に動かせばいい。ただし、頑丈で重いアームを油圧で制御――つまり、動かしてるので、ゆっくりとしか反応しない。ハンドルの重さもアームの動きに即している――ぴったり合ってる、ということだ。そら、練習してみなさい」

早くも奈良橋が主導権を握りだしていた。セッターが素直にうなずき、左手で銃を握ったまま、右手でハンドルをつかんだ。

ゆっくりと前に押した。と同時に、ロボットアームの右手がわずかなきしみを立てて前へ動いた。何度もテストをくり返した時と同じく軽やかな動きだった。

「いいぞ。うまいじゃないか。ただし、海の中では水圧があるんで、アームの動きは今よりも少し遅くなる。りゅうじんの船体も安定しているように思えながら、海底の微妙な流れの影響を受けて、上下左右にぶれることがあるらしい。まずロボットアームの指先を目標物に近づけたら、ひと呼吸置いてから、ゆっくり慎重にレバーを握る。焦って岩に衝突して突き指でもされたら、そこでミッションは終わると思ってくれよ。ロボットアームは女性より数百倍も繊細なマシンだからね」

奈良橋は軽やかにジョークまで交えて説明した。

セッターがレバーを慎重に握った。アームの先でチタン合金の〝指〟も同じ動きをくり返した。その滑らかな動きように、セッターが目を見開いた。

「おいおい、若者よ。驚くのはあとだ。そこに置いてある赤い道具箱を上からつかんでみなさい。大丈夫、握りつぶすことは絶対にない。たぶん、ね」

笑いを交えて言った。セッターの表情がわずかながら和んだ。初めて見せる微笑みだった。

アームが右へ伸びて、赤い道具箱の上で静止した。合金製の指先が開き、箱へと下りていく。

「そうだ。慣れるまでは、まず指先を添えてから、距離を測りつつ握るんだ。よし、いいぞ。うまいじゃないか」

赤い道具箱が指で挟まれ、フロアから浮いた。少し握るのが強すぎたのかもしれない。プラスチック製の箱が音を立て、ひびが走った。セッターが慌てて手を開いたせいで、箱がフロアに落ちて転がった。

「どうした、慌てることはないんだぞ。海の中にプラスチック製の岩なんかない。残念なことに、岩を握りつぶすほどのパワーはないから、安心していい」

「OK。動かすのは簡単、そう軽く考えたら、失敗もある。そういうわけだな」

「それにしても日本語がうまいな。日本で何年をすごしたんだ、君は」

機を見て蒼汰は親しげに問いかけてみた。

たちまち睨むような目が返された。

多少は表情をゆるめても、心は決して開こうとしない。日本ですごした年数を伝えたのでは、自分たちの素性につながりかねない。そう思った結果であれば、目的を果たしたあとで蒼汰たち人質を本気で解放するつもりでいる。そう考えていい気がまたしてくる。

「わかった、もう訊かないよ。口は慎む」

気分を損なわれても困るので、蒼汰は言った。愛想笑いは浮かべず、真摯な表情で見返したが、さらに鋭い眼差しを向けられた。

「さあ、もう一度、箱をつかみ上げてみなさい。少し練習を重ねれば、アームを動かす感覚がつかめてくる」

奈良橋が場の雰囲気を変えるように手を軽くたたいて、セッターをうながした。

彼は奈良橋の指導を素直に聞き入れ、またたく間にロボットアームを巧みに操ってみせた。素人でも楽に動かせることを狙って設計したからであり、あらためて奈良橋の開発力と、その理念を実現した三峯チームの技術力に感心させられた。

ところが、五分も練習を続けていると、急にロボットアームが動きを止めた。セッターがハンドルを引いても、アーム自体が反応しなくなったのだ。

「何が起きた。おれがミスをしたか?」

「いや、君の操縦に問題はなかった」

奈良橋が言って、蒼汰を引きずるようにパソコンの前へ移動した。キーボードを何度かたたき、ディスプレイをしばらく眺めてからセッターを見た。

「油圧が安定していない。この点を入念にチェックしていくとなると、一度分解して組み立て直すしかない。それをするには、最低でも一日はかかる」

蒼汰は表情筋に力をこめて、胸の内が顔に出ないよう努めた。あきれるほど強引な論法だったからだ。

油が漏れていない限り、油圧は正常に保たれているはずなのだ。坂本チーフも蒼汰の顔をうかがうような目を向けてくる。

セッターが銃口を素早く奈良橋に向けた。

「時間がない。早く直せ」

「ジョイント部のセンサーをリセットしてやれば、問題なく動く。しかし、またいつ同じ状態におちいるかわからない。急いで修理したことも一因だろう」

「海の底で動かなくなる。その可能性があると言うのか」

何か企んでいるのなら、痛い目にあうぞ。睨み返す目が脅しつけてくる。

奈良橋が困り果てたような演技のあと、視線を戻して言った。

「仕方ない。緊急時に備えて、わたしもりゅうじんに乗せてくれ。その場ですぐ対処ができる」

「だめだ。絶対に、おまえは乗せられない」

セッターが即座に首を振り、銃口を揺すり上げた。

蒼汰はひそかに納得した。奈良橋がキーボードを一心不乱にたたいていた目的は、ここにあったのだ。プログラムに手を加えたうえで、制御が安定しないとの理由から、自分もりゅうじんに乗ろうと考えたらしい。

定員は三名。絶対にパイロットは必要なので、夏海が乗りこむ。そこにもう一人、奈良橋が加われば、二対一になる。

「おれたちを甘く見るな」

セッターが奈良橋につめ寄り、拳銃を振り上げた。と思う間もなく、彼の体が一回転した。

銃で殴ると見せかけての、後ろ回し蹴りだった。蒼汰がとっさに身をそらした横で、無防備だった奈良橋の鳩尾に踵がめりこみ、ひざから崩れ落ちた。

「おれたちをだます気だな、おまえ」

「……違う、本当だ。修理に時間がかけられなかったから、影響が出てる。嘘じゃない」

昨日の食堂に続いて、またフロアに倒れ伏した奈良橋が、苦痛に耐えながら顔を上げた。相手をだまして自分の利益につなげる時には、とことん本気を出せる人だった。

「嘘をつくな。おまえは信用できない。今すぐ直せ。できなければ、殺す」

セッターが今度は足先で奈良橋の胸を蹴りつけた。悲鳴を呑むようにあえぎ、奈良橋が身を丸めてフロアを転がった。その勢いで蒼汰も尻餅をついた。

「いいか、よく聞け。もし沈んだ船から宝を取り戻せなければ、おまえら全員、死ぬ。それでいいなら、おれたちをだましてみろ。おれたちは死を怖れてはいない」

怒りのため、目が異様なまでに光を放っていた。彼らは確実に戦闘の経験を持つ。そうあらためて肝に銘じるしかないだろう。

「わかった……では、こうしよう……」

冷たいフロアで苦しげに身を折り、奈良橋が声を震わせた。

「センサーをリセットするプログラムを作る。りゅうじんのコックピットにパソコンを持ちこんで、コントローラーと接続しておく。そこを経由して、センサーに信号を直接送って、リセットする。その手順でアームは必ず動く……」

これまた嘘八百だった。蒼汰にはわかる。

アーム内のセンサーは与えられた信号どおりに指令を発するのみで、リセットはできない。あえて嘘を言うのだから、まだ何か企んでいる証拠だった。

わざと練習の途中でアームが動かなくなるようにプログラムしておいたのは間違いない。その狙いは、マスコンとパソコンを接続させることにあったと思える。だが、蒼汰の平凡な頭脳では、その結果が何の役に立つのか、まったく見当がつかなかった。

セッターが奈良橋を見下ろして告げた。

「早く取りかかれ。失敗は許さない。急げ」

奈良橋がまた一人で黙々とパソコンに向かい、今度は三十分ほどで作業を終えた。

「もし海底で何かあったら、水中通話機で上に伝えてくれ。いくつか防衛策を採っておいたので、そのつど上から指示を出す。百パーセントとは断言できないが、ほぼ不測の事態に対処できると思う」

つまり、プログラムを書き換えた奈良橋も、潜航したりゅうじんに指示を出すため、上の司令室で待機する必要がある、ということだ。

ロボットアームが動くようになれば、また食堂に戻される。その事態に備えての演技だったとわかる。いかなる時でも本当に知恵の回る人だった。

セッターはまだ疑わしげな目で奈良橋を見ていたが、海底でロボットアームが動かなくなれば、ミッションの成功は遠のく。確率を上げるには、ロボットアームを開発した奈良橋を待機させるほかはないと考えたらしい。

無線で再びボスと相談してから、セッターが奈良橋の前に立った。

「ボスが決めた。何か起きた時には、最初におまえを殺す。おれたちに絶対、逆らうな。わかったか」

銃口に見すえられて、奈良橋は実直そうにうなずきを見せて言った。

「君たちへの全面的な協力を、ここに誓おう」

24

サテライトの位置情報を自動航行システムに読ませて、さがみは沈没船らしき影の上へ移動した。この三千九百メートル下の海底に、船らしき影が沈んでいた。

直ちに下園たち潜航チームが、髪を束ねたボスと後部デッキへ下りていった。その様子を江浜は操舵室の窓から見守った。長さ三メートルの円筒形グライダーが格納庫から台車に載せて運び出され、窓から合図を送る。

下園が手を振り返し、グライダーが水中に投下された。あとはグライダー自身の重みで海底近くまで沈み、より詳しい地形データを集めてくる。

その後、ロボットアームの修理が終わり、潜航チームは格納庫で奈良橋教授たち研究チームと合流した。ロボットアームをりゅうじんの船体に装着するためだ。

かすかな塵ひとつでも接合部に挟まってしまえば、そのわずかな隙間に深海の強烈な水圧が襲う。水漏れが発生すれば、部品の損傷につながるため、コンプレッサーでエアを吹きつけながら船体に装着するのだった。

「キャプテン。少し休んでください。グライダーの回収まで、我々にできることはありませんので」

ソナーをチェックしていた池田が声をかけてきた。そういう彼も寝不足の目がひどく充血している。

「グライダーはもう目標水深に達したころだよな」

意地を張るわけではなかったが、江浜は言った。こちらの覚悟を悟ってか、池田が伏し目がちに答える。

「あと十分ほどでしょうか」

りゅうじんの沈降速度は、毎分四十五メートル。六千五百メートルを潜るには二時間半がかかる。浮上も同じスピードになるため、往復五時間。グライダーの沈降速度もほぼ変わらなかった。三千九百メートルの海底でデータを集めて戻ってくるのに、三時間強が必要になる計算だ。

江浜は思う。本当にあきれるほど海は広く、深すぎる。その平均水深は約三千八百メートルもあり、おしなべて富士山の高さに匹敵する深さを持つ。

西の空に陽が傾き、ようやく格納庫から潜航チームと研究チームが帰還した。

「グライダーはもう浮上に移りましたよね」

「池田チーフ、日没まで何時間ありますか」

「大丈夫。二時間と少しある。よほどおかしな方向に流されでもしない限り、回収に問題はない」

「そうですよ。すでに作業艇の準備は終わってるんです」

「大畑は、ここに残れよ。おれと滝山の二人で何とかする」

彼らは銃を持つ犯人を怖れる様子もなく、ただミッションを成功に導くことしか考えていない。普段から心身を鍛えているにしても、その精神力は並外れていた。名もなき英雄たちが、ここにいる。そう江浜は思わされた。

「下園司令！　ちょっとまずいことになってきました」

急に池田が席を立った。その緊迫した声に、一同が動きを止める。犯人たちが何事かと目で問いかけてくる。

「衛星画像か……」

下園が足を少しずつ動かして近寄った。池田が立ち上がったのは、気象衛星から送られてくる画像を映すモニターの前だった。

さがみは二種類の衛星画像を受信している。アメリカ海洋大気局の衛星〝ＮＯＡＡ〟と気象庁の〝ひまわり〟の画像だ。ＶＨＦ帯で送られてくるデータを処理し、リアルタイムで雲の分布や大気と海面の温度が表示される。

「まさか、台風なのか！」

「はい。東千二百キロの海上で、雲がまとまりだしてます」

「まずいな。辺りの海水温も高いぞ。どう見ても、確実に台風に成長するな」

下園に続いて、久遠研究員がシージャック犯のボスを振り返った。

「気象サイトにアクセスさせてほしい。最新の情報を手に入れたい」

「下手をすると、高波の影響が出るな。下園司令、確か洋上オペレーションの限度は、シーステート４でしたよね」

さすがは研究者で、奈良橋が世界気象機関による波のレベル数値を指摘した。

鏡のように滑らかな海がシーステート０。十四メートルの高さに達する異常な波が、最大の９。４は二・五メートルまでの波を意味する。あくまで平均値を取っているので、最大幅は五メートルに達する波になる。

「待て。波が高くても、海の中は静かなはずだ」

ボスが大きな傷の走るあごをさすりながら言った。確かに海中へ潜れば、波の影響はあまり受けない。問題は、りゅうじんをクレーンで引き揚げる作業のほうなのだった。

さがみの後部甲板に設置された巨大なAフレームクレーンを使って、重量二十七トンのりゅうじんは海へ下ろされる。その際、ダイバーチームが作業艇で近づき、人力で吊り下げワイヤーを着脱するのだ。洋上作業の際、波は大敵となる。

「グライダーを投下する時、作業艇の準備を君も見たろ。全長はたった四メートル半。横波を受ければ、ひとたまりもない。ワイヤーの取りつけ部は金属製で重量もあるから、ダイバーに衝突する危険がつきまとう。だから、シーステート4でも、慎重な作業が求められる」

下園が悔しげに声を押し出した。滝山が決意の表情で上司に向かった。

「心配はいりません。多少の波なら、経験ずみです」

「ぼくも手を貸そう。これでも二百メートル平泳ぎで県の高校記録を持ってたんだ。泳ぎには自信がある」

まるで滝山に張り合おうとするかのように、久遠までが名乗り出た。

やはり、と思わされた。彼はことさら大畑潜航士を見ないようにしていた。その反対に滝山は、彼女を絶えず視野に置いて気遣う素振りを見せた。りゅうじんには大畑潜航士が乗る。彼女を引き揚げるため、二人の男が危険を承知でダイバー役を務めるつもりでいる。

若い者が羨ましい。苦境にあるからこそ、正直な思いが口をついて出たのだろう。

久遠が名乗り出てくれたのは、正直ありがたかった。ただでさえ動けるメンバーが限られていた。当初は下園と滝山の二人が作業艇に乗り、取りつけ金具を外す予定だった。その場合、りゅうじんを海面へ下ろすAフレームクレーンを操作してから、作業艇に乗り移って移動する手間が増える。

が、彼がダイバー役を務めてくれれば、別の者がクレーンの操作に専念できる。

水深三千九百メートルの海底まで潜航するのに、およそ一時間三十分。救命ボートを引き出すミッションに何時間を要するかはわからない。浮上にも同じ時間が必要なため、台風の影響で波が高くなってくる前に、ぜひともりゅうじんを揚収したい。

もし作業艇で近づけず、ワイヤーの取り付けができなくなった場合、りゅうじんを洋上に残すほかはない。台風の荒波に翻弄されたら、船体の破損どころか、大破もありえた。

損傷を防ぐには、潜航のスタート時刻を可能な限り早くして、波が高くなる前にミッションを終わらせる必要があるのだった。

ありがたい申し出だったが、下園は迷うように視線をさまよわせた。

「明日の気象条件をよく見てから考えるしかないだろうな」

「命令だ。絶対に潜ってもらう」

ボスが声音を強め、潜航士を見回した。が、彼は小銃を下園たちに向けはしなかった。脅迫ではなく、懇願の意味合いが強いのだ。

台風をやりすごすことになれば、四、五日近くの時間が無駄に消える。おそらくジャオテック本部は、直ちにパラオへ寄港せよと命じてくるだろう。が、シージャック犯を乗せたまま港に入れるはずもなかった。つまり、多少のリスクを冒してでも、りゅうじんを潜航させろ——そう彼らは主張する以外にないのだった。

もし海底地形図に描き出された起伏が沈没船でないとなれば、潜航する意味はなくなる。パラオに寄港もできないとなれば、事実上その時点で彼らの計画は失敗に終わる。その際、沈没船から宝を回収することを断念して、人質すべてを解放してくれるものか。まずありえなかった。人質を解放すれば、海に沈んだ宝を回収する道は、完全に絶たれるのだ。彼らはテロリストと見なされ、その目的も世界が知ることとなる。貨物船が沈んだ海域にすら近づけないだろう。

この先も沈没船の存在を隠しておきたいのであれば、手段はひとつしかない。口封じのために、さがみを別の海域へ動かし、海深くへ沈めるのだ。乗組員四十八人すべてが死亡すれば、彼らの秘密は守られる。

この場にいるすべての者が、台風の接近が何を意味するか、その先行きを危ぶんでいた。だから、シージャック犯をふくめた全員が沈痛な面持ちでいる。

頼む。どうか沈没船であってくれ。

「もう陽が暮れてしまう。グライダーはまだ戻ってこないんですか」

坂本チーフが身もだえするように声をしぼり上げた。

「計算では間に合うはずです。見てください、すでに浮上を始めてます。あと二十分もあれば……。もう少しですよ」

ソナーの前で答えた下園も、祈るような口調になっていた。

「先に作業艇を出しましょう」

滝山が誰の許可も得ずに、しばられた足を小刻みに動かして階段へ歩いた。髪を束ねたボスも制止はしなかった。おまえも行け、と筋肉質のコップへ目で指示を出した。

「わたしも行きます」

手足をしばられていない大畑潜航士があとを追った。その姿を見て、久遠も一歩を踏み出したが、まだ奈良橋と足を結ばれているため、前のめりに倒れかけた。

「彼らに任せておけば大丈夫だ。もう何度も回収作業を行ってきたベテランだよ、あの二人は」

下園が声をかけると、久遠が歯がゆそうな表情で階段を見つめた。その肩を奈良橋が後ろからたたいて言った。

「二人の邪魔はよせ。――足手まといになるのが落ちだ。わかるだろ?」

どちらの意味にも受け取れる言い方だった。教授も、助手と潜航士の間に流れる微妙な空気を察していたと見える。

すでにクレーンを使って作業艇は海に下ろされていた。本来は、不測の事態に備えてダイバーも同乗して回収する決まりなのだ。今回は二名のみでの作業で、事故のリスクは高まる。

江浜は操舵室の大窓を振り返った。空が夕焼けに染まり、サイドデッキの欄干もオレンジ色に輝いていた。照り返しを受けて、洋上が金の光を放つ。

見下ろす先の後部デッキに、まず滝山が走り出てきた。すでに足の結束バンドは外されている。大畑潜航士が続いて、右舷の死角へと消えた。最後に筋肉質のコップが小銃を抱えながら歩いていく。もはや二人の潜航士は監視の目を気にもせず、ただ任務を果たすために動いていた。

「よし。浮上してくるぞ」

下園がソナーの前で言い、簡易無線のマイクを引き寄せた。

「作業艇、出動だ」

日没と競い合う四十分が経過した。江浜はシージャック犯の許可を得て、海面を照らすライトを灯した。

操舵室の窓から外を睨むと、夕暮れの暗い海が見渡せる。グライダーの回収に向かった作業艇のライトはまだ洋上にある。

池田とセッターもサイドデッキへ下りていった。作業艇は右舷につないでおける。が、グライダーの重量があるので、クレーンを使って引き揚げねばならなかった。

「戻ってきたぞ！」

無線を受けた下園が声を弾ませた。

クレーンでの収揚も慎重に進めねばならず、また長い待ち時間が経過した。

さらに十五分がすぎて、ようやく階段を駆け上がる足音が聞こえた。先頭はデータボックスを抱えた滝山だった。

遅れてコップが追いかけてくる。が、小銃は肩から提げたままで、滝山の動きを警戒する素振りはない。彼がもしデータを海に投じでもすれば、彼らの計画は頓挫するが、自らの首を絞める行為をするはずがないと信じきっていた。

そこには不思議な連帯感が通底しているように、江浜には見えた。ミッションが成功しなければ命はないも同然だから、少し目を離したところで、日本人は従順に働く。逆の見方をすれば、日本人を信頼せねば、彼らの目的は果たされない。犯人と人質の間に、均衡の取れた依存関係が成り立ちつつある。

「お待たせしました」

「貸してくれ。大畑たちはどうしてる」

「明日の潜航に備えて、作業艇の燃料を補充してます」

「いい心がけだ」

ボックスを受け取った下園が、ＵＳＢのコードを延ばしてパソコンに接続した。キーボードをたたいてデータを読みこませる。

この場にいるすべての者が、同じ結論を願っていた。犯人も人質も、気持ちはひとつだった。

下園が力強くエンターキーを押した。ディスプレイに等深線が描かれ、海底の詳しい地形が映し出されていく。

「見てください、これを！」

滝山が歓喜の声を上げた。

チムニーとは思えない形状の突起が描写されていた。折り紙で作った帆掛け船のような形だ。海膨の麓近くで、斜め十五度くらいに船首のようなものが突き出していた。

「大きさは五十メートル弱。もう間違いない。沈没船だ。見つけたぞ」

下園がつながれた両手を上げて、拳を振りかざす。その視線の先で、髪を束ねたボスが大きくうなずいていた。

あとは台風の進路と規模、接近するスピードにかかっていた。江浜は暗い洋上に目を戻し、海の守り神でもある龍神に祈った。

台風よ、頼むから大きく育つな。我らの船と大切な仲間を守りたまえ。

明日の早朝から、ついにミッションがスタートする。

25

午前四時五十分。睡眠導入剤のおかげで眠りにはつけたが、不気味な夢ばかり見たせいで何度も目が覚めた。深い穴に落ちていったり、水中で溺れかけたりする夢だった。目が覚めても、さして夢と変わらない現実に取り巻かれていた。

夏海は踏ん切りをつけて寝袋から起き出した。シージャックされてから緊張の連続で、重く疲労がよどんでいる。が、たぶん体は持ちこたえてくれる。人質となった仲間のためには、絶対に失敗の許されないミッションだった。

寝袋を畳み、誰もいない無線室から通路へ出た。司令室をのぞくと、パソコンの前に座る奈良橋の姿しか見えなかった。下園たちは早くも準備に動きだしている。

「よ、おはようさん。体調はどうかな。そろそろ司厨部がサンドイッチを持ってきてくれるころじゃないのかな」

奈良橋が監視の身とは思えない柔和（にゅうわ）な笑顔で呼びかけてきた。

その声が聞こえたらしく、操舵室の奥で影が動いた。口髭のビアードが目を光らせていた。肩に担いだ小銃に手をかけたが、銃口を向けはしなかった。例によって嫌らしい目で夏海をなめるように見回してくる。

「おはようございます。波がまだ高くなっていないようで、少し安心しました」

夏海は教授の横に歩み寄った。船体の揺れはさほど感じなかった。窓から外を見ても、洋上に白波は少ない。台風はまだ東の海上にある。

「いや、糠喜びはしないほうがいい。アメリカ気象予報センターも台風の進路予想を出したが、どんぴしゃでこっちに向かってる」

言われて心臓が縮み上がった。だから蒼汰まで姿が見えず、下園たちに手を貸しているのだ。昨夜のミーティングどおりに、ミッションは強行されると決まったらしい。

「波は何時ごろから高くなるんでしょうか」

「夕刻だな。日本時間の午後三時か四時には二メートルを超えるとの予報が出てる。悪くすると、もう少し早くなるかもな。偏西風が北へ回りこむデータも見られるからね」

偏西風が弱まれば、台風は西へスピードを上げる。吊り上げワイヤーの装着はもちろん、作業艇で近づくのもリスクが高くなる。

「君の心構えができ次第、一刻も早く潜航したい。そう下園司令が言っていた。できるね、大畑君」

司令補佐を仰せつかりでもしたような言い方だった。夏海は無言でうなずいた。

「それと、うちの可愛い助手は、もうドライスーツに着替えてスタンバイしてる。滝山君の足手まといにならなきゃいいがね。ま、あまり期待はできないけど、やる気だけは買ってやってほしい」

「いえ、大いに期待しています。県の高校記録を持ってたこと、わたしも前に聞いたことがありますから」

「断っておくが、わたしたち研究員は、成果を手にするためなら、どんな嘘でもつきとおすものさ。覚えておいたほうがいい」

大真面目な顔で言ってから、悪戯小僧を思わせる笑みを口元に浮かべた。意味はわかるね、と言うように目配せしてくる。

彼の考える成果とは、君のことだ。そう言われたのだとわかり、胸に熱いものがこみ上げる。無人潜水船の計画を聞き、裏切られた思いになった自分がまた恥ずかしくなる。

「あら、もう起きたのね。おはよう」

振り返ると、サンドイッチを山積みにしたトレイを抱える文佳が階段を上がってくるところだった。後ろには、早くも潜航服に着替えたセッターが続く。右手に銃を、左手には水のペットボトルを入れた袋を提げていた。

「おはようございます。食堂の皆さんに変わりはないでしょうか」

「イチローのやつ、ずっと気分が悪いって言ってるけど、気の病でしょ、きっと。体力を無駄に使わないよう、みんな横になってる。だから、大丈夫。お腹はすいてるけどね。あなたはミッションのことだけ考えて。全員が信じて、待ってるから」

優しく見つめる目の周囲が黒ずみ、疲れのほどがうかがえた。無理したように微笑んで歩み、作業台にトレイを置いた。

「はい、あなたには、いつものお弁当を用意したからね」

皿に盛られたサンドイッチの横に、潜航服と同じ難燃繊維で織られた布袋がふたつ並んでいた。特製サンドイッチと水筒のセットだ。

夏海たち潜航士は、りゅうじんで海へ潜る際、司厨部の作るサンドイッチを持っていく。コックピットに入ってから最大九時間、密閉された狭い空間ですごす。唯一の楽しみが昼食のサンドイッチなのだ。

「パンが足りないんで、今朝、焼いたばかりだから。美味しさは折り紙つきよ」

昨日のうちから生地を練り、用意してくれたのだとわかる。よくシージャック犯が許可を出したものだと感心する。たぶん司厨部の仲間が全員で説得したのだろう。

もしかすると、アキル・シナワットがコックピットに持参するサンドイッチのことも書き残していたのかもしれない。焼きたてのパンで作ったサンドイッチが、まるでお守り代わりのように持たされる、と。彼も海底で食べた玉子サンドを大絶賛していたと聞く。

「下園司令たちは、どこかしらね」

文佳が誰もいない操舵室を見回した。名前は出さなかったが、江浜船長を案じたのだとわかる。奈良橋が言った。

「司令たちは格納庫で、船長は後部操舵室へ移動した」

「もう働いてるんですね」

「ああ。船長はすべてのミッションが終わるまで、こちらに戻ってこない。サンドイッチを届けてあげてください」

奈良橋が最後にセッターを見て言った。

夏海は驚きを隠せなかった。まるで彼女の気持ちを察したような発言だった。昨夜お握りを持ってきた時の様子から察しをつけたのだとすれば、その観察眼は侮れない。

「わかりました。船長が後ろの操舵室を担当するんですね」

文佳が心配そうに船尾のほうを振り返った。りゅうじんを洋上へ下ろす時、波の方向を見ながら、さがみの向きを微調整する必要がある。そのため、さがみにはAフレームクレーンを見渡せるブリッジ後方の最上部にもうひとつの操舵室が作られていた。

「行くぞ」

セッターが短く言って文佳をうながした。紙ナプキンを広げた上にサンドイッチの半分を並べて、ペットボトルも置いた。

「頑張ってね。みんなが応援してる」

　そう文佳は言い残して司令室をあとにした。

　二人を見送っていると、奈良橋が気持ちを切り替えるかのように姿勢を正して言った。

「大畑君、昨日も伝えたようにロボットアームの油圧は安定していない。そのため、コックピットのマスコンにパソコンを接続して、万が一に備えておいた。もし不測の事態が発生したら、慌てずにりゅうじんを静止させて、水中通話機で連絡をくれたまえ」

「――はい」

　海中では無線が通じない。唯一の通信手段が、音波を使った水中通話機なのだ。

　音が水中を伝わる速度は、一秒間に約千五百メートル前後と、空気中の五倍近くも速い。水の密度が高いためだ。が、潜航する海底は三千九百メートルなので、洋上のさがみに届くまで二秒半ほどはかかる。もどかしいほどに返事が遅くなるのだ。

「各ジョイント部のセンサーに信号を送るキーを決めておいた。それでも動かない場合は、旧型で慎重に作業を進めてくれ。いいね」

　そう言いながら、なぜか意味ありげにディスプレイへ視線を振った。その先をたどって、夏海はひそかに息を呑んだ。気象データが表示された右下に、日本語が並んでいたのだ。

『油圧を理由に、パソコンをマスコンにつないでおいた。水中通話機でコックピット内をモニターできる。だから、安心してミッションに当たってほしい。ただし、音響航法装置の音波があるので、十六秒ごとに一秒ずつ遮断される。』

夏海はまた胸が熱くなった。だから、奈良橋は昨日から一人でパソコンの前に座り、作業を続けていたのだった。

おそらく蒼汰に指示して、パソコンをマスコンと接続させる時、水中通話機の回線ともつなげさせたのだろう。たとえ監視の者が近くにいても、配線の種類まではわからない。しかも、同期ピンガの音波が十六秒間隔でりゅうじんから発信される点も考慮されていた。この音波を受信することで、さがみはりゅうじんの正確な海中の位置を測位する仕組みだ。

りゅうじんのコックピットで何が起ころうと、二秒半遅れて司令室でも把握できる。下園司令から適宜(てきぎ)アドバイスをもらえるから、心配はいらない。操縦に専念してくれ。そう夏海の背を押すため、プログラムを書き換える作業を続けていたのだった。

「了解しました。ありがとうございます」

「すべてはミッションを成功させるためだ。さあ、早く着替えなさい。うまくすれば、七時前にはスタートできると、下園司令も言っていた」

多くの仲間の期待が寄せられている。ともに乗りこむセッターも同じ思いだろう。絶対にこのミッションを成功させてみせる。

潜航服を用意しておいた無線室へ戻った。ドアを閉めようとすると、後ろから声がかかった。

「ノー。ドアを閉めるな」

口髭のビアードだった。その口元には卑しい笑みが見える。

夏海は睨み返した。どうぞ、ご自由に。わたしの着替えをそんなに見たいのなら、勝手にすればいい。

無線室の中に、武器になりそうなものはない。何かを隠し持たれては困る、との理屈をつけて、ただ着替えをのぞきたかったと思われる。どうせこのドアを閉めたところで、操舵室との間にはガラス窓があり、着替えの様子は見えてしまう。隠すことはできやしない。

ビアードが操舵室から通路へ出てきた。じっと視線をすえてくる。

もしかするとアキル・シナワットは、女性パイロットに特有の悩みまでノートに書き留めていたのだろうか。一日の潜航時間は、最長で九時間にも及ぶ。りゅうじんのコックピットにトイレはない。男性は携帯用トイレを使えるが、女性は潜航服を脱ぐわけにはいかず、大人用おむつを着用するしかないのだった。

夏海は背を向け、壁際に近づいた。男の視線を感じながら、手早く作業服を脱いだ。上半身には白いTシャツを着ているが、下はショーツ一枚だ。

屈辱に手が震えた。が、勝手にするがいい、と思った。人質になっている仲間のためにも、自分がりゅうじんに乗るほかはないのだ。

バスタオルまでは用意していなかったので、脱いだ作業服を腰に巻きつけた。この三日、着替えられずにいたショーツを脱いだ。潜航服の間に挟んでおいたおむつを手にした。片足ずつ、はいていく。

ゴムを腰まで引き上げると、夏海は意を決して振り返った。どうだとばかりに、ビアードを見返した。これが女性パイロットの仕事に向かう姿だ。

ビアードの口元に笑みはなかった。夏海の目を見て、うなずき返した。何も隠し入れなかったことは確認した。さあ、早く潜航服を着ろ。そう言いたげにあごを振られた。

26

シージャック犯は五時間の睡眠を取り、ボスとセッターのほか六人が交代して人質の監視役を務めた。すべて事前に細部まで計画が練られていたと思われる。

江浜が後部操舵室の窓から見下ろすと、手足の長い痩せた男が、デッキで大きく手を振り返した。クラブ（蟹）と呼ばれていた男だ。

同時に無線でも連絡がきたらしく、ボスが隣で胸ポケットに向けて何か答え返した。伝声管からも格納庫の下園が呼びかけてきた。

「こちら格納庫。ワイヤーの準備完了。これより作業艇のスタンバイに入ります」

「後部操舵室、了解。乗組員の準備もできたそうだ」

「格納庫、了解です。では、予定を早めて六時十五分スタートで行きましょう」

彼らは四時から潜航前チェックを始めていた。睡眠不足と疲労による見逃しは怖いものの、マニュアルをタブレットに表示させて声出し確認をしながらの準備作業だった。経験は豊富なので、ミスは絶対にないと信じられる。

「こちら司令室、奈良橋です。大畑潜航士、格納庫へ向かいました」

「格納庫、了解」

普段は人を食ったような態度を見せる教授も、声がいくらか緊張して聞こえた。ついに宝を引き揚げるミッションがスタートする。

「おはようございます」

ふいに背後のドアが開き、女性の声が聞こえた。振り向きたい衝動を抑えて、江浜は窓から見える白波に目をやり続けた。

文佳が後部操舵室にまで朝食を届けに来てくれたのだった。

「そこに置け」

隣でボスが命じた。左の海図を置く作業台へと文佳の足音が近づいた。もう一人、監視役の足音も耳に入る。

「キャプテン。焼き立てのパンでサンドイッチを作りました」

「ありがとう」

短く言って、頭を下げた。視界の端に文佳の姿が映る。が、顔を見返すことはできなかった。

「夏海ちゃんなら、必ず成功させます。だから、少しぐらい波が高くなっても、絶対に揚収してください。りゅうじんがなくなったら、この船も必要なくなってしまいます」

その言葉には深い意味もこめられていそうだった。が、りゅうじんが無事であろうと、江浜は船を下りる。だから、言った。

「最後の仕事だ。わたしも必ずやりとげる」

「早く、戻れ。邪魔するな」

ボスがまた強く命じてきた。

「――ここに置きます」

「ありがとう」

江浜はわずかに振り向き、頭を下げた。視線を上げると、今にも泣き出しそうな文佳の目が待っていた。が、ぎょろ目のゴーグルが文佳の腕をつかんで引いた。体勢を崩されても、彼女は視線を外そうとしなかった。

ボスが文佳に歩み、なぜか江浜を見つめて言った。

「おまえの、女か？」

目敏くも、彼女が涙目になった意味を察したらしい。慌てて江浜は首を振った。

「いや……誤解しないでくれ。彼女に悪い」

「おまえ、この女を抱いた。そうだな」

文佳の視線を強く感じた。ここは断じて否定するしかない。彼女のためにも。

「違う。彼女とは何も関係はない。ただ同じ船で働く仲間だ」

文佳はもう江浜を見ていなかった。目をそらし、何かを耐えるように唇を嚙みしめている。

「いい身分だな。船長という立場を使って、女をもてあそぶとは」

頑なに首を振るしかなかった。違う。本気にはなりかけていた。だが、歳も離れていたし、あの時は妻が快方の兆しを見せてもいた。

「おれの妻は、軍の薄汚い悪魔どもに強姦された。彼女は十九歳だった。おれたちが村に戻ってきた時、妻は無惨にも首を切り落とされていた。おれは妻の首を抱きしめて、誓った。多くのことを、だ」

言葉が出てこなかった。将来をともに暮らすべき女が長く病床につくとわかっても、江浜は船を下りなかった。二ヵ月だけ休み、内航船に乗り続けた。妻が望んだからでもあったが、その言葉に甘えた。海と仕事に逃げたのだった。

「セッターも同じだ。彼は婚約者と姉と母親を強姦され、殺された。やつらは人の皮を被った獣だ。でも、我々は人間だから、日本人を殺さない計画を立てた」

「君たちが経験したことには、言葉もない。我々日本人は恵まれている。だから、我々は君たちに本気で手を貸すつもりでいる。信じてほしい」

「日本人は優秀だ。我々を信じさせてくれ。期待している」

「必ず期待に応える。だから……ミッションが成功したら、約束どおりに人質をすべて解放してほしい。お願いだ」

差し出がましい主張だったと思う。が、船長の務めを剝奪されようとも、乗組員の命を守る責務が自分にはある。

「黙れ」

「わかった。もう言わない」

「いいか。絶対におれたちを裏切るな。もし逆らう者がいれば、必ず殺す」

ボスが銃口を江浜の胸に向けた。

文佳が息を吞み、震え声をしぼり上げた。

「何を言ったんですか、キャプテン……」

「大丈夫だ、心配いらない。裏切り行為は許さないと、また同じことを言われた」

安心させるために言った。ところが、なぜか彼女の顔が蒼白になり、後ろのドアにもたれかかった。足までが震えだしている。

なぜここまで怯えるのか……。

怖ろしい予感が胸を凍りつかせた。ボスが不思議そうに文佳を見た。

「ごめんなさい……。キャプテンのためになればと思って……。許してください。ごめんなさい……」

文佳が細い声をしぼり、その場にしゃがみこんだ。頭を下げて両手で顔をおおった。

もしや……。江浜はとっさに作業台を振り返った。ボスも足を踏み出した。

トレイには、難燃繊維で織られた布製の袋がペットボトルの水とともに置かれていた。が、その袋は通常、りゅうじんの乗組員に提供されるものだった。江浜たち操船スタッフに出されたことは一度もない。

ボスが何か叫び、袋を引き裂いた。中に入っていたサンドイッチをつかんで握りつぶす。その動きが、止まった。

挟まれていたレタスとトマトがフロアに落ちた。ボスが振り払うように右手を上下させた。握りつぶされたパンが飛散する。

「何だ、これは！」

ボスが英語で叫んだ。彼の右手には、小さなフォークが握られていた。長さ十センチに満たないデザート用フォークだ。

目を吊り上げたボスが、泣き伏す文佳に迫り、小銃を振り上げた。

「よせ！」

江浜はとっさにボスの前へ身を投げ出した。

「邪魔するな」

下腹部を蹴り上げられた。一瞬、息がつまり、胃液がのどの奥にこみ上げた。が、あえぎながら、懸命に叫んだ。

「彼女は悪くない。わたしが悪い。彼女はわたしのために――」

最後まで言えなかった。今度は小銃の台尻が背中に打ちすえられた。目の前で白い火花が飛び、鼻の奥に血の臭いが広がった。顔面も蹴られたらしい。遅れて痛みが全身を貫いた。それでも、もつれる舌を動かし、言葉を押し出した。

「……悪いのはわたしだ。彼女に手を出さないでくれ、頼む」

痛みに目の前が眩み、英語を思い浮かべる余裕がなかった。フロアで丸まりながら、声にならないうめきを上げた。文佳の叫びが耳を打つ。

「よせ。彼女に手を出すな……」

声になっていたか、わからなかった。頭の奥で銅鑼(どら)でも鳴っているのか、疼痛の波が次々と襲いくる。

「立て」

今度は足のどこかを突かれた。

「彼女に手を出さないでくれ……。君たちは悪魔じゃないはずだ」

「立て」

懸命に立とうともがいた。フロアに爪を立てたが、大岩で押さえつけられた孫悟空のように、まったく動けなかった。

「死にたくなければ、立って、働け」

「わかった。立つ。少し、時間をくれ」

声にするだけで、腹の奥で獣でも暴れているのかと思いたくなるほど、痛みがうずく。噛みしめた歯の間から息を吐き、激痛に耐えた。椅子の脚をつかみ、顔を無理やりフロアから引きはがした。二足歩行を始めたばかりの赤ん坊より頼りなく、つかまり立ちをした。

「次は殺す。おまえもおれたちと同じ苦しみを味わいたいか」

今度また逆らうようであれば、女を凌辱(りょうじょく)して首を落とす。怖ろしい脅迫に聞こえるが、おとなしくしている限り、彼女が殺されることはないと思えた。痛みがわずかに和らいでくる。

すまない。二年前に息を引き取った妻に詫びた。彼女は死期を悟り、死の三週間ほど前になって、江浜に告げた。

――あなたを恨むつもりはない。だから、すぐに再婚していいのよ。

本気には受け取らなかった。文佳はまだ夫と暮らし、もう気持ちは離れていた。だから江浜は言った。

――おかしなことを言うなよ。絶対に治る。先生も言ってたじゃないか。

妻に許されたからといって、彼女のもとに走るつもりはなかった。本心から一笑にふして、心の底から妻を支えようと、娘にも誓った。そのくせ、文佳の夫婦仲を聞いて、心を動かされたのだから情けない。

「パイロット、到着しました。これより乗船します」

伝声管から下園が呼びかけてきた。

声を出せずにいる江浜の代わりに、ボスが答えた。

「よし。スタートだ。失敗は許されないぞ」

27

午前六時十分。夏海はプランピーに銃で背を押されて格納庫へ下りた。

水密扉をぬけると、りゅうじんの白い船体が出迎えた。すでにロボットアームが右側に取りつけられ、シオマネキのように左の旧型より前に突き出している。Aフレームクレーンとつながるワイヤーも設置ずみだ。

りゅうじんの前には、ダイバースーツに着替えた蒼汰と滝山が待っていた。二人とも結束バンドは外されている。蒼汰が目でうなずいてきたのは、水中通話機との接続が無事に終わったのを教えるためだとわかる。

夏海は二人の前で立ち止まり、あらためて頭を下げた。

「君なら大丈夫だ。潜航前点検は入念に行った。安心して、全力で潜ってこい」

滝山が優しく言い、すぐに蒼汰も言葉をかけてきた。

「少しでも不安を感じたら、すぐ我々に伝えてくれ。文殊の知恵で必ず解決策を見つけてみせる」

「お願いします」

プランピーが背を押し、うながしてきた。息を深く吸い、階段へ歩いた。

バラストは昨夜のうちに調整した。蓄電池の充電も自分で手がけた。炭酸ガス吸収剤もセットしてある。いつもと同じく準備に怠りはない。

船体上部のハッチへと伸ばされたタラップには、下園とセッターが待っていた。坂本チーフは台車をいつでも動かせるよう、車輪止めの横で待機ずみだ。池田チーフはクレーンを動かす制御盤の前に立つ。部員食堂でも、多くの乗組員が解放の時を待っている。

中二階の回廊通路へ上がると、下園たちが待つタラップへ歩いた。

「いつものことだが、水は飲みすぎてないよな。膀胱炎になるから、トイレは我慢しないほうがいいぞ」

下園が下手な作り笑顔とともに言った。夏海も無理して微笑もうとした。

「ありがとうございます。泌尿器科には、もう通い慣れてます」

「減らず口を返せるなら、心配はないな。頼むぞ」

「はい。大畑潜航士、乗船します」

夏海は宣言して、りゅうじんの昇降筒に足をかけた。すでに梯子がコックピット内へ下ろされている。

マニュアルを入れたタブレットとサンドイッチの入った袋を下園に預けてから、梯子に足をかけた。昇降筒の直径は八十センチ。コックピットはまだ暗い。目を慣らしながら、ゆっくりと梯子を下りる。

ラバー製の柔らかいフロアに足を着けた。昇降口を見上げると、下園がタブレットとサンドイッチを差し出してくれる。

「波のことは気にするな。絶対におれたちが揚収する。エイハブ船長を葬った白鯨だろうと、釣り上げてみせる自信がおれたちにはある。大船に乗ったつもりで任務を果たせ」

「ご心配はいりません。いざとなったら、泳いでさがみに戻ります。漁師の娘なんで、泳ぎは昔から得意です」

「よし。さあ——次は君だ」

下園が横で銃を持つセッターに告げた。

見上げる昇降筒の円内から下園の顔が消えて、セッターの足が梯子にかかった。これから長くて九時間、狭いコックピットでシージャック犯の一人とすごす。ミッションが失敗に終わろうものなら、人質全員の身に危険が迫る。仲間の命を自分たちが担っている。

夏海は大きく深呼吸をくり返し、コックピットの右に座った。ちょうど目の前に、電源操作盤が位置する。すぐ下には、マニピュレーターを操作するマスコンがふたつ。すでにパソコンと接続されていた。

タブレットにチェックリストを表示させて、機器を順に立ち上げていった。蓄電池を節約するため、障害物探知ソナーやカメラのディスプレイはまだ点灯させず、通電の状況をチェックしていく。その間に下りてきたセッターが横に腰を下ろした。

「酸素ボンベ、炭酸ガス吸収装置、よし。通信配電盤、画像伝送装置もクリア……」

声に出して指さし確認を終え、天井の昇降筒を見上げた。

「すべて異常ありません」

「こちらもワイヤーとの嵌合(かんごう)状況、確認した」

声に続いて、再び下園の顔が昇降筒の中に突き出された。

「着水前準備、終了。りゅうじん、ハッチ閉め」

「りゅうじん、了解」

立ち上がってハッチの密着部にゴミがないことを目で確認し、夏海は両手を上げた。下園が重さ七十三キロのハッチを下ろした。

両手で丸ハンドルを受け止めて、慎重に下へ引いた。音もなくハッチが閉まる。

ハンドルを回すと、三本の爪が耐圧殻に食いこみ、密着が完了する。夏海は何度も確認してからフロアに腰を落ち着け直し、通話機のヘッドセットを装着した。海中に潜るまでは、簡易無線での通信ができる。

「こちら、りゅうじん。密着確認。着水用意よし。どうぞ」

「さがみ、了解。これより着水作業始める」

司令室に残った奈良橋が無線で答えた。りゅうじんのスタンバイが完了すると、同時に後部操舵室へも伝えられる。

「りゅうじん、了解。――クレーンが動きだすから、注意して」

夏海は司令室に答えてから、横に座るセッターに告げた。薄闇の中、彼も銃を手にコックピットを忙しなく見回し、緊張しているのがわかる。

ガクンと衝撃が伝わった。台車の上をりゅうじんが滑りだしたのだ。

「ホイスト、巻き上げ、開始する」

池田からの指示を中継する奈良橋の声がヘッドセットに流れ出た。金属音とともに、ふわりと体が浮いたような感覚があり、りゅうじんの船体が前後に振られた。

「左ののぞき窓から下が見えるので、目を慣らす意味でも見ていてください」

いつもの習慣で、夏海は丁寧な言葉でオブザーバーに告げた。

ワイヤーでつり下げられているため、船体はかなり揺れる。着水時には波の影響を受け、より不規則に上下動する。息苦しいほど狭い空間で視覚情報まで制限されると、揺れに慣れた者でも船酔いを起こしやすいのだ。

「おれのことは、気にするな」

固い言葉とともに、銃口が揺すられた。

「あなたが船酔いしたんじゃ、こっちも困るのよ」

「心配するな。薬は飲んだ」

「着水すれば、もっと揺れる。外を眺めたほうがリラックスできるから言ったの。わたしはもう覚悟を決めてる。銃を向けられなくても、このミッションは必ず成功させてみせるから安心して」

船体の揺れが大きくなった。着水ポイントの上空に達し、Aフレームクレーンが停止したのだ。セッターがバランスを崩してラバーに手をつくのが見えた。

「ほら、だから力をぬいてと言ったでしょ」

「うるさい」

銃の先を上下させ、睨んできた。ヘッドセットに指示が流れる。

「こちら、さがみ。着水させる」

「りゅうじん、了解」

今度はエレベーターが下降するような揺れが起きた。丸窓の中で、今はまだ穏やかな海面が近づき、白い泡に包まれた。軽い衝撃があって、船体が前後左右に揺れる。

「こちら、さがみ。着水完了。これよりワイヤーを外す。少し待て」

28

夏海がりゅうじんに乗りこむのを見届けると、蒼汰は右舷に係留した作業艇へ走った。滝山と全力でデッキを駆ける。監視役はプランピーなので、二人についてくるのがやっとだった。

タラップを伝って作業艇へ下りると、滝山が慣れた手つきでエンジンをスタートさせた。

どこまでも果てしなく広がる空と海の中、さがみだけがぽつりと停泊する。視界をさえぎるものがなく、地球の大きさを体感できる。五十センチの波でも上下の振り幅は一メートルに達するため、波頭を乗り越えると小型の作業艇はロデオの荒馬ばりに大きく弾む。飛沫も広範囲に飛び、全身に降りかかる。

夏海たち潜航チームは、りゅうじんの操縦に分解点検からワイヤー着脱まで、すべてを交代してこなす。知識と技術はもちろん、体力と強靱な精神力までが要求される。

「滝山さんは、研究員としてジャオテックに入ったそうですね」

風と波飛沫を浴びるので、怒鳴るような大声で話しかけた。

「ダイビングの経験は人並みにありましたよ。あなたこそ自分の泳ぎを過信しないほうがいい。こちらの指示にしたがってください」

「了解です。ただ、どうして潜航チームに移られたのか、と思いまして」

「研究なんて、歳を取ってからでもできる。違いますかね」

いくら本音でも、大学の研究員に面と向かって言う答えではない気がした。この対抗心が少し気がかりに思えたから、コミュニケーションを図るつもりで話しかけたのだった。

「まずぼくがりゅうじんの屋根に乗り移って、君に手を貸す。カウルは思った以上にすべるから、充分気をつけてほしい」

滝山が上空を見上げながら言った。Aフレームクレーンの高さは十メートルを超える。洋上からだと、まさしく見上げる高さに、りゅうじんが吊り上げられている。

クレーンのワイヤーがゆっくりと伸ばされた。波の影響を受けては困るので、離れた海面で待機した。

　全長百メートルを超えるさがみと比べるなら、メダカのような大きさにしか見えないが、りゅうじんの全長は十メートルもある。クジラを釣り上げているようなスケールなのだ。

　りゅうじんがゆっくりと海面へ下ろされた。波が静まるのを待たずに、滝山が作業艇を横着けにかかる。蒼汰は弾むボートの縁をつかんで体を支えた。

　りゅうじんは船体の上部が四、五十センチほど出た状態で浮かんでいる。

「先に行く。焦らず慎重に泳いでくれ」

　滝山が言うなり、海へダイブした。すぐに頭から浮上してきて、船体の凹凸に手をかけると、見る間によじ登っていく。

「さあ、ゆっくりでいいぞ」

　蒼汰は目を閉じ、深く息を吸った。海面へ身を投げ出して、生暖かい海水を左右にかき分ける。渦巻く泡の先に、りゅうじんの白い船体が待っている。

　大丈夫だ。泳ぎに問題はない。久しぶりに自由を得た手でカウルを支え、海面から頭を浮上させた。目の前に滝山の右手が差し出される。

　ここは素直に手を握り、力を借りて船体へはい上がった。この足下に、夏海がシージャック犯と乗りこんでいる。

「県の高校記録は伊達じゃなかったみたいだね」

「うちの研究室は体力勝負なんですよ」

「さあ、君は後ろの金具を外してくれ」

「了解です」

蒼汰はカウルの凹凸を手がかりに身を起こし、取りつけ金具にしがみついた。

29

ガタゴトと耐圧殻を通して金具を外す音が響いた。りゅうじんは波間を漂い、小刻みに揺れている。かすかな足音が頭の上を渡っていき、金属のきしむ音に包まれた。蒼汰たちの作業が続く。

やがて大きく揺れたかと思うと、船体が三度たたかれた。作業完了の合図だった。

「こちら、さがみ。ワイヤーのセパレーション作業完了。潜航、許可する。いい船旅をどうぞ」

ヘッドセットを通して奈良橋が驚くほど気さくに呼びかけてきた。夏海の緊張をほぐそうと、多くの者が気遣ってくれている。

「りゅうじん、了解。これより潜航します。——ベント弁、開放」

夏海はマイクに告げて、電源パネルの操作ボタンを押した。バラストタンクの空気をぬいて、海水を入れていく。

タンク内の空気によって浮力を得ていたりゅうじんが、波間へ身を沈ませた。あとは海底近くまで三千九百メートルを自然沈降していく。

五メートルも沈むと、船体の揺れが収まってくる。まだ朝の陽光が波間から射すため、のぞき窓の向こうに幾層もの青い光をたたえた海が見渡せる。

「深度十メートル。気圧、異常なし」

もう無線は通じない。夏海は自分に言い聞かせるため、声にした。セッターもいくらか緊張がほぐれたらしく、窓外の海の眺めに目を奪われている。

深度計は順調に進んだ。毎分四十五メートルで地球の引力によって海の底へ落ちていく。

五分もすぎれば、水深は二百メートルを超え、光の届かない漆黒(しっこく)の世界へ入る。水圧の高まりにつれて、耐圧殻がすすり泣きのような音を立てる。そのたびにセッターが機器に囲まれたコックピット内へ目を走らせた。

「心配しないで。頑丈なコックピットが強烈な水圧と闘ってる音よ。でも、すぐ収まって静かになるから」

別に怖がってなどいない。そう目で強がるために睨み返してきた。まだ気持ちがかなり張りつめている。

　夏海は無理して微笑み、右の壁に肩をあずけながら言った。

「本日は、国立研究開発法人ジャオテックの深海特急りゅうじん号をご利用いただき、まことにありがとうございます。目標深度の到着までは、一時間三十分の予定です。どうぞごゆっくりとおくつろぎください」

　いつもの潜航で行っているバスガイド風のアナウンスを披露すると、気は確かかと問いたげな目を向けられた。

「あ――そうか。君はバスガイドを知らなかったわけね」

　きょとんと目が見開かれた。

「日本の観光バスには、たいていガイドがつくのよ。わたしが乗りこむ時は、こうしてバスガイドを真似て、オブザーバーの緊張をほぐして差し上げるわけ。シナワットさんのノートに書いてなかったかしらね」

「おれは緊張していない」

　肩にまで力が入った言い方だった。夏海は下手な笑みを消してうなずいた。

「そうね。でも、少なくともあと一時間半は何もすることがない。少しは体を休めたらどうかな。どうせろくに寝てないんでしょ」

　無言でまた睨み返された。

「ここで君の銃を奪ったところで、何にもならない。だって、このりゅうじんは潜ることしかできないから、いくら頑張ったって、さがみから離れることはできない。遠くへ逃げたくても、絶対に無理。だから安心して横になって」

「おれに命令するな」

聞き分けの悪い子どものように言い張ると、手の銃を夏海の胸元に向けた。

「わかった。勝手にしなさい。でも、ロボットアームの操作をミスしたら、断じて君を許さないから、覚悟しておきなさい」

こちらも本気で言っているのだ。そう悟らせるために見つめ返した。ミッションの失敗は、人質すべての命に直結する。

「黙れ」

夏海は肩をすくめるポーズを作り、障害物探知ソナーに目をやった。近くにクジラのような大きな生き物は泳いでいない。

あとは水深三千九百メートルの海底が近づくまで、ただ時がすぎていくのを待つだけだった。

30

白波の立つ大海原へりゅうじんの船体が沈み、見えなくなった。

無事の帰還を祈りながら、江浜は歯を食いしばって息を継いだ。まだ体のあちこちで鈍痛が暴れ回る。横では、髪を束ねたボスが何やら仲間との交信に余念がない。日本語を巧みに話すセッターが潜航したので、彼が司令室につめるのだろう。

無線が終わった。ボスは江浜を振り向かず、ドア横に置いたナップザックのもとへ歩んだ。中から結束バンドを何本かつかみ出し、ロープのようにつなげていった。

彼の顔色を見ながら、江浜は英語で言った。

「……頼む。彼女は悪くない。怖ろしい思いをさせないでやってくれ」

「おれを怒らせたいのか」

返事がもらえたのは、悪くない兆候に思えた。まだ江浜たちを人として扱うつもりがあるからなのだ。

「弁解のように聞こえるかもしれないが、彼女はわたしの交際相手ではない。わたしが彼女に誤解を与える態度を取った。だから、わたしはこの航海を最後に、船を下りると決めた」

「黙れ。この場で死にたいのか」

「いや。君はわたしを殺したくないはずだ」

さらに続けると、ボスが小銃に手をかけた。が、ここで口を閉ざしたのでは、臆病者がすぎる。怯えをひた隠しにして、ボスの目を見つめた。

「わたしにはわかる……。君たちの目的は、あと数時間で果たされようとしている。無駄な殺戮を犯せば、君たちは凶悪なテロリストとの汚名を世界から浴びる。だが、もし見事に目的を遂げたうえ、人質すべてを解放して逃走すれば、その完璧な計画性と実行力と紳士的な行動を、世界中のメディアをはじめ、多くの者が賞賛することになる」

「我々は人に褒められたくて、この船を乗っ取ったのではない」

「もちろん、君たちの同胞のためなのだろう。だが、犠牲者を出したくないという君たちの考え方には、誰もが共感する。ただし、海底から引き揚げた宝を金に換えて、新たな武器を手に入れるのでは、やはりただのテロリストになってしまう」

どう言葉にすればいいか。迷っている時間がないため、頭に浮かんだ単語を並べていくしかなかった。

「……君たちは、世界が驚くシージャックを完遂しようとしている。成功した暁には、自ら名乗り出るという方法もあると思う」

銃口が江浜の胸に突き当てられた。が、彼は撃たない。悪魔ではない、と表明した言葉を信じて続けた。

「……自首しろと勧めているのではない。君たちが真の英雄になるためだ。完璧な計画を実行し、世界の賞賛を集めたうえで、君たち民族が虐げられてきた実情を広く訴えるんだ。英雄の言葉は、必ず多くの人々の胸に届く」

綺麗事を口にしている気がした。江浜は、彼ら民族の苦境をまったく知らない。かつてニュースになった東ティモールの独立紛争も、遠い対岸の火事と見ていた。クルドやロヒンギャの問題に関心を持ったことすらなかった。

さらに説得の言葉を考えていると、目の前で小銃が反転した。と思う間もなく、木製の台尻が腹に打ちつけられた。息ができず、またもフロアに倒れた。

だが、彼は撃たなかった。自分で言ったように、彼は悪魔ではない。だから、苦痛を丸呑みして耐え、声を押し出した。

「もう少し聞いてくれ……頼む」

冷ややかな目で見下ろされた。彼は蹴ってこなかった。だから、言えた。

「我々が君たちに手を貸しているのは、どうしてだと思う。死にたくないからじゃない。もちろん、そう思う気持ちはある。でも、違うんだ」

ボスの目は変わらなかった。のど元の大きな傷跡が引きつるような動きを見せている。

「……君たちのことを何も知らずにきた。我々のメディアはまともに報道をしてこなかった。日本人は君たちの苦しみに無関心で生きてきた。そのことを恥じる気持ちがあるから、君たちに手を貸そうと、乗組員は考えている。嘘ではない。何よりわたしが、そう強く思っているからだ」

ボスの目がわずかに見開かれた。こいつは何を言っているのだ。詭弁を弄して取り入ろうという気か。そう人の性根を疑っている目には見えなかった。

「わたしは君たちに何があろうと協力する気でいた。だから、彼女から武器になりそうなものを受け取ろうと、使うつもりはまったくなかった。彼女は無駄なことをしたんだ。ただ、彼女は大切な仲間を助けたかった。たとえ我が身を危険にさらしてでも。その意味で、君たちと似ているとは言えないだろうか」

「言葉がうまいな。危うく説得されそうになった」

冷たく見下ろしてきたが、今のは本心ではない。江浜には感じられた。まだ恐怖を与えて仕事をさせるべきだ。日本人を迂闊に信じたのでは、手ひどい裏切りを食らいかねない。目的を遂げるまで決して油断するな。そう自分に言い聞かせるための言葉だったと思えた。

「りゅうじんが戻ってくるまで、おまえはここで寝ていろ。あの女も同じだ。食事もトイレもなしだ。いいな」

「わたしはわかっている。君は悪魔ではない。仲間を思いやれる優しい男だ」

今度は腹を蹴られた。でも、苦しみながらも江浜は大きくうなずいてみせた。わたしは信じている。君たちのことを。

結束バンドで手と足をつながれた。団子虫のように体を丸めたまま、横たわるしかない。だが、彼は江浜の口にタオルをつめこもうとはしなかった。

「りゅうじんが戻ってきたら、おまえを殺す」

「いや、君は殺せない。わたしにはわかっている」

最後まで言えなかった。また腹を強(したた)かに蹴られて、意識が飛んだ。

31

白波が目立ち始めた洋上を、母船さがみに向けて蒼汰たちは出発した。この足元の三千九百メートル下が目標の水深だ。富士山の標高より遠く深い海の底へ、夏海が今ゆっくりと潜航している。

話には何度も聞いたが、果てしない大海原の中に自分が置かれてみると、彼女に課された任務の過酷さがまざまざと想像できる。太陽の光も届かず、猛烈な水圧に囲まれて、暗黒の深海底にたった二人。しかも、同乗者は銃を持つシージャック犯の男なのだ。

彼女のためになれば、とダイバー役を買って出たものの、揺れる洋上での作業に手間取って滝山の手を借りるしかなく、たいした役にも立てなかった。一人唇を噛んでいると、滝山が目敏く声をかけてきた。

「助かったよ。正直言って、下園司令とコンビを組んでたら、ほとんど一人でワイヤーを外す羽目になってたと思うからね」

頭が下がるほどの気の遣いようだ。もちろん、りゅうじんを揚収する際に、また蒼汰の協力がいる。すべてはミッションを成功に導き、監禁された仲間を助けるためだ。

さがみの右舷に再び作業艇をつなぎとめて、梯子を上がった。波の高さは気になるが、格納庫には予備の作業艇もあるので、万が一の事態にも対処はできる。効率を考えれば、係留しておくのが一番との判断だった。

デッキで池田が待ち受け、乾いたタオルを渡してくれた。口髭のビアードに監視されながら格納庫へ戻り、いったんダイバースーツを脱いだ。

りゅうじんが浮上してくるまで、蒼汰には悔しいかな、何もできることはなかった。再び結束バンドで両手のみをしばられて、メインデッキへ上がった。

「お疲れさん。久遠はここに座って、連絡係を務めてくれ。おれと下園司令で気象情報を集める。滝山君にはソナーを見ててもらわないといけない。暇なのは君だけだからな」

奈良橋がペットボトルの水を手渡してくれた。慣れない洋上での作業を終えたあとなので、ありがたい。一杯の水が体のそこかしこに染み渡るようだった。

奈良橋はヘッドセットを置き、水中通話機の前を空けて目配せしてきた。彼女が心配だろうから、コックピット内をおまえがモニターしていろ、というのだった。

犯人たちに気づかれないよう蒼汰は目礼を返し、椅子に座ってヘッドセットを装着した。今は何も聞こえてこない。潜航中に通話機を絶えずオンにしていたのでは、電力を余分に消費する。

メイン蓄電池に溜めた電力を、もしすべて使い果たしたら、船内はブラックアウト状態におちいる。油圧ポンプも停止するため、浮上用のバラストが自動的に切り離されるのだ。万が一に備えた安全対策だが、その時点でりゅうじんは自らの浮力で海面へと浮かび始め、ミッションは強制終了される。

通常の八時間前後の潜航であれば、常時コックピット内をモニターしても電源は落ちないと思われるが、今回は沈没船の捜索に推進器やスラスターを酷使することも考えられた。下園たちが整備に万全を期したが、もし漏電が発生すれば、予備の応急用蓄電池まで使う事態になるかもしれない。

そのため、水中通話機でのモニターは、目標深度に近づいてから行われる予定だ。ただし、不測の事態が起きた際には、上と下それぞれの判断で回線をつなぐこともできる。

潜航開始からまだ二十分。水中カメラの映像も送られてきていなかった。

「まずいな……。海水温が高いんで、台風がかなり勢力を増しつつある」

パソコンに向かった下園がディスプレイを睨んで吐息をついた。横で奈良橋がコピー用紙を引き寄せ、何やら手書きで計算を始めた。

「確かに微妙な具合になってきそうだ。さがみとの距離は千キロもない。発生が九時間前で、最大風速が今のところ四十五メートル。台風の直径が三十キロとして今の速度で西へ進んだ場合……。誤差を多めに見積もると、最速五時間で、ここらにまで波の影響が出てくる。問題はその高さだが……不確定要素が多すぎて、二メートルですむか、はたまた三メートルを超えるか。神のみぞ知る、だな」

海底に達するまで、一時間三十分前後かかる。浮上にも同じ時間を要する。波が高くなる前にりゅうじんを揚収するとなると、海底で作業できるのは一時間半ほどしかない。

「確かに状況はよくないですね。この天気図を見れば、早急にパラオへ寄港しろと本部が指示を出してくるでしょうし」

ソナーの前に座った滝山が振り返った。横須賀のジャオテック本部でも、台風の情報には注目している。

奈良橋が隣に座る下園を見つめた。

「転ばぬ先の杖（つえ）ですよ。早めに言い訳をしておいたほうがいいでしょうね」

下園が口元を引きしめてうなずき、席を立った。操舵室との間で小銃を構えるビアードに英語で断りを入れる。

「インマルサット回線に接続させてくれ。台風の件でジャオテック本部に臨時の報告を入れたい。この先の時間を稼ぐためだ」

彼らのボスは船長と後部操舵室にいた。無線で了解を取ったあと、許可が与えられた。

「おかしな動きはするな、絶対に。おまえらの代わりは何人もいる。ここまで来たら、一人が死のうと影響は出ない。船舶電話の前に立つのは一人だ。あとの者は、両手を上げて後ろの壁まで下がれ」

言われたとおりに席を立ち、そろって壁際へ退いた。下園一人が船舶電話の前に立ち、受話器を握った。

「――あ、もしもし、こちらさがみの下園です。……ええ、そうなんですよ。台風が近づいてるみたいなんで、その前に探査グライダーで海底の様子をより詳しく調べているところで。……ええ、まだ問題はないと思います。……はい、台風の進路と速度には充分、注意をします。……たぶん、今からパラオに向かっても、オーストラリアチームは到着してないでしょうから、もう少しこちらで粘らせてください。……はい、江浜船長も了解ずみです。四時間もあればグライダーは回収できますから、波の影響はないはずです。……了解です。ロボットアームの調子がいいせいもあって、奈良橋教授もかなり機嫌が良くなってきたのは何よりですね。……はい、では、よろしくお願いいたします」

下園が船舶電話の前から離れると、壁際に立ってソナーを見ていた滝山が言った。

「水深一千メートルを通過しました」

あと二千九百。おおよそ一時間と少し。

ビアードが操舵室の椅子に座りながら言った。

「海底に近づくまで、おとなしくしていろ。ただし、寝るな。何かあれば、すぐ動き出せるよう、準備しておけ。いいな」

五分もすると、ボスが一人で司令室に戻ってきた。滝山の横に立って、険しい目つきでソナーを睨み続けた。蒼汰が見た限り、彼が最も睡眠を取っていないと思われる。いまだ目には力が漲(みなぎ)っているものの、無精髭の伸びた頰がかさつき、内臓を病んだ患者を思わせるほど、肌の色が悪くなっていた。

さらに気になるのは、彼の持つ小銃の台尻に赤黒い染みが見えたことだ。奈良橋も気づいたようで、それとなくボスの全身に目を走らせていた。彼は後部操舵室で江浜船長とりゅうじんの潜航を見守っていたはずなのだ。

「ひとつ訊いていいだろうか」

無謀にも奈良橋がボスに告げた。

「黙れ。りゅうじんが海底に着くまで、静かにしていろ」

英語で一喝された。かなり機嫌が悪い。どうやら後部操舵室で何かあって、船長を台尻で打ちのめしたと見える。

「大事なことだ」

「おれに指図はするな」

「頼む、一言だけ言わせてくれ。貨物船の捜索には、我々が知恵を出す。その先は、現場の映像を見て、リーダーである君に判断してもらわねばならない、冷静に。だから、君は少しでも休んでいてほしい」

「おれに指図をするな、と言ったろうが」

ボスが小銃に手をかけ、威嚇した。が、怯えた様子を見せずに、奈良橋は続けた。

「指図ではない。お願いだ。君が戻ってきて、ここにいる全員が敏感に察している。後部操舵室で何があったかは訊かない。だが、心を落ち着けてほしい。そのためには、たとえ眠れなくても、短い時間であろうと目を閉じ、横になっていたほうがいい。我々のミッションを成功させるためだ」

蒼汰も同じことを考えていた。だから、勇気を振りしぼって言った。

「わたしもそう思う。あなたが無理な指示を出そうと、セッターは絶対に断りはしないだろう。あなたが許可しない限り、我々の提案は受け入れられないおそれが高い。だから、あなたには冷静な判断を下してほしい」

「我々は何があろうと、このミッションを成功させる。君がチームのリーダーなんだ」

下園も遠慮がちに言い添えた。

「たった一時間でも横になれば、かなり体は楽になる」

また奈良橋が諭すように言葉を継いだ。

ボスはあえて表情を変えまいとしているようだった。少しは聞く耳を持ってほしい。

「黙れ、ジャップ。おれたちに指図するな」

操舵室の椅子に座るビアードだった。差別的な呼び方までして、罵声を浴びせてきた。

仲間の言葉に背をたたかれでもしたように、ボスが目を見開いた。表情を固め直すと、母国語でビアードに何か呼びかけてから、小銃の台尻でフロアを強くたたきつけて言った。

「静かにしていろ、日本人。おれは疲れていない。おれたちは民族の命運を担っている。独立の時を待つ仲間のため、最善をつくす。指図はするな」

ビアードのせいで元の木阿弥だった。ボスはソナーの横から動かず、ずっと立ち続けた。椅子に座ったのでは、睡魔に襲われると警戒したのだろう。

犯行の手際のよさから、鍛えぬかれた戦士たちの集団と見ていた。が、三日をともにすごしてみると、ボスとセッターのほかは、さして重要な仕事を任されていなかった。だからこそ、ボスには冷静でいてほしい。その統率力にもし乱れが出れば、人質の身にまで危険が及びかねないのだ。

重苦しい沈黙の中、刻々と時がすぎていった。毎秒七十五センチという焦れったいほどの速度で、りゅうじんは海底へ沈んでいる。コックピットの夏海が案じられてならない。異例ずくめの潜航に、極限まで重圧は高まっているだろう。

潜航から一時間ほどが経過し、水中通話機のランプが点った。海中の夏海が呼びかけてきたのだ。

「……こちら、りゅうじん。すべて順調です。ただ今、水深二千五百を通過。ちょうどネオンがまたたきだしたので、映像を送ります。どうぞ」

怖れていたほど夏海の声は張りつめていなかった。外部スピーカーをオンにしたので、司令室内に彼女の声が響く。蒼汰は夏海に呼びかけた。

「こちら、さがみ。連絡係でしか役に立たない久遠です。声が聞けて、一同ほっとしてます。これより映像を楽しみます」

音響画像伝送装置は、デジタル化したカラー画像を音波に変換してデータ送信してくる。通信量に制限があるため、流れるような動画にはならず、画像も粗い。数秒ごとに一コマずつ動くパラパラ漫画のような動きになる。

滝山がコンソールのスイッチを押した。中央のメインディスプレイが光のノイズを明滅する。

二十インチの画面に、深海の光景が映し出された。

視界は十メートルもないだろう。水中投光器の灯りが届く範囲で、深い青の海が切り取られている。その中に、白い雪のような浮遊物が点々とコマ送り画像となって、ゆっくり上昇していく。マリンスノーだ。りゅうじんの沈むスピードのほうが速いため、白い雪が上へ舞い上がっていくように見える。

マリンスノーの周囲には、青く頼りない光が確認できた。プランクトンや微細な生物の発光現象だった。ネオンと称するには、ささやかすぎる灯りだが、水中投光器を消せば、辺りは漆黒の闇の世界となる。その中で流星のように輝く光は、海が命に満ちていることを教えてくれる。

「こちら、さがみ。深海のネオンを初めて堪能させてもらいました。次の検証実験では、絶対にぼくも深海調査に参加させてください。お願いします、どうぞ」

しゃべりすぎたかと思って、ボスの顔色をうかがった。が、目に怒りの色は見えなかった。彼も深海のネオンを横目で見ている。

蒼汰の声がりゅうじんに届くまで約二秒。往復四秒後に、夏海の返事が戻ってくる。

「りゅうじん、了解。と言いたいところですが、下園司令にご相談ください。賄賂は通じない堅物ですから、せいぜい実績のアピールに努めたほうがいいでしょうね。どうぞ」

この状況下だから、彼女は無理してでも明るく振る舞おうとしていた。蒼汰も声が湿っぽくならないよう気をつけた。

「こちら久遠、了解しました。その時は、必ずご一緒しましょう」

多くの願いをこめて言った。このミッションを成功させて、乗組員一人も欠けずに横須賀へ戻り、次の航海に向けての準備をスタッフ総出で進めるのだ。

「こちら下園、ひとまずは了解した。けれど、勝手な約束はしないでもらいたい。おれはそろそろ引退だよ。次は、もっと堅物の滝山が務めるかもしれないぞ。なあ」

下園が泣き笑いのような顔になって固定マイクに顔を近づけた。滝山も応じて腰を浮かし、マイクの先の夏海へ呼びかけた。

「こちら滝山です。柴埜潜航長を追い抜くつもりなので、覚悟はしておくように。さて、そろそろ無駄話は終わりにしよう。節電のためにも伝送装置を切ってくれ。堅物らしい指示で申し訳ない。どうぞ」

「りゅうじん、了解。三十分後にまた連絡します」

ノイズが聞こえ、通話機が押し黙る。遅れて海中の画像も消えた。

夏海は問題なく深海へ向かっている。多少は無理していただろうが、冗談で返す余裕もあった。逞しい人だ。

ソナーを見ると、水深三千メートルが近づいていた。あと九百メートルで目指す海底だった。

32

「水深三千五百メートル突破」

深度計を確認して、夏海は大きく声にした。

セッターは振り向きもせず、フロアに寝そべったまま小さな窓から海を見ている。投光器の光の先に、彼らの未来があると信じるかのような必死さに思えた。

深海の水温は摂氏二度。チタン合金製の耐圧殻は次第に冷やされ、コックピット内の気温はすでに十度を下回っている。暖房はなく、寒さは耐えるしかない。彼のようにフロアで横になるより、熱を発する計器類に身を寄せたほうがましなのだが、夏海がいくら話しかけようと、彼は頑(かたく)なに姿勢を変えずにいた。

まもなく目標水深に到達する。この先の数時間で、ミッションの成否が決まる。人質すべての命が夏海たちの双肩にかかってくる。

水中通話機のランプが点った。

「こちら、さがみ。そろそろ三千七百だ。ソナーの確認はいいか。どうぞ」

ヘッドセットに下園司令の声が聞こえた。夏海は水深計を見つめて答えた。

「こちら、りゅうじん。水深チェック。三千七百まで、あと三十です」

下園たちと立てた計画では、三千八百でバラストを捨てる。惰性で二、三十メートルさらに沈んだところで姿勢を安定させて、そこから慎重にスラスターを操って海底を目指す。

夏海はパソコンに手を伸ばして、モニターのスイッチを入れた。これから先、コックピットの会話はすべて洋上の司令室に伝わる。

「こちら、りゅうじん。水深三千八百。予定どおりにバラスト離脱します」

ソナーのディスプレイには、海底の起伏が粗く映し出されている。まだ距離があるため、大まかなシルエットでしかない。場所によっては尖った岩塊が突き出しているかもしれず、ソナーから目は離せなかった。

バラストのランプが点滅して、ブルーに変わった。船底から問題なく切り離せたのだ。これより自然沈降のスピードが遅くなる。

夏海はコンソールのノズルに手をかけ、タンクの海水を少しずつ排出した。同時にモニターで、取り巻くマリンスノーの動きを観察する。

ノズル調節をくり返して、また水深計を睨んだ。三千八百五十三メートルで数字が動かなくなった。

沈まず浮かびもせずの、中性浮力の状態になったのだ。ひとまずは胸を撫で下ろした。

「こちら、りゅうじん。中性浮力、確認しました。これより海底の探査に入ります」

五秒遅れて下園の声が返ってくる。

「さがみ、了解。目標地点は、りゅうじんの現在位置より右三十五度、前方五百二十メートル、下方四十五メートルの辺りだ。前後の誤差はプラスマイナス十五、上下は五メートルと出てる。慎重に動いてくれ。どうぞ」

りゅうじんからは十六秒間隔で同期ピンガから音波が出され、さがみの船底に搭載された受波器で読み取り、位置を測位している。海底地形図と照らし合わせて、目標物までナビゲートしてくれるのだ。

「りゅうじん、了解。——窓から下を見て」

横で寝そべるセッターに告げた。銃を持ったまま、さらに窓へ顔を寄せた。

「何も見えない」

「岩や海底が見えたら、すぐに教えて」

「セッター、了解」

水中通話機での会話を真似たらしい。夏海が驚いて目を向けると、彼の口元がわずかにゆるんだように見えた。

おれのことは心配するな。初めての潜航でも、緊張などするものか。そう伝えようとしたのだろう。軍と闘ってきた経験を持つのだから、とうに覚悟は決めていると思われる。

よし。あとは自分が腹をくくって挑むまでだ。夏海は自分にうなずき、コントロールボックスを両手でつかんだ。慎重に垂直スラスターを動かしていく。

モニター画面の中で、マリンスノーの沈降スピードが遅くなった。りゅうじんもゆっくりと沈んでいるからだ。速度は上げず、慎重に少しずつ降下させていく。

「まず海底に近づいて、そこから前進していくから、目を皿のように凝らして見て」

「さらのように……どういう意味だ」

言われて彼が日本人ではなかったことを思い出すのだから、まったく冷静になりきれていない。

「ディッシュのように目を大きく見開いて、という意味よ」

「日本人は、おかしな言い方が好きだな」

「表現力が豊かな人種なんです。感情の微妙な違いを言い表そうと努めてきたから、様々な表現が増えていったわけよ」

「了解した。だから日本人は、小さなことに、悩み、考えすぎるんだ」

「日本人の特質まで知ってるとは驚いたわね……。よほど親しい日本人がいたのかしら」

深い意図をもって言ったのではなかった。

だが、セッターは答えなかった。夏海の話が、彼の個人的な事情に近づけば、必ず分厚い盾を差し向けるかのような態度に変わる。

「……海底が見えた」

セッターが母国語で何かつぶやき、慌てたように日本語で言い直した。

夏海もモニター画面で確認した。水中投光器に照らし出された視界は狭く、クリアではない。プランクトンとその死骸が浮遊する中、黒い壁のようなシルエットが見えてきた。

ソナーで確認すると、水深三千九百メートルの海底が十メートル下に迫っていた。だが、平地ではない。海膨の頭頂部に近い岩塊のなだらかな峰が続いて見える。

「こちら、りゅうじん。海底に近づきました。モニターでも一部が確認できます。これより周囲の障害物をチェックしたのち、目標地点を目指します。どうぞ」

五秒後に返ってきた声は蒼汰のものだった。

「さがみ、了解。画像の伝送を始めてほしい。こちらでも視認したい。どうぞ」

「了解。伝送します」

りゅうじんの降下をいったん止めてから、画像伝送装置のスイッチを入れ直した。投光器の下に設置されたカメラの映像を選んで送信する。

「さがみ、映像を確認した。目標地点まで、三百十メートル。誤差三十。どうぞ」

「りゅうじん、了解。前進します」

前方探知ソナーの画面に目をやり、ジョイスティックを慎重に動かして、右三十五度へ船首を向けた。

画面に障害物が表示された。海底の斜面か、大きな岩塊か。それとも沈没船の一部か。

「前方に何か見える。ほら」

ソナーを示すと、セッターが身を起こして夏海の隣へにじり寄った。正面の窓にへばりつく。

速度は上げずに、ゆっくりと前進を続けた。またコックピットの気温が一段と下がった気がする。のども渇いてきた。が、水筒を手探りしている余裕はなかった。

ソナーの中で障害物が近づいてきた。二十メートル前まで進めても、視界がよくないため、投光器のライトは深海の闇に吸いこまれてしまい、マリンスノーだけがゆらゆらと流れ落ちていく。

一瞬、銀の光が視界の先できらめいた。深海魚がりゅうじんの巨体に驚き、身をひるがえしたらしい。沈没船らしきシルエットは映っていない。

十五メートルまでりゅうじんを接近させた。そろそろ視認できていいころだった。ソナーは明らかに、海底から斜めに突き出した物体をとらえている。

「右約十度の方向。もうそろそろ見えてきてもいいのに……」

自分でも、のぞき窓から外を見たかった。4Kカメラが設置されていても、モニターの解像度に限界があるため、鮮明さに欠けている。目視のほうがよく見えるのだ。

夏海はジョイスティックを戻し、水平スラスターを静止させた。あとは惰性でわずかに前進していく。

絶対に沈没船だ。ほかには考えられない。

だが、焦らず慎重にりゅうじんを進めた。海流に不規則な動きは見られず、船体は安定している。また少しジョイスティックを倒す。

「見えたぞ！」

窓をのぞくセッターが息を弾ませた。

モニターの中、黒褐色の起伏を持つ物体が漆黒の闇の奥から浮かび上がるように見えてくる。

「こちら、りゅうじん。目標地点に到達しました。前方に障害物が見えます。船体のように思えます。見つけました。これから慎重に接近します！」

「こちら、下園。カメラの倍率を上げてくれ。どうぞ」

素早く制御パネルに目を走らせて、倍率レバーを操作した。前方のソナーも見て、障害物との距離を測る。まだ十一メートル。

夏海は目を疑った。投光器に照らされて、黒い塊が見えてくる。横でセッターが舌打ちしてから叫ぶ。

「止まれ！　岩だ。壁がある」

夏海は唇を噛み、急いで推進器を止めた。

さがみでも映像は確認できたろう。残念ながら船ではなかった。

どういう地殻変動のなせる業か、岩肌が一部だけ盛り上がり、斜めに海底へと続いていたのだ。沈没船と信じる気持ちが、岩の形を見誤らせたらしい。幽霊の正体見たり枯れ尾花もいいところだ。ため息とともに言った。

「こちら、りゅうじん。岩壁が盛り上がった部分でした。申し訳ありません。どうぞ」

「さがみ、確認した。焦るな、大畑。目標地点はもう少し右だ。海底地形図と照らし合わせてみろ。右十五度の方向、三十メートル近くは離れているぞ」

言われてタブレットに表示させた地形図に目を落とした。まっすぐ進んだつもりでも、わずかに左へ流されていたようだ。海中にGPSの電源は届かないので、さがみからのナビゲートとソナーだけが頼りだった。

地形図とソナーを照らし合わせると、海膨（かいぼう）らしき壁が北方向へ走っている。この岩の連なりに沿って進んだ先が目標地点だ。

「りゅうじん、確認しました。このまま進みます」

「さがみ、了解。まだ時間はある。急ぐなよ。東は平地に近いんで、堆積物の影響が出かねないと思え。上から慎重に流していけよ」

海底に近づきすぎては、推進器の巻き起こす水流で、堆積物が舞い上がる。わずかに上昇させつつ、上から近づくのだった。

地形図上では、枕状（まくらじょう）溶岩の列にも似た起伏が描き出されている。この辺りの海膨は、溶岩が盛り上がってできたものだろう。その谷間に堆積物が降り積もって、わずかな平地を作ったと見られる。

五メートル上昇してから、尾根を追うように暗く圧倒的な重みを持つ水を押し分け、海底を進んでいった。

「こちら、さがみ。本船のソナーと照合すると、その近辺だぞ」

「りゅうじん、了解。麓のほうへ下りていきます。——下を見て」

セッターに告げながら、ジョイスティックを操って下降に移った。ソナーに表示されたスケールから判断して、まだ二十メートルは下りられる。

のぞき窓からも外の様子を探りつつ、カメラで海中の山肌をとらえようと、船首を南から北へ少しずつ振り向けてやった。

「ストップ！　何か見える。おかしな形だ」

今度こそ見つけたか。

叫びだしたい衝動に駆られるが、ぐっと堪えて質問する。

「どこ？　何時の方向か教えて」

「下だ。右下、一時の方向。いや、もっと近い……。この下だ」

夏海は垂直スラスターを戻し、降下のスピードを落とした。焦るあまり、海底に尻餅はつきたくない。

「見える。岩とは違う。海底から斜めに飛び出してる」

その形状から考えると、チムニーでもないはずだった。夏海は前方のソナーに注目した。が、岩の壁の連なりしか映し出されていない。

もし沈没船だとすれば、麓の斜面に寄り添う形で斜めに沈んでいるわけか。

そっと深海の分厚く重い闇をかき分けるように、そろそろと前進させた。前方カメラがとらえた映像の中、ぼんやりと赤黒い物体が近づいてきた。

これだ。間違いない。

「こちら、りゅうじん。キールと思われる人工的な直線をソナーで確認しました。さらに接近します」

「さがみ、了解。速度を落とせ。周囲の地形を見てから、慎重に進むんだ。急ぐんじゃないぞ、いいな」

矢継ぎ早に慌ただしく、わかりきった指示を出されるのでは、ただ喧しいだけだった。興奮するのはわかるが、お願いだから今は操縦に専念させてくれ。

岩の壁は前方にしかない。ソナーで確認した。下はまだ八メートル近くの余裕がある。

「船だ。逆さになってる。ブリッジが下だ」

セッターが声を嗄らした。夏海はさらに速度を落とし、モニターを凝視した。

どう見ても船尾部分だ。

斜めに盛り上がった壁の上部が、尖ったように見えている。キール――船の底を前後に貫く竜骨と呼ばれる部分――としか思えない形状だった。

焦るな。急いではミスを誘発する。真冬のように冷たい船内なのに、全身から汗がにじみ出す。りゅうじんを右へ回りこませていく。凍えるほどに冷えた海水を切り裂いてじわじわと進む。

マリンスノーの降り積もる中、足元から斜めににょきりと突き出す物体をカメラがとらえた。

33

「間違いない。沈没船だ。ついに見つけたぞ！」

下園が真っ先に歓声を上げ、見つめる男たちに向けて拳を握ってみせた。

ボスもモニターへにじり寄った。もう小銃はかまえていない。だから、蒼汰が後ろから飛びかかれば、肩から提げた銃を奪えたかもしれない。が、沈没船を見つけた喜びが大きく、襲いかかろうという気は起こらなかった。

ライトの届く範囲が狭いうえ、今も堆積物が降っているために海の青が濃く、薄茶色の地が広がっている。その中に、船底としか見えない赤の塗料の色がくっきりと浮かび上がって見える。キールを上に貨物船は逆さになっているのだ。

「待て。喜ぶのは早いぞ」

ソナーを見た奈良橋が、蒼汰の肩に手をかけてきた。ヘッドセットを後ろから取り上げられた。

「——こちら、奈良橋だ。聞こえるか、大畑君。どうぞ」

五秒遅れで、夏海の声がスピーカーから流れ出る。

「りゅうじん、聞こえます。どうぞ」

「こちら、さがみ。ゆっくりと船体にそって下へ移動してくれ。どうぞ」

「了解。下降します」

「見てくれ。この部分は、誰が見ようとキールだよな。船底が上になって沈み、そのままランディングしたと見える。つまり——船首は画面の右上だ」

珍しくも奈良橋が取り乱し気味に言い、モニターを指さした。

りゅうじんが下降に移り、深海からコマ切れの画像が送られてくる。

「確かに、これはまずいですね、司令。右舷が海膨の岩肌と接触してる……」

滝山が悔しげに声を押し出した。言われて蒼汰もようやく気づいた。

船の写真を見ると、ブリッジは船尾の近くにある。沈没船は転覆して後ろから沈み、右舷を斜め下に、やや傾いた状態で止まっているのだ。

彼らが取り戻したい宝は、岩肌と接する右舷の救命ボートに隠されている。

「見ろ。やはり右舷が岩に接してるぞ」

奈良橋が作業台を掌でたたきつけた。

コマ送りの映像が海底から伝送され、次々と切り替わっていく。カメラは船底にそって斜めに降下し、ブリッジはまだ見えてこない。ライトが届かないことも手伝い、全貌がつかみにくい。

蒼汰はヘッドセットを奈良橋から取り戻した。マイクを通して夏海に告げた。

「こちら、さがみ。もう少し左へ回りこめるかな。救命ボートのコンテナを確認したい」

「りゅうじん、了解」

カメラの映像が二秒半ごとに更新されて、漂う浮遊物の奥に、船尾のスクリュー部分が見えてきた。光の届く範囲は狭いものの、真後ろからだと斜めに傾いた角度がよくわかる。

「左に約二十度。前方上への傾斜は約十度弱といったところですかね」

滝山がディスプレイの前で親指と人差し指をあてがうようにして言った。

「りゅうじん、そこでストップだ」

奈良橋がマイクを持つ蒼汰に指示を出してくる。再びヘッドセットごと奈良橋に託した。

「こちら、奈良橋だ。たびたびしゃしゃり出て、すまない。少し後ろに下がれるだろうか。全体像を確認したい」

カメラの映像が引いていき、沈没船の船尾が映し出された。が、ライトから遠くなるため、周辺部は暗くダーク・ブルーの中に沈んでいる。かろうじてブリッジのシルエットは見える。その奥は果てしない深海の闇だ。太陽光の届かない深さなので、海藻など生えていない不毛の地が広がる。

ブリッジは四層分ほどの高さを持つが、海底の堆積物に一層ほど埋もれているようだ。周辺に大きな岩が見えるので、海膨に衝突して、岩肌を崩しながら海底へ落ちたのだろう。

「あれじゃないか。見てくれ。白い円柱のようなものがあるだろ。救命ボートのコンテナだ」

下園がディスプレイの左端を指さした。

貨物船は、棒状溶岩のような丸みを帯びた岩塊に、右舷船体をあずけるような形で斜めに沈んでいる。りゅうじんのスラスターが巻き起こす水流で海底の堆積物が巻き上げられたせいもあって、視界はクリアとは言えない。頼りない光源を受け止め、斜めに傾いたブリッジの甲板近くに、白い円筒状のものがかすかに見える。

だが、今見えているのは左舷のコンテナなのだ。目指す右のコンテナは、ブリッジと岩肌に挟まれて、確認できない。

「いや、何とかなるかもしれないぞ。斜めに船体が傾いでいるから、ブリッジ近辺には隙間ができてる。後ろから接近していけば、何とかなるんじゃないかな。あとは大畑に頑張ってもらうしか……」

下園が祈るような口調で言った。おそらくりゅうじんのコックピットでは、事態の困難さを夏海も察している。

「ミッションは可能だな」

ボスが確認してきた。下園は安易にうなずき返しはしなかった。

「見てのとおりだ。後部デッキのほうから奥の右舷へ入っていき、そこからロボットアームを伸ばすしかない」

「だから、できるんだな」

「やるしかないだろ。黙って見ててくれ。我々に指図するな」

下園が、つい一時間ほど前に言われた台詞で返した。懸命に感情を抑えようとしているのがわかる。そもそも無理難題の多いミッションなのだ。

「ほら、久遠。呼びかけろ」

奈良橋にひじをつつかれ、我に返った。潜航の素人にすぎない自分が何を言えるか。だが、彼女はもう何をすべきか、予想をつけている。マイクを引き寄せて、言った。

「こちら、さがみ。優秀な君のことだから、もう充分わかっていると思う」

次の言葉に迷っていると、三千九百メートル下の海中から返事が先に戻ってきた。

「こちら、りゅうじん。ブリッジと海膨の隙間を縫って進み、障害物競走をしろ、というわけですよね。どうぞ」

「こちら、さがみ。そのうえに細いロープを引くんだから、パン食い競走が待ってるようなものだ。どうか、二人三脚で乗り越えてほしい」

こんな励ましでよかったのか。

逆さになった貨物船の後部デッキには、荷揚げ用のクレーンが見える。送られてきた映像で確認すると、海底に着地した影響なのか、斜めに折れ曲がって、後部デッキの障害物となっていた。

その間をすり抜けて、右舷側へ入りこむ必要がある。さらに岩壁との接触に気をつけながらコンテナに近づいてロボットアームを伸ばし、中に収められた救命ボートを膨張させるのだった。

滝山が急に席を立ち、下園の横から固定マイクに言った。

「こちら、滝山だ。岩との間は三メートル近くしかないように見える。潜りこめそうな幅があるか、よく見てくれ。どうぞ」

「こちら、りゅうじん。開いてなければ、狭い扉を壊してでも、通ります。どうぞ」

返事を聞いて、蒼汰は肌が粟立った。夏海は折れ曲がったクレーンをロボットアームで押しやるつもりなのだ。右舷へ進めないと、人質四十八人の命運がつきる。

「時間はまだある。慎重に進めてくれ。左側の岩肌との距離を測って、そっと近づいていくんだぞ、いいな」

下園が横から割りこんで言った。奈良橋までが、蒼汰の持つヘッドセットに顔を近づけた。

「待て。ロボットアームは使うな。力仕事は、旧型マニピュレーターで挟んで引っ張れ。そのほうが間違いない。まずはクレーンに近づいてくれ、どうぞ」

「りゅうじん、了解」

ブリッジの映像が右へ動きだした。りゅうじんが左の後部デッキへ移動を始めたのだ。貨物船が逆さになっているため、向かって左側が右舷に当たる。

「海底で錆びついてるクレーンなんだ。絶対に動いてくれるさ……」

滝山が小声で不安を口にした。下園の表情も固かった。

「最大速力は二・七ノットしかない。ただし、その速度に達するまで、一秒半かかる。しかも前進の場合で、後ろへ引っ張るとなると、さらにパワーは落ちる。助走ができれば、少しは動かせるかもしれないが……」

「同時に水平スラスターを回し、横移動の力を加えてやれば、いくらかパワーは出せますよね」

「クレーンを挟んだまま、後退しながら水平スラスターをフル回転させるわけか。もしマニピュレーターからクレーンが外れてしまえば、惰性でりゅうじんは回転しながら不規則に流されてしまう。ブリッジに衝突でもしたら、そこで——アウトだ」

二人のパイロットの話を聞き、蒼汰は背筋が凍えた。奈良橋が下園に問いかける。

「アウトとは、どういう意味です」

「衝突の影響でたとえ異常が出ても、バラストやマニピュレーターを切り離せば、りゅうじんは自らの浮力で海面へ浮上できる。だから、二人は戻ってこられる。でも、船体が破損すれば……次のミッションは難しいだろう。もちろん、ロボットアームを海中へ投棄することになれば、次の潜航はできなくなる」

「でも、ほかに方法はないんですよね」

奈良橋が落ち着いた声で二人に問いかけた。無言の回答が返ってくる。

潜航する前からわかっていたが、夏海の操縦の腕に命運は託されたのだった。

34

旧型マニピュレーターで折れ曲がったクレーンをつかんで揺り動かす。新たな難題が降りかかり、ミッションはさらに厄介さが増した。

夏海は胸に手を当て深呼吸をくり返した。もし操縦を誤れば、そこでミッションは終わる。人質の仲間はもちろん、我が身の保証もなくなるのだ。水深三千九百メートルの水圧を超えるプレッシャーが体をしめつけてくる。

「いいぞ。ゆっくりクレーンに近づけ」

「旧型マニピュレーターの動きを、今のうちから確かめてみて」

「問題ない。船で練習した」

「海の中では、水圧による抵抗が——つまり動きにくくなるから。甘く見ないで」

彼の腕にも人質の命がかかっていた。焦ったように見えないのはいいが、余裕は油断につながりやすい。

セッターが不敵な笑みを浮かべ、旧型マニピュレーターのコントローラーをつかんだ。握っていた銃は、夏海とは逆のフロアに置いた。ここまできて、あの銃を奪ったところで、さしたる意味はないだろう。

身をさらに縮ませたセッターが、メタクリル樹脂製の窓に額を寄せた。モニター画面の中で、左のアームが伸びていった。先端に装着された爪が、デモンストレーションとばかりに大きく開いては閉じた。

「問題ないだろ?」

「もっと慎重にアームを伸ばして。りゅうじんの接近によって、奥の壁やブリッジから跳ね返ってくる波があるから、できるだけゆっくり手を伸ばしていって」

「マニピュレーター、了解」

セッターと目を見交わし、うなずき合った。もうここは腹をくるしかない。

「りゅうじん、前進速度〇・五。上下に異物なし。前方視界、良好」

我が身を鼓舞するため、声にした。前方探知ソナーから目を離さず、数十センチ進んでは推進器を切って惰性で進み、折れ曲がったクレーンとの距離をつめていく。

「もう少し下だ。あと一メートル沈め」

「断っておくけど、接近できても、船体が安定するまで、絶対にアームは伸ばさないよ。接触は、あらゆるリスクにつながるから。油圧制御はとにかくデリケートだと肝に銘じて――つまり、しっかり忘れず注意してってこと」

「OK。君が指示するまで、何もしない」

この先は、りゅうじんとマニピュレーターを同時に操る必要があった。互いの立場は考えずに、相手を信じて動きを合わせるのだ。

カタツムリが葉っぱの上をはうような速度で、そろそろと後部デッキの下へりゅうじんを前進させた。

錆びた荷揚げクレーンの太い部分は、マニピュレーターの爪が開く幅を超えていそうだ。海底に接した衝撃で、ブリッジ方向へ約六十度近くも折れ曲がり、行く手をはばんでいる。

まずは観察だ。クレーンの真ん中から先は、網のように金属のプレートが交差している。あのどこかに爪を差し入れるしかないだろう。

「もう少し近づくから、いったんアームを引き戻して」

「了解。これでいいな」

ソナーで見ると、すでに上は逆さになった左舷デッキが庇のように広がっている。貨物船なので幅は広いが、上との距離も測りつつ進めないと、衝突のリスクがあった。

急ぎすぎてはならなかった。右手は斜めに傾いだブリッジの壁が近い。スラスターの巻き起こす水の流れが反射し、コース取りに影響が出かねなかった。もし船体が振られでもすれば、クレーンに頭から衝突する。あらゆる動きに備えつつコントローラーに指を添え、微速前進させた。

上の余裕は一メートル五十センチほどか。りゅうじんの尾翼が船体より上に突き出しているので、注意は怠れなかった。右のブリッジまで二メートル二十はあるので、何とかなる。りゅうじんの全幅が二・八メートルとスリムな体型なので、少しは救われた。でも、上下は四メートルもの高さを持つ。ブリッジの最上階がほぼ堆積物に沈んでいるため、余裕は上下ともに三メートルはない。

こういう時こそ、シミュレーターでの経験が生きてくる。さがみに帰り着いたら、まず奈良橋教授に感謝しないといけない。設計を手伝った蒼汰にも礼を言おう。二人の助力がなければ、自分がこのミッションを成功に導く確率は、ジャオテックが新たな油田を見つけるより低かったろう。

これ以上は危ない——そう思える間近まで進んだところで、船体を安定させるために水平スラスターを調節した。

警報音は鳴っていない。逆さになったデッキの下で水平を保ち、停まっている。

「ＯＫ。アームを伸ばして。海水の抵抗を確かめるつもりで、少しずつ動かすのよ」

セッターが左肩を下に寝そべった。モニター画面の中、再び旧型マニピュレーターが前進と停止をくり返しながらクレーンの折れ曲がった部分へ近づいていった。

「つかむぞ」

言うと同時にマニピュレーターが伸びた。爪の先がクレーンの編み目に差しこまれる。

「よし。つかんだ。動かしてくれ」

「バックするのと同時に、マニピュレーターを引いて。ワン、ツー、スリーで同時に引くのよ、ＯＫ？」

二人で声をかけ合い、推進器のつまみを回した。

が、期待に反してりゅうじんは後退しなかった。マニピュレーターが腕を縮ませたからか、逆にいくらか前に進んだ感触がある。

「どうしてバックしない」

「フルパワーでやってみたわよ。——こちら、りゅうじん。クレーンは動きません」

コックピットの様子はモニターされているが、夏海は上に呼びかけた。五秒遅れの返事がもどかしいほどに遅い。

「……こちら、さがみ。前後に揺さぶってみるしかない。同時にマニピュレーターも反対方向へ動かすんだ。押して、引く。慎重にくり返してくれ」

下園の指示は予想の範疇だった。チムニーを採取する際、マニピュレーターで前後に揺さぶって、折り取るケースはあった。そこに、推進器のパワーを加えてやる理屈だ。

乱暴極まりない手だが、折れ曲がったクレーンをどかさないことには、救命ボートを収容した右舷のコンテナに接近できない。

前後に揺さぶる方法を伝えてから、二人でクレーンを押した。海中の塩分と、わずかに溶けこむ酸素で、少しは錆びついて脆くなってもよさそうなのに、びくとも動いてくれなかった。次は後ろへ引いてみる。

頼む。動いてくれ。念じながら、前後に揺さぶった。ただし、周囲への警戒を忘れてはならない。上下に船体が弾もうものなら、庇となった後部デッキに衝突する。

少しは振動を与えられている証拠に、クレーンのあちこちに積もった堆積物が舞いだしていた。上からも大粒のマリンスノーが降りそそぐ。

海底に根を張ったのかと疑いたくなるクレーンを、しつこく前後に揺さぶった。岩に突き立った剣を引き抜いたアーサー王にならわんと、鋼のクレーンに闘いを挑む。

海を鎮守する御神木でもあるまいに、なぜこれほど頑丈なのだ。老巧船にしては往生際が悪すぎる。

　ガクリと船体が大きく揺れた。

　爪がクレーンから外れたのかとモニターに目をやった。が、マニピュレーターは食いこんだままだ。つまりクレーンが動いたのだ。

「グッジョブ。動いた。また押すぞ」

　再び前へ押してから、一気に後退させた。クレーンの傾きに合わせて、斜め上方への動きも加味して、推進器のノズルを調節した。

　またも船体が小刻みに揺れた。

　動く。海と大地を支える柱を引き倒すつもりで、前後の揺さぶりをくり返した。分厚い耐圧殻に囲われているので、深海の音は伝わってこない。だが、クレーンの根元で金属音の悲鳴が確かに聞こえたと感じられる。

　少しずつクレーンが傾きだしている。頼むから、早く目の前からどいてくれ。

　蓄電池の残量が早くも半分近くに減っていた。次なる作業のために、電力消費は抑えておきたい。

　さあ、観念して動け。夏海は一心に念を送りながら、りゅうじんを前後に動かし続けた。

35

蒼汰は両手を握り、モニターに映し出される深海の光景に息を呑んだ。クレーンを揺さぶり続けているので、沈没船に降り積もった堆積物が散らばって漂い、視界が急に悪くなった。白く濁った渦が取り巻き、二秒半ごとに周囲へ広がっていく。

りゅうじんの推進力では歯が立たないのか。コントローラーを操る夏海の声がヘッドセットに届くが、クレーンは少しも動かなかった。

「無理なのか……」

「言うな、滝山。りゅうじんは懸命に闘ってるんだ。おれたちがあいつを信じなくてどうする」

うなだれる滝山を、下園が横で叱りつけた。

「いや、動いてますよ。見てください」

奈良橋がしばられた両手をモニターへ近づけた。親指と人差し指で直角を作り、クレーンの折れ曲がった部分にあてがった。

「ほら……ここ。確実に動いてる。角度が少し開きだしてる」

「見ろ、滝山。旧型のアームだって、嚙みついたら放さずにいるぞ。行け、りゅうじん。

そのまま突破しろ。手を休めるな、大畑！」

犯人たちの顔色をうかがう素振りばかりを見せていた下園だが、前のめりになって海底へ届きはしない声援を送り続けた。彼も心中に熱きものを持つ海の男だったらしいが、人質チームを束ねる責任感から自分を鋳型にはめ、乱れる感情を懸命に抑えていたのだとわかる。

「動くぞ。絶対に動く。動かないわけがあるものか……」

奈良橋までが理屈に合わない言葉を熱くつぶやいていた。後ろで見つめるボスが、苛々と小銃の台尻でフロアをたたく。いつしかビアードも司令室の中にいた。

唐突に、画面が大きく揺れた。

ついにマニピュレーターの爪が外れて、りゅうじんが挙動を乱したのか。蒼汰は立ち上がった。

夏海は無事か……。画面を見ても、堆積物が飛び散ったらしく、白濁するスープのような海水がうねるばかりだ。

「こちら、さがみ。大丈夫か、夏海！」

蒼汰はマイクに叫んだ。すぐに声は返ってこない。

五秒が怖ろしいほどに長かった。

「……こちら、りゅうじん。クレーンがどうにか動きました。これより確認します」

「気をつけろよな。動くのは視界が戻ってからでいい。ソナーだけに頼るんじゃない。目視で周囲を確認しろ！」

下園が固定マイクに叫んだ。画面はまだ投光器のライトを跳ね返す白い渦しか見えていない。

新たな映像も音声も届かず、三千九百メートルの海中を往復する五秒がすぎた。

「……こちら、りゅうじん。右舷へ回りこめそうな空間ができています。これより接近して確かめます。どうぞ」

遅れて画像が切り替わった。白い渦の奥に、折れ曲がったクレーンが見える。つい十分前とは逆方向へねじ曲がっていた。が、音波に変換されて送られてきた画像なので解像度が劣り、奥行きがつかみにくい。本当に前方確保ができたのか。

「こちら、りゅうじん。奥の右舷へ進めそうです。クレーンとブリッジの間の幅は四メートルを超えていると思われます。かろうじて通りぬけられます」

「こちら、さがみ。まだ待ってくれ。我々も映像で確認したい」

蒼汰は呼びかけて、モニター画面に注目した。深海の濁る視界の中、クレーンが左へ消えて右手のブリッジが近づいた。りゅうじんが船首を右へ振ったのだ。

下園が大きくうなずき、マイクに告げた。

「こちら、さがみ。映像で確認した。慎重に回りこんでくれ。頼んだぞ」

「りゅうじん、了解。右舷へ進みます」

　画面の中で、ブリッジが右手後ろへ流れていった。わずかに上昇し、折れ曲がったクレーンをやりすごして奥へ進む。逆さになった甲板が天井となったトンネルの中を進むようなもので、見事な操縦に拍手を送りたくなる。

「下園司令。救命ボートを膨らませることができても、ブリッジが斜めになってコンテナの上をふさいでいそうですね。船の体勢から見て」

　奈良橋がコピー用紙に逆さの船を描き、岩肌に見立てた手を横に添えて言った。

「なので、ボートを膨らませたあと、障害物のないところまで引っ張ってやるしか……」

「本当に破裂はしませんかね」

　蒼汰はまた不安に駆られて、話を蒸し返して訊いた。現場の水圧は、地上の四百倍だ。噴出されたガスの勢いで、りゅうじんの船体にダメージは出ないだろうか。

「ガスにも同じ水圧がかかってる。瞬時に膨らむことはできないから、まず大丈夫だと……。念のため、ガスを噴出できたら、即座にブリッジの陰へ下がるとか、対策を考えたほうがいいな」

　下園が応じてから、マイクに向かった。

「こちら、さがみ。ガスを噴出させたら、直ちに後ろへ逃げて、ブリッジの陰に隠れてほしい。スペースがあるだろうか。どうぞ」

「こちら、りゅうじん。必ず何とかします。もう少し近づけば、別の方法が見つかるかもしれませんので」

「こちら、さがみ。早まった真似はしてくれるなよ。コンテナに近づいて、辺りの映像を隈無く映してくれ。リスクを減らせそうな手段を、教授たちと考える。どうぞ」

「りゅうじん、了解。右舷へ到着。これより、コンテナに接近します」

蒼汰は息をつめ、海底から送られてくる映像を見つめた。堆積物の浮遊が収まり、視界が少しクリアになった。画面の中、水の深い青みも増している。

左は海膨の崖が近い。神の巨大な鉈（なた）で断ち切ったかのような岩肌が続く。上は右舷のサイドデッキが蓋をしている。右はブリッジの壁。三方向を囲まれた暗いトンネルの先に、白い円筒形の大型コンテナが確認できた。距離は五メートルほどか。遠近感がつかみにくく、この先もまだ危険な障害物競走が続く。

滝山が席を立ち、ディスプレイに顔を近づけた。

「どこにも見えませんね、赤いロープなんて……」

下園が首をひねり、マイクに言った。

「こちら、さがみ。ボートを膨張させるロープが、そちらから見えるだろうか。我々に届いた映像では確認できない。どうぞ」

「こちら、りゅうじん。目視での確認はできません。セッターも横で不思議だと言ってます」

　ロープが見えないとは、どういうことなのか……。

「通常はナイロン製だろうから、腐食は考えられない。とすれば――その奥に続く岩肌とこすれて摩耗したか」

　奈良橋が言って下園たちに視線を振った。

　何という神の為せる業なのだ。

　こともあろうに、ボートを膨らませるロープがこすり切れてしまったらしい。よりによって天文学的な確率で不幸な偶然が起きるとは……。声もなく押し黙るしかない。

　奈良橋がヘッドセットを奪い取った。

「こちら、奈良橋。コンテナをよく見てくれ。傷ができてないか、確認できるだろうか。どうぞ」

「見えます。コンテナの一部に裂け目が入っています。どうぞ」

「よし。何とかなるぞ」

　奈良橋が肩に力をこめてうなずいた。その後ろにボスとビアードが近づき、画面を食い入るように見た。

「大畑君、よく聞いてくれ。亀裂の中に旧型の先端をねじこんで、コンテナを強引にこじ開けるんだ。ＦＲＰ製で多少は頑丈にできてると思うが、挟んでひねってやれば、マニピユレーターの力でも確実に割ることはできる。その際、なるべくなら、中で折りたたまれている救命ボートを傷つけないでほしい。難しい注文だとわかっているが、救命ボートはナイロンにゴムでコーティングした生地でできてるはずだ。傷つけば、そこからガスが漏れてしまう。どうぞ」

「りゅうじん、了解。やってみます」

「コンテナを破壊して、もしガス噴出のロープが見えたら、それを引くのもひとつの手だ。その時は、直ちに全速力で後退して逃げること。無茶な注文ばかりで申し訳ないが、頼む。どうぞ」

「待つんだ、大畑君！」

滝山が急に声を張り上げた。下園の横へ両手を伸ばし、固定マイクをつかみ上げた。

「――古いタイプの救命ボートだと、海へ投下する衝撃で混合ガスが噴出されるものもあったと思う。コンテナから引きずり出す場合も、素早く後ろへ逃げてくれ、念のためだ。どうぞ」

「本当に注文が多いですね。また何か厄介なリクエストを思いついたら、すぐ教えてください。――では、コンテナに接近します」

「頼むぞ、大畑……」

下園が小さくつぶやきを洩らした。蒼汰も両手を握った。パン食い競走のロープが切れたため、時限爆弾のふたを開けて中の配線を切るに等しい高度な作業になってしまった。三千九百メートル離れた洋上から手を合わせて祈るしかない。

「いい、近づくよ。裂け目にマニピュレーターの先をねじこんで」

モニターがオンのままなので、ヘッドセットにだけコックピット内の会話が流れてくる。

「何度も言うな。静かにしてろ」

「勝手なこと言わないでよ。タイミングを合わせないと、どこかにぶつかるでしょ」

「ミスはしない」

「口では何とでも言える。ほら、クレーンをくぐり抜けた。左の岩に気をつけて！」

ただ聞くことしかできない身がもどかしい。が、彼女たちのほうがもっと苦しく、神経をすり減らしている。

海底から送られてくる映像が少しずつ動き、救命ボートを収納する白いコンテナが近づいてきた。右には斜めに傾いたブリッジの壁が迫る。左は岩肌が続く。上は逆さになったサイドデッキ。狭いトンネルへ分け入るように、カメラが少しずつ前進していく。

わずかに画面が揺れた。

「どこかに接触したぞ！」

下園がマイクの前で声を上げた。

「何したのよ！」

「ブリッジを押した。ぶつかると思った」

「勝手なことしないで。動かすなら、先に言って」

モニター音声に続いて、壁のスピーカーから夏海の声が流れ出た。

「こちら、りゅうじん。ロボットアームでブリッジの壁を支えました。心配はいりません。見たところ、ロボットアームに異常はありません。滑(なめ)らかに動いています」

「おいおい、驚かしてくれるなよ」

マイクの前で下園が盛大に吐息をついた。事態はまだ何ひとつ進んでいない。

蒼汰のヘッドセットをまた奪った奈良橋が、大学の講義とは大違いの優しい口調で言った。

「聞こえるかな、大畑君。もしロボットアームで壁を支えられるなら、ブリッジにもっと接近しながら近づけそうな気がしてきた。左側の崖に注意するのは、船尾の水平翼だけでいいことになる。わかるね、どうぞ」

「りゅうじん、了解。これよりコンテナに近づき、旧型マニピュレーターをねじこみます。水中通話機を常時オン状態にしますので、気づいたことがあれば言ってください。少し遅れて届くことになりますが、こちらも慎重に作業します。どうぞ」

「さがみ、了解。同期ピンガの受信はしばらくあきらめる。任せたからな」

下園が即断して言った。映像も音声も遅れて洋上に届くため、リアルタイムのアドバイスは送れなかった。音響航法システムも使えず、りゅうじんの位置も司令室からは確認できなくなる。

「一気にアームは伸ばさないで。コンテナまで、できる限り近づくから」

壁のスピーカーからコックピット内の音声が流れ出る。

「危ない時、ブリッジを押すわけか。よし、やってみる」

「強く押しすぎないで。中性トリムの状態だから、ほんの少しの衝撃でも、船は横滑りする。水平スラスターは前後にあるけど、微調整は難しいから、気をつけてよ」

相手は素人なので、夏海がイニシアティブを握るのは当然でも、銃で脅されている人質の話し方ではなかった。セッターのほうも素直にしたがっている。

じりじりとまたカメラが洞窟の奥へ進んだ。

「ストップ。ロボットアームを戻す」

「了解。姿勢制御ＯＫ。急がないでよね」

画面の右下に、ロボットアームの先端がかすめた。また手探りのように壁を支えて進むらしい。

「よし。支えた。進め、ゆっくり……」

りゅうじんがじわりと前に進んだ。カメラの倍率が上げられて、白いコンテナが大きくなった。

「見てください。コンテナの下を。この部分です。上蓋がひしゃげて、本体部分に食いこんでるように見えませんか、司令」

滝山が立ったまま、両手を前に出した。後ろでボスまでがモニターへ進み出る。

「海膨の斜面を滑り落ちた衝撃で潰れたか」

「だと思います。もし上蓋がもっと割れてたら、ボートは外へ転がり落ちていたかもしれませんね……」

「まだ運は残されてたな」

二人の話に疑問を覚え、蒼汰は訊いた。

「どういうことです。ボートが外へ投げ出されてたら、自動的に膨張して海面まで浮上したんじゃないでしょうか。そうなっていれば——」

中に隠された宝はボートごと海上を漂っていたはずだ。さがみがシージャックされることもなかったのだ。

「違うな、久遠君。コンテナがこれほどひしゃげても、ガスは噴出されなかったと見られる。つまり、この救命ボートは、人力でガスを噴射させないと膨張しないタイプだ」

「教授の言うとおりです。もしコンテナがもっと大きく割れてたら、ボートは膨張もせず、折りたたまれた状態でもっと下まで落ちていたでしょう。マリンスノーがたっぷりと積もった海底に」

　下園の補足を聞いて、納得できた。もしボートが堆積物の中にすっぽり沈んでいたら……。

　まさしく障害物競走で、小麦粉の中に隠された小さな飴玉を探すようなものだった。いくらロボットアームが砂をすくう能力があろうと、沈没船の周辺を手探りに掘って回るのでは、何日かかるかわからなかったろう。

　モニター画面の中で、白いコンテナが大写しになった。拡大率のせいもあって、すぐ近くにあるように見える。

「手を伸ばす。いいか」

「了解。どうぞ」

　画面の中に旧型マニピュレーターがゆっくりと伸びていった。

　だが、コンテナまでは届かなかった。

「あと五十センチ、前に出ろ」

「簡単に言わないで。上もぎりぎりなんだから。音響測位装置のアンテナをぶつけたら、りゅうじんの位置がわからなくなる」

「もう必要ない」

「何言ってるの。上でも、わたしたちの位置をつかめなくなる。浮上して、もしさがみの船底に衝突したら——」

「早く前に出ろ。あとのことを考えても、意味ない」

「あるに決まってるでしょ。りゅうじんを壊すわけにいくものですか」

「りゅうじんは修理できる。死んだ者は、修理できない。仲間を救うためだ」

「はいはい、やればいいんでしょ。でも、気をつけてよね。上と左右に壁があるから、反射する波の影響をもろに受けかねない。もし衝突したら、制御に影響が出る」

「もう何度も、聞いた。前へ進め。君のテクニックを信じる」

二人はもう旧知の間柄のような話しぶりになっていた。狭いコックピットの中ですでに三時間。話は弾まなかったろうが、今は困難なミッションに向かっているとの仲間意識が結ばれつつある。

不思議な感覚だった。この司令室でも、下園をはじめとして奈良橋までが、ただミッションの成功を願い、モニター画面に食い入っている。その様子をシージャック犯も息をつめて見守る。彼らはもう銃を蒼汰たちに向けてはいない。犯人一味と人質が心をひとつにしていると言っていい。

だが、決して真の仲間ではなかった。ミッションの成否が見えてきた時点で、互いの関係は振り出しへ戻る。

「届いた。中に手を入れる」

画面の中で、旧型マニピュレーターがコンテナの側面に近づいた。さらにじわりと前進し、ひしゃげた部分の前で止まった。

「よし、そこだ。上蓋を下へ引きはがせ」

下園がマイクの前で声を振りしぼった。が、二秒半遅れの映像なのだ。もう海底では、次の動きに移っている。

わずかな亀裂に、マニピュレーターの先端が食いこんだ。アームが上下に揺れた。が、上蓋はびくともしない。揺すろうとした振動が伝わって、カメラがわずかに上下動する。

「ロボットアームも使うんだ。上下に押し広げてみろ」

奈良橋がヘッドセットのマイクに叫んだ。

五秒遅れで返事がある。

「りゅうじん、了解。やってみます」

右側に迫るブリッジを支えていた腕を離すのだから、リスクは高い。だが、コンテナを開けなければ、救命ボートは引き出せず、宝の回収も不可能だった。

「焦るなよ、大畑君。開いた衝撃で、船体が上下にぶれると思え。準備をしてから、ことに当たれ」

滝山がマイクを握ってアドバイスを送った。返事よりも先に、画面の中にロボットアームが伸びてきた。

「りゅうじん、了解」

深海の音は伝わってこない。だが、頑固に口を閉ざした二枚貝を、ぎりぎりとこじ開ける音がモニターの奥から聞こえる気がした。また大きく画面が揺れた。セッターも母国語で何か声を上げているのが聞こえる。

カメラの揺れが収まると、上蓋の一部が割れ飛んだ。その衝撃が、マニピュレーターを通じてりゅうじんに伝わったらしい。映像が一瞬ブラックアウトしかかり、また戻る。

モニターの中、コンテナの蓋が開いているのが確認できた。その中からオレンジ色の丸められた物体がゆらりとこぼれ落ちるのが見えた。救命ボートだ。

「逃がすな。つかめ！」

奈良橋が叫んだ。深海のコックピットでも夏海が声を上げていた。

「早くつかまえて！」

幸いにも救命ボートは地上と違って、自然落下はしなかった。丸められた端から蕾(つぼみ)がほころぶかのように開きつつ、ゆっくりと降下しかかり――そして、止まった。

その場でゆらりと揺れたものの、さらなる落下はしなかった。

「まずいな。どこかに引っかかったみたいだぞ」

「コンテナが割れた影響ですかね」

下園が拳で作業台をたたき、滝山が悔しげにつぶやいた。

「いや、大丈夫だ。コンテナはもう開いてる。――こちら、さがみ。聞こえているな、どうぞ」

「りゅうじん、聞こえています。これよりボートを引き出します。どうぞ」

「コンテナが割れた影響で、ボートの一部に食いこんでるかもしれない。まずは慎重に引いてくれ。強く引いて破れでもしたら、中に隠しておいたものが落ちてしまうことも考えられる」

下園が言い終わる前から、奈良橋がボスを見つめて小声で話しかけた。

「そろそろ何を隠したのか教えてくれ。この状況を見れば、わかるだろ。ものによっては、海底に落下したら、探すのに手こずりかねない。そうなったのでは困るだろ」

だが、ボスは答えなかった。奈良橋に目を向けず、ずっと画面を見つめている。

「どうして教えてくれない。君たちの言う宝が堆積物の中に沈んでもいいのか」

「心配するな。テント型の救命ボートだ。屋根との間に押しこんである。たとえボートの布地が少しぐらい破れようと、絶対に落下はしない」

「本当だな。ごまかそうとして適当なことは言わないでくれ。取り返しがつかなくなったら、終わりなんだぞ」

「黙れ。問題ない。早くボートを引き出せ」

ボスが言って後ろへ下がり、肩から提げた自動小銃に手をかけた。

奈良橋は当然の問いかけをしたまでだった。宝がもし落下したら、堆積物の中を探す余計な時間がかかる。気分を損ねられるような質問ではないはずなのだ。

「早くボートを引き出せ。台風が近づいても、いいのか」

なぜボスは急に態度を硬化させたのか。

もしや、と思えた。この場には、シージャック犯と人質しかいなかった。積み荷の中身を知らされたところで、蒼汰たちは仲間を救うために作業を進めるしかないのだ。

つまり、ボスは後ろに立つビアードを警戒したのではなかったか。

彼らは一枚岩のように見えながら、実はふたつのグループに分かれているとも考えられる。言うまでもなく、ボスとセッターが中核だ。ほかのメンバーは、二人の指示にしたがってきた。唯一プランピーには、二人が親しそうに話しかけているところを見かけてもいた。大それた犯罪を実行しているとの意識から、無駄口を控えているのだろうと見ていたが、少し事情が違ったのではないか。

「ミッションを進めさせろ。急げ！」

銃口を奈良橋へ向けたかと思うと、轟音が鳴り渡った。

蒼汰は頭を抱えてしゃがみこんだ。横で奈良橋も身を縮ませている。

ボスが撃ったのは、奈良橋ではなかった。奥の壁にある丸窓だった。複層ガラスになっていたようで、中央に銃弾の貫いた穴が開き、蜘蛛の巣状にひび割れが走っている。

「次はおまえを撃つ」

「わかった。ボートを早く引き出すように指示を出す」

下園が慌ててマイクに向かった。

蒼汰はそっと後ろからビアードを観察した。彼もボスの怒りように疑問を覚えたのか、不可解そうに太い眉を寄せた。

たぶん思いすごしではない。やはり計画実行への微妙な温度差のようなものが、彼らの間にはあるのだった。

「こちら、さがみ。ボートが何かに引っかかっているんだろうか、どうぞ」

「ライトの角度を変えても、よく見えません。慎重に引いてみます」

夏海の答えは落ち着いていた。コックピットのモニターは水中通話機の構造上、一方通行になるため、司令室の音声は彼女に届かず、先ほどの発砲音も聞こえずにいたはずだった。

画面の中に、旧型マニピュレーターのアームが伸びていった。爪が回転して位置が固定された。りゅうじんがまた前進し、白いコンテナと折りたたまれたボートがモニターの中で大きくなる。

「ゆっくりつかんで。同時に引くよ。ワン、ツー――」

またも画面が小刻みに揺れた。折りたたまれたボートが長く伸びていた。同時に夏海の声が聞こえた。

「後ろがぶつかった。放さないで！」

遅れて今度は、映像が下へ沈んだ。救命ボートを引く重みで船首がお辞儀をしたのだろう。狭い洞窟内で体勢を崩したのでは危険だった。

「制御しろ！　前方のスラスターだ。一気にふかすなよ。倒したら、戻せ！」

滝山が大声でマイクに告げた。ジョイスティックの操作法を伝えたのだが、指示は二秒半遅れでコックピットに届く。

南無三……。どうか夏海の反射神経で乗り切ってくれ。

また画面が揺れた。今度は左右に振動していた。推進器が衝突したのではなければいいが……。

ライトの中には、白濁する海中しか映っていない。ぶつかった衝撃で、投光器やカメラの向きが変わってしまったらしい。

「こちら、さがみ。無事か、大畑。警報音は聞こえないから、大丈夫なんだろうな」

下園が早口に問いかけると、画面の映像が落ち着きを取り戻した。堆積物の舞う中、ライトに照らし出されたオレンジ色のボートが見え始めている。が、伸びた先端部分はまだコンテナの中につながっていた。

「……こちら、りゅうじん。どこかにまだ引っかかっています。推進器、スラスターとも異常はありません。油圧も正常。空気圧も保たれています。ひとまずは安心です」

蒼汰はためていた息を吐いた。だが、事態はまだ少しも進展していないのだった。

滝山が苦しげにうなり、下園を見た。

「どうしますか。力任せは危険か、と……」

「いや、引くしかないだろ。コンテナはＦＲＰ製だ。救命ボートさえ手放さなければ、布地かコンテナのどちらかが裂けてくれる」

「でも、救命ボートの中には、膨張後の屋根を支えるワイヤーが組みこまれてます……」

「その場合は前後に揺さぶりをくり返すしかない。聞こえるか、りゅうじん」

下園がマイクに向かい、指示を与えた。

沈没から、ほぼ一年が経過していた。ワイヤーも多少は脆くなったろう。まだ時間は残されていた。ますます夏海の操縦に命運が託される結果となった。

「しまったな……。あとの祭りだが、ロボットアームにナイフやノコの機能を持たせておくべきだったよ」

奈良橋が歯嚙みの奥から声を押し出した。

チムニーを採取する際、今まではマニピュレーターで強引に折り倒していたと聞く。鋸（のこぎり）が使えれば、採取が楽にできる。今回は最初の検証実験なので、そこまでの拡張機能を考えていなかった。

「バックしながら、同時に左へ船首を振って反動をつけるわよ。ワン、ツー、スリーで引いて」

「OK」

「……ワン、ツー、スリー！」

次の瞬間、モニターの映像が激しく揺れて、画面がブラックアウトした。

36

推進器のパワーを一気に上げたが、もう遅かった。白いコンテナが爆発でもしたかと思うほど、盛大に破片が飛び散った。ボートのワイヤーがコンテナ本体に絡まっていたらしい。ブリッジ脇に設置されたコンテナごと壁から外れて、海底へと落下したのだ。

後先を考える余裕はなく、反射的にジョイスティックをバックへ切った。が、折りたたまれた救命ボートとコンテナ本体の重量がマニピュレーターにのしかかり、船首が下に振られた。

「放さないで！」

夏海は叫びながらソナーへ目を走らせた。警報音が鳴りだしている。見ると、荷揚げクレーンのアームが左背後に迫っていた。このままではまともに衝突する。推進器とスラスターは何としても守らねばならない。

　無茶を承知でジョイスティックを左へ倒し、その場で旋回させた。たとえ衝突しても左の船体からぶつかってくれる。油圧ポンプと蓄電池に被害が出ないことを神に祈った。どうか耐えてくれ。

　鈍い音と振動が伝わってくる。船の後ろが何かにぶつかったのだ。素早く身をかがめて右の窓から外を見た。ブリッジの壁がライトに照らされ、白く迫って見える。右も危ない。

「正面をよく見て。カメラがブラックアウトしてる。ボートはつかんだままでしょうね」

コンテナが脱落した影響で、まだ周辺の海水が渦巻き、コックピットが小刻みに揺れていた。水平スラスターを元に戻して制御を試みながらセッターに呼びかけた。

「ボートは見える。つかんだままだ。でも、コンテナも一緒だ。つながってる」

せっかく引きずり出せたと思ったのもつかの間、余計な重しまで一緒にくっついてきたのだった。が、救命ボートもコンテナも船体より遥かに軽いため、バランスを取り戻すことはそう難しくない。

　夏海が正面の窓へ身を寄せた時、スピーカーから蒼汰の声が流れ出た。

「こちら、さがみ。りゅうじん、聞こえるか、どうぞ」

「はい、聞こえています。コンテナごと壁から引きはがしました。その衝撃でカメラが故障したのか、モニターが消えてます。そちらに映像は届いてますか。どうぞ」

「……こちらにも届いていない。二人とも無事なんだな。どうぞ」

「無事です。コンテナごと外れた衝撃で、船尾が沈没船のクレーンとぶつかりました。幸いにも警報音は鳴り止んでます。かすり傷だと思われます。油圧ポンプ、電源、深度計、前方と上部のソナー、どこにも異常は見られません。どうぞ」

各表示部を見ていったが、警告サインは出ていなかった。まだミッション成功への運は残されている。が、楽観はできなかった。ひとまず電圧に異常がないため、各計器に電気が通っている事実を表すにすぎないのだ。この先も順調に動いてくれるとの保証はなかった。

「こちら、さがみ。みんな安心してる。救命ボートはどうなったか、報告してください。どうぞ」

夏海は狭いフロアで腹ばいになったセッターの肩を押した。ひざ元に拳銃が残されたままなのに、彼は慌てる様子もなく、身をひねって窓の前を譲った。

のぞき窓に張りついて、投光器に照らされた先を見つめた。脱落した時に発生した水流のせいで、視界がかなり悪い。舞い上がった堆積物が光を反射する中、丸められていたボートが長く伸びかけたままマニピュレーターの先にぶら下がっていた。その奥には、白いコンテナらしき物体が暗い水を透して確認できる。生煮えのハマグリみたいに口が半開きになり、救命ボートのオレンジ色が長い舌を伸ばしたように見える。

夏海は席に戻り、洋上の蒼汰に言った。

「こちら、りゅうじん。コンテナまでがボートの先にぶら下がってます。このままバックすれば、荷揚げクレーンのアームに絡むと思われます。一度前に出て、ロボットアームでつかみ直してから、あらためてバックしてデッキの屋根の下から脱出します。どうぞ」

ボートは引き出せたが、貨物船が逆さになっているため、まだ上下左右を囲われる状況に変わりはなかった。早くこのトンネルから出ないと、折りたたまれたボートが水中で広がりかねない気がする。

見たところ、円形のテント型救命ボートだ。十人乗りぐらいの大きさで、広がれば直径三メートルにはなるだろう。このりゅうじんの全幅より長いため、狭いトンネルからの脱出が難しくなる。

「さがみ、了解。残念ながら映像での確認ができないから、こちらからアドバイスするのは難しい状況だ。何か不安を感じた時は、遠慮なく相談してくれ。全力で知恵をしぼってサポートに努める。どうぞ」

「りゅうじん、感謝いたします。これより再び前進してから、ボートをつかみ直します。どうぞ」

「さがみ、了解。各部に異常がないか、慎重に確認してから操縦するように。時間はまだある。焦る必要はない」

声が下園に代わり、念を押すように言い添えてきた。コニカルハッチを閉めてから、三時間四十三分。残りの空気の心配はまだない。ただし、蓄電池の残量が早くも三分の一を切っていた。過去にこれほど激しく推進器とスラスターを酷使したことはなかった。水中通話機でのモニターもあり、予想より電力を消費していた。

夏海はタブレットを切り替えて、電力の残り時間を見積もり直した。浮上の際は、空調さえ動けば事足りる。予備の電池もあった。フルに推進器を動かしても、あと六十分近くは持つとの予測が立った。

よし。大丈夫だ。落ち着いてりゅうじんを操ればいい。暗く狭いコックピット内で間近にいるセッターの横顔に言った。

「とにかくクレーンをよけて、ボートを引っぱっていきましょう。そのためにはロボットアームでもボートをつかんで、少し持ち上げてやるしかない」

「待て。ロボットアームが動かない」

「嘘でしょ……」

先ほどの衝撃でセンサー部分にエラーでも発生したか。

上に報告するより先、モニターしていた奈良橋から早くも指示がきた。

「こちら、奈良橋。油圧のチェックはパソコンでできる。F2を押してくれ」

夏海はコントローラーに接続されたパソコンのキーボードを押した。ディスプレイに各ジョイントの油圧状態を示すグラフが表示された。が、何ヵ所にも赤い数字が点滅している。その数値を細かく報告していった。

「……OK、さがみ、了解。C、L、2、5、エンターの順でキーボードを押してくれ。それで油圧の数字が戻らなければ、センサーがいかれたんだと思う。修理は不可能だ」

キーボードを押すと、一ヵ所のみを残して赤い数字が消えた。

「こちら、りゅうじん。4Cの数字が消えません。どうぞ」

「……こちら、奈良橋。手首部分のセンサーだ。ほかが動けば何とかなるだろ。手首はもう回転しないと思ってくれ。あとは頼む」

「任せろ。マニピュレーターを回転させて、ロボットアームの動きに合わせる。それでつかめる」

理屈はセッターの言うとおりだ。が、うまく動いてくれるかは、また別問題になる。血走った目で見つめられた。

「二メートル、前に出せ」

「了解」

正面のカメラが映らなくなったので、横のブリッジとソナーを交互に見て、目測でゆっくりと前進させた。

ふたつのコントローラーを調整するセッターの肩が大きく上下する。吐息に続いて、舌打ちがくり返された。

肩越しに窓をのぞくと、ロボットアームをボートの下にあてがってから少しずつ引き戻し、先端部分をつかもうと試みていた。旧型のみの力では、ボートとコンテナの重みを支えきれず、うまく回転させることができないようだ。

「――よし。つかめた。バックしろ」

急ぐな。夏海は自分に言い聞かせた。左はクレーン。右はブリッジの壁。どちらも一メートルほどしか余裕はない。さらに、ボートを引きずっているため、まっすぐバックしたのでは海底近くで折れ曲がったクレーンにコンテナ部分が接触する。

「まだしつこくコンテナはくっついてるんでしょうね」

「ストップ！　下にクレーンがある」

夏海は推進器を戻し、またセッターの肩越しに窓をのぞいた。

先ほど押しのけたクレーンが、りゅうじんの下で斜めになり、ボートの先に連なるコンテナの行く手を阻もうとしていた。このまま海底を引きずったのでは、からまってしまうおそれがあった。下手をすると、りゅうじんまで動けなくなる。周囲の水圧が一気に増して、身を締めつけてくるように感じられる。

「OK。船首を一度右に振るから、同時に救命ボートを持ち上げて。後ろのコンテナが反動で持ち上がってきたら、一気にバックしてぬけ出す。いい？」

「もっと右上へ、りゅうじんを持ち上げてくれ」

「これ以上は無理。音響測位装置のアンテナがあるって、さっきも言ったでしょ。浮上する時、上でこちらの位置を確認できなくなる」

最悪のケースでは、さがみの船底にぶつかる事故も起こりうる。もしコニカルハッチが開かなくなれば、台風が迫る中、りゅうじんの中に閉じこめられるのだった。

「今、さがみがどこにいるか、わからないのか」

「だいたいはわかるけど……」

「遠くへ離れてもらい、それから浮上すればいい。衝突はしないだろ。違うか？」

フロアに置いた銃に目を一度走らせたが、彼は手にしなかった。脅迫ではなく、解決策の提案だからだ。

理屈はわかる。沈没船の真上にさがみはいない。りゅうじんに故障が発生した際には、バラストを捨てて浮上してくる。緊急時に備えて、さがみはりゅうじんの作業する水域から は離れる決まりだった。

「……こちら、さがみ。りゅうじんの現在地はわかってる。不測の事態に備えて、こちらは待機する。充分に気をつけてくれ」

夏海たちのやりとりを聞き、蒼汰が呼びかけてきた。こういう時に備えてのモニターだったとわかる。

「りゅうじん、了解。なるべくアンテナを壊さないよう努力します」

声援のおかげで、腹をくくれた。アンテナの周辺部まで壊れた時は、水中通話機での会話もできなくなる。が、今はミッションの成功を優先させるしかない。

「ボートを上下に振ってみる。どれだけ動くか、練習させてくれ」

セッターが言って左右のコントローラーを操り、新旧二本のマニピュレーターを上下させた。強烈な水圧が取り巻いているので、スローモーにしか動かない。それでもわずかにコンテナが持ち上がってくれた。

「よし。いいぞ」

再び声をかけ合い、同時にコントローラーを操った。船首を右に振りつつ、マニピュレーターで救命ボートを持ち上げてやる。

「今だ、バックだ！」

セッターの言葉を信じて推進器を逆回転させた。同時に船体をわずかに沈ませてやる。ソナーの警報音が鳴った。遅れて、ゴンと鈍く甲高い金属音がコックピットに反響した。どこかがまた衝突したのだ。その場所と損傷具合を案じるより、りゅうじんの動きを制御することに集中した。

「ストップ。もう動くな！　だめだ。止まれ！」

「指示が遅すぎる」

　また船体が揺れて、不気味な衝突音がソナーの警報音と重なった。たぶんもうカウルは傷だらけだ。

「どうして途中で止めたのよ」

　まだりゅうじんはトンネルを出ていなかった。せめて救命ボートとコンテナが荷揚げクレーンという障害物を越えていればいいが……。

「マニピュレーターのひじが動かない。わけがわからない」

　セッターがうめくように言って、窓に顔を近づけた。母国語で何かを呟き、振り向いた。

「ワイヤーだ。細いから、見えなかった」

　そうか、と気づいた。荷物を引き揚げる時のワイヤーが、まだ錆びつかずにクレーンの内部に残っていたのだ。先ほど道を押し開けた時、中から一部がはみ出したのだろう。

　奥へ進む際は、りゅうじんの船首が丸みを帯びているため、引っかからずに通り抜けられた。が、バックしながらマニピュレーターを上下に動かしたため、伸びたワイヤーがからまったのだ。

　夏海は血の気が失せた。パイロットが最も怖れるのは、海底での拘束だ。海中へ投棄された網やワイヤーが船体にからまった場合、最悪その場から動けなくなる。

バラストやマニピュレーターを切り捨て、浮力を増やすことで海面へ戻れればいい。が、ワイヤーが複雑にからみついた場合は、切断するほかに脱出の方法がなくなってしまう。

マニピュレーターが届く範囲であれば、その場で対処する見こみも立つ。が、その作業が不可能となれば、探査ロボットを現場海域へ急行させて、遠隔操作で切るしか方法はない。そのためには、ジャオテック本部にSOSを発信して事情を伝え、新たな船を出してもらうしかなかった。つまり、その時点でシージャック犯が立てた計画は瓦解する。

「心配ない。ワイヤーは巻きついて、ない。見ろ。ロボットアームで引き離す」

セッターが窓の前を空けて言った。身を寄せてのぞくと、旧型マニピュレーターの根元部分にワイヤーが挟まっていた。堆積物がまた舞い上がったうえ、投光器に照らされて一部が反射し、ワイヤーの全容はつかみにくい。

ロボットアームは内部に油圧ピストンが格納された作りになっているが、旧型は左右にシリンダーの機動部が飛び出している。そのどこかの隙間に挟まったのだろう。

一難去って、また一難。いったん救命ボートを手放してから、ロボットアームでワイヤーをつかんで引きはがすしか方法は思い浮かばない。

「……こちら、奈良橋。一番太い親指で引っかけて剝ぎ取るんだ。ほかの指だと強度が心配になる。どうぞ」

「了解です。排除を試みます」

夏海は洋上に答え返して、セッターに目で合図を送った。りゅうじんの姿勢制御はできている。念のためにワイヤーを引いた時の衝撃に備え、手をマスコンに添えて待った。

「凄いな、ロボットアーム……。思ったとおり動く。……よし、指をかけた」

教授と蒼汰に最大限の感謝だ。ロボットアームがなければ、探査ロボット船の到着を待つしかなかった。

荷揚げクレーンから伸びたワイヤーをロボットアームで引くと、油圧のパワーでわずかに船首が左へ振られた。ソナーの警報音が鳴ったのは、右手のブリッジに船尾が肉薄したせいだ。ジョイスティックを倒して、スラスターで姿勢を戻してやる。

だが、ワイヤーは外れてくれなかった。

セッターが何度もコントローラーを操り、そのたびにコックピットが左右に振られた。潮風で錆びついては困るからステンレス製の太いワイヤーを使っていたのだろうが、これほどの強度があるのか。

「一年も沈んでたんだから、絶対に傷みは出てるはずよ。何度も揺すれば、切れるに決まってる」

祈りをこめつつ、ロボットアームに声援を送った。荷揚げクレーンの支柱だって押し曲げられたのだ。細いワイヤーが切れないことなどあるものか。

「こちら、奈良橋。ワイヤーを挟んで折り曲げて、その部分をさらに押しつぶすように擦ってみてくれ。少しは傷がつけられる」

挟んで擦ることまで可能だとは知らなかった。まさしく手だ。深海の水圧をものともせず動いてほしい。

頑固なワイヤーとの格闘が続いた。五分がすぎても状況は変わらなかった。何度もしつこく挟んで折り曲げる作業をくり返す。ギリギリと金属の擦れ合う音がアームを通して分厚い耐圧殻まで伝わってくる。まるでりゅうじんが、しくしく泣いているような音に感じられた。

まだ切断できないのか。そう口にしてセッターを慌てさせては、ミスを招く。上でも焦燥感に駆られているだろうが、じっと我慢して呼びかけず、ただ朗報を待っている。

十分が経過した。電力量が減り続けていく。

ロボットアームでワイヤーを曲げ、また引き伸ばす。手首の回転ができないので、代わりにひじを大きく動かしてワイヤーをつかみ直す。

頼む。切れるか、外れるかしてくれ。このままだとジャオテック本部に救助を求めるしかなくなってしまう。

十六分がすぎた。前触れもなく、急に船体が揺れた。

「外れた。切れた！」

セッターが上擦る声で歓声を上げた。夏海は急いでジョイスティックを倒した。ソナーを見ながら水平スラスターを調整する。が、不気味な衝突音がソナーの警報音と重なった。伝わる振動は大きくない。軽傷だと勝手に信じた。

「おかしい。ロボットアームの指が動かない。折れたのか……」

歓声がたちまち悲痛さを帯びた。無理がたたったらしい。夏海はコントロールボックスとつながるパソコンのモニターを見た。またも数字が赤くなっていた。

「こちら、りゅうじん。今度はB2が点滅してます。ただ今九十七……いや、六に変わりました、どうぞ」

「こちら、奈良橋。油圧が下がりすぎてる。耐圧ホースがゆがんだか、どこかに罅が入ったのかもな」

何てことだ。やっとワイヤーから解き放たれたと思った瞬間、緊急事態の一歩手前に突き落とされた。もしアームに罅が入って制御油が漏れ出せば、油圧は落ちる一方となる。

圧倒的に危険な状態に陥った。マニピュレーターと同じくロボットアームも油圧で支えられている。頼みの綱の油圧が落ちれば、接続ボルトが自動的に抜け落ち、ロボットアームは切り離されてしまう。

百キロ近い重量を持つロボットアームが離脱したら、船体のバランスは一気に崩れる。その拍子にもし旧型マニピュレーターがどこかに接触でもして、救命ボートを手放したら一大事だ。

「急いでバックする。このままだと、ロボットアームが外れるかもしれない。その時は叫んで教えるから、旧型マニピュレーターとボートに気をつけて。外れたロボットアームがぶつかったら、旧型も危なくなる」

「OK。でも、少しずつバックだ。マニピュレーターの爪が、外れかかってる」

「だめ。絶対に放さないで」

「壁にこすったら、ボートが破れる。ゆっくり下がれ。急ぐな」

夏海はパソコンのモニターを見つめた。油圧はまだかろうじて保たれている。頼む。あと少しだけ保ってくれ。

推進器を逆回転させると、モニター上で数字が紫に変わった。前方右の情報表示盤でも赤ランプが点る。一気に油圧が下がったのだ。

まずい。このままだとロボットアームが切り離される。その瞬間、百キロの重りを失い、りゅうじんの船体は中性浮力の状態から外れて、浮上に移る。

垂直スラスターだけで、今の水深は維持できない。タンクに海水を入れて調整するのだ。そのタイミングと量が問題だった。自分に瞬時の判断ができるか……。失敗すれば、トンネルの天井に頭をぶつけて、一巻の終わり。

「……こちら、さがみ。もしロボットアームが外れたら、右タンクに九十リットル、海水を入れろ」

上から救いの手が差し伸べられた。ほっと息をつきながら、下園に礼を告げる。

「ありがとうございます。やってみます」

「もう少しだ。コンテナが外れたぞ！」

再び歓声が上がった。目を戻すと、セッターが寝そべったまま左の拳を突き上げた。バックした水流の影響か、ボートが引かれて揺れもしたのだろう。砕けたコンテナの残骸がようやく外れてくれた。これでスピードも取り戻せる。

「これよりボートを引き出します」

右の壁が近づいていた。ジョイスティックを左へ向け、りゅうじんの姿勢を元に戻す。ただし戻しすぎたら、今度は荷揚げクレーンのアームに衝突する。息が抜けない。

「ボートを手放さないでよ」

「問題ない。よし、クレーンの横をすぎた」

「宝物もこぼれ落ちてないでしょうね」

「わからない。ただ、ボートにふくらんだところがある。あの中だろう」

そう信じるしか今はなかった。折りたたまれたボートが開いていく過程で隠した宝が落ちたのでは大事（おおごと）だった。もし宝石の類いであれば、さして重量はない。ボートの装備品として飲料水や緊急無線機も収められているのだから、簡単に落ちはしないと思いたかった。

ついにデッキの下から抜け出せた。上方探知ソナーの警報音が消えた。

船体を左へ回しながらバックしたので、幸いにも船首がブリッジをこすることはなかった。狙いどおりとはいえ、後ろが見えないための見切り発車でもあったから、夏海は胸を撫で下ろした。よし。これで浮上できる。

もちろん、まだ油断はならない。落ち着け。慎重に周囲を確認して、沈没船や海膨の斜面とぶつからない場所へ移動し、そこでバラストを切り離すのだ。幸いにもロボットアームの油圧はまだ落ちきっていない。

「デッキ下のトンネルから抜け出せました。ボートをつかんだまま、これより浮上に移ります。どうぞ」

五秒遅れで司令室の歓声が聞こえてきた。

「よくやった、大畑。おまえなら、できると信じてたぞ。落ち着いて周囲を見てから、バラストを切り離せ。みんなで待ってる」

「ボートで迎えに行くから、最後まで油断はするなよ」

蒼汰の呼びかけも聞こえた。抱えたバラストを切り離せば、あと二時間ちょっとで海面まで浮上できる。潜航からすでに四時間二十三分。まだ台風の波は頭上の海域まで届かずにいてくれるだろうか。

夏海は垂直スラスターを小刻みに動かし、ゆっくりと浮上させた。斜めになった沈没船の船体が窓の中を沈んでいった。船底を越えてしまえば、もう周囲に警戒すべき障害物はない。桁外れの水圧が取り巻いているだけだ。上方探知ソナーにも影は見当たらなかった。よし、問題なしだ。

これで終わる。あとはシージャック犯が言葉どおりに夏海たち人質を解放してくれると信じるまでだ。

「上昇用バラスト、離脱します」

夏海が操作パネルに手を伸ばすと、ありえない事態が起きた。

なぜか急に、警報音が鳴り出したのだ。

「どうした、何の音だ」

汗まみれのセッターが上半身をひねり、見回している。すでに沈没船の船底は越えた。障害物があるわけはない。ところが、意に反して上方探知ソナーが鳴っている。

この頭上に何があるのか……。

プランクトンや深海魚は泳いでいるだろうが、よほどの魚群でなければソナーに映ることはなかった。慌てて左上のモニターを見ると、得体の知れない影が揺れ動きながら、ほんの二、三メートル上に迫っているのが見て取れた。

魚群ではなかった。直径は二メートルから十メートル前後と、なぜか形を大きく変えている。このりゅうじんの船体と同じくらいの体積を持つ深海の生物か……。

大型のマッコウクジラは、時に水深二千メートルを超える深海まで潜る。が、今は四千メートル近い深さなのだ。クジラやシャチといった哺乳類(ほにゅう)では呼吸が続かないはずだ。

では、深海に生息する大型のサメか。

正面には海膨の斜面が暗く見えている。夏海はジョイスティックを左に切り、全速で逃げた。

サメほど速くは動けないが、推進器の起こした水流を感じ取って、得体の知れない生物が危機を察知し、逃げてくれればありがたい。もし体当たりでもされたら、船体に損傷が出る。それほどの大きさを誇る生物だった。

「上から何かが近づいてる。気をつけて！」

警報音が大きくなった。確実にその生き物が迫ってくる。

自分と変わらない巨体に突進しようとは、どういう生態を持つのか。寄生虫に感染して方向感覚を狂わせてしまうクジラが時にいるが、似た状況に陥った巨大生物とも考えられる。

モニターの中で、大きな影が確実に上から迫っていた。りゅうじんの動きは、もどかしいほどに遅い。

「突っこんでくる！」

衝突に備えてコントローラーを両手で握り、体を折った。

コックピットが激しく上下に揺れた。上方探知ソナーの警報音が消える。

今度は左右に船体が揺れた。不規則な動きの意味がわからなかった。上から衝突されたのなら、下向きの衝撃があるはずなのだ。ところが、左右に揺すぶられる感覚がある。

何が起きたのだ。夏海は右の窓から外を見た。まだりゅうじんは小さく揺れ続けている。

右の窓前に、何かがかすめた。投光器の光を浴びた白い物体だった。その表面にクレーターのような多くの凹凸が見える。

──吸盤だ。

巨大な吸盤を持つ生物がりゅうじんにまとわりつき、揺さぶっているのだった。

37

りゅうじんでなぜか警報音が鳴っていた。何があったというのか。もう逆さになった沈没船のデッキ下から出て、上昇用のバラストを切り捨てると言ったはずだった。蒼汰はしばられた両手でヘッドセットのマイクを引き寄せた。

「こちら、さがみ。りゅうじん、何があった？　バラスト離脱は成功したか、どうぞ」

返事がないどころか、慌ただしい二人の声が続けざまに聞こえた。

「どうした、何の音だ」

「上から何かが近づいてる。気をつけて!」

予想もしない言葉に当惑が襲う。経験豊かな下園たちも表情をなくし、スピーカーから流れる音声を呆然と聞いている。

「何があった。応答願います」

蒼汰がまたくり返すと、横で滝山が固定マイクに叫んだ。

「聞こえるか、大畑君。何の警報音だ。ロボットアームの油圧か? どうぞ」

「——突っこんでくる!」

返事の代わりに叫びが届いた。意味がまったくわからなかった。三千九百メートルの深海で何が潜水船に向かってくるのか。

奈良橋が作業台のキーボードをたたいた。スピーカーから流れ出るコックピット内の音が途絶えた。水中通話機のモニターを遮断したのだ。席を立った奈良橋が音響航法システムのモニター前へ移動する。同期ピンガを受信し、りゅうじんの現在地を確かめるのだ。

「下園司令、見てください。バラストを切り離したはずなのに、りゅうじんは浮上していない」

「どうしてだ……」

下園が顔色を変えて制御盤を睨む。その後ろに髪を束ねたボスが歩み寄った。

「何が起きた、教えろ」

「わからない。でも、りゅうじんが浮上してない。いや、少し沈んだとしか見えないデータが送られてきてる」

奈良橋が首をひねり、画面に表示された水深を示した。

滝山が水中通話機を使って呼びかける。

「こちら、さがみ。大畑君、聞こえるか。りゅうじん、応答願います！」

「……こちら、りゅうじん。緊急事態です。巨大生物に取り巻かれています。おそらくダイオウイカだと思われます」

夏海の声が裏返り、明らかに取り乱していた。

ダイオウイカ――深海に生息する巨大なイカだ。生態はまだわかっておらず、最大種の胴長は五メートルを超え、触腕を広げると十五メートルに達するとも言われる。りゅうじんの全長は十メートル弱。まさしく互角の体格だった。

「バラストは切り離してないのか！」

下園が滝山の肩越しにマイクへ叫んだ。

「まだです。スイッチは押しましたが、離脱ランプが点きません」

「沈んでいるぞ！」

奈良橋がモニターを見て大声で報告する。

バラスト離脱ができなかったうえ、ダイオウイカに取り巻かれて浮力を奪われたのだ。このままだと海底まで沈んでしまう。

滝山がマイクを両手で握りしめた。

「大畑君、落ち着くんだ。まず水平スラスターで左右に揺さぶってみろ。どうぞ」

「今も試みてます。推進器で前後に動かしてみたんですが、旋回速度が遅いためか、効果がまったくありません。依然として窓から白い吸盤と太い触腕が見えてます。かなりのしめつけです。どうぞ」

「バラストタンクから一度海水をすべて抜くんだ。中に空気をためてから、一気に押し出せ。大量の気泡に驚くはずだ。どうぞ」

「了解です。今すぐ取りかかります」

夏海はよほど慌てているのか、ガタゴトとパネルを手荒にたたきつける音が聞こえた。セッターも何か叫んでいた。日本語ではないため、何を言ったのかわからない。

「りゅうじんを揺さぶれ。そう言ったのは、なぜだ」

ボスが下園の肩に手をかけ、振り向かせた。巨大生物やダイオウイカという日本語がわからなかったらしい。ボスの後ろでビアードまでが現地の言葉で声高に呼びかけてきた。

下園が制するように手を上げて答える。

「巨大なイカに取り巻かれて、浮上に手こずっている」

「ふざけたことを言うな！」

英語で怒鳴り散らしたのはビアードだった。ボスは口元に手を寄せ、考えこんでいる。

「君たちは知らないのか。深海には十メートルを超える巨大なイカが生息してる」

「嘘をつくな」

「ボートはどうなった」

英語の罵声と問いかけが同時に放たれた。ボスが目でビアードを威圧している。

下園が大きくうなずき、早口に答えた。

「いくつか手はある。静かに見ててくれ」

「早くしろ。波が高くなる前に、積み荷を取り戻したい」

ボスが焦れたように肩を揺すると、ビアードが今度は自国の言葉で何かまくし立てた。

口論に近い応酬のあと、ボスが手でビアードを制しながら下園に告げた。

「早くしろ。イカを殺せ。すぐ上に戻れ！」

ボスがついに小銃をかまえた。が、洋上のスタッフを脅したところで、問題は一切解決しない。

銃を向けられた下園が顔色を失い、その様子を見た滝山が慌ててマイクに告げた。

「こちら、さがみ。バラストの海水を出し入れしたか。どうぞ」

返事が戻ってこなかった。蒼汰が慌ててモニターをオンにして、ヘッドセットを耳に押し当てた。深海でセッターが何か大声で言っている。油圧の落ち始めたロボットアームで、ダイオウイカの足を引きはがそうとしているのか。指まで動かなくなったと言うが、肩やひじに当たる部分が動けば、イカの触腕をたたくことぐらいはできる。

ようやくスピーカーがノイズを発した。

「……だめです。イカは動いてくれません。バラストの投下ができません」

「最後の手段だ。ロボットアームを切り捨てましょう。それしかないですよね、司令」

滝山が言って、下園に視線をぶつけた。

どうせ油圧が落ちているのだ。百キロ近いアームを切り捨てれば、その分の浮力が得られる。ダイオウイカの大きさと体重は想像するしかないが、百キロを超えているものか。

そう考えての対応策だ。

「奈良橋教授。ほかに方法がありません」

下園も決意の顔で振り向いた。

左右のマニピュレーターの装着部には、ガスカートリッジのついた大型ボルトが埋めてある。通電によってカートリッジに点火すれば、ガスが噴出してボルトがぬけ落ち、ロボットアームが船体から離脱される。

「二人の命には替えられない。仕方ないでしょうね」

奈良橋が迷いを見せずにうなずいた。

すでに水深三千九百メートルの海中で救命ボートのコンテナを開くことに成功し、ロボットアームの性能は立証ずみだ。試作一号の片腕を投棄してしまうのは忍びないが、格納庫には左のロボットアームが残されている。今後の改良に問題はない。

「落ち着いて聞いてくれ。ロボットアームの着脱ボルトを点火しろ。同時にタンクの海水もすべて吐き出せ。少しぐらい船体が傾いても、浮力が得られれば、そのまま浮上していける。間違っても、ボートをつかんだ旧型マニピュレーターは離脱させるな。確認してから切り離すんだぞ、いいな」

滝山が急いで指示を伝えた。ロボットアームを切り捨てれば、左右の重さのバランスは崩れる。本来であれば、バラストタンクに海水を入れて水平を保つのだろう。が、たとえ斜めになろうと、今は浮上が最優先される。水深が上がるごとに水圧も減るため、ダイオウイカも異変を感じて船体から離れていくかもしれない。

「りゅうじん、了解。右アームの着脱ボルト、点火。バラストタンク、排水します」

往復五秒遅れで返事がくるので、海底ではもうロボットアームは切り離されている。手塩にかけて開発してきた渾身の試作品が、海の藻屑(もくず)と消えていく。

「こちら、りゅうじん。離脱に成功しました。ですが、イカはまだしがみついてます」

「下園司令。わずかに浮上しました。見てください、これを！」

奈良橋が音響航法システムの前で叫んだ。下からの答えが来る間に、同期ピンガを受信したのだ。振り返った下園が確認する。

「遅いな……。でも、確かに上昇してる。滝山。数字を読み上げるから、メモを取れ」

浮上速度を計算するのだ。蒼汰は夏海たちを安心させるため、マイクに告げた。

「こちら、さがみ。ソナーと音響航法システムで浮上を確認した。狙いどおり、浮力を得られたぞ。ひとまず成功だ」

「……りゅうじん、了解。胸を撫で下ろしました。ですが、外のマリンスノーから見て、通常より遥かに遅い浮上速度だと思われます。これでは何時間かかるか、心配です」

「ダイオウイカの生息域は深海だ。たとえゆっくりでも浮上していけば、水圧の変化を感じ取って必ず逃げ出すさ。その時点でバラストを切り離せば、通常の速度に戻れる。あと少しの辛抱だ」

蒼汰は理屈の裏づけに乏しい気休めの激励を口にした。浮上用のバラストは六百キログラムもある。それを海中に捨てることで、りゅうじんは約六百キロの浮力を得られる。が、ロボットアームの重量は百キロで、バラストと比較するなら六分の一の重さにすぎない。しかも、ダイオウイカの重みが、りゅうじん本体には加わっている。

単純計算はできないが、おおよそ八十キロ弱の浮力しか得られず、通常の四分の一――毎分十メートル強の上昇速度しか得られないと思われる。

りゅうじんの現在地は、水深三千八百メートル。毎分十メートルという遅さでは、千メートル浮上するのに百分もかかってしまう計算だ。三千八百メートルでは、三百八十分。六時間強にもなってしまう。

時にダイオウイカが海面近くに浮上してきて、魚網にかかることがある。サメやウナギなどをのぞく魚類は、体内に鰾(うきぶくろ)を持つため、適した水圧域を越えてしまうと長期の生存が難しい。が、ダイオウイカは魚類ではなく、鰾を持たない。

まさか海面近くまでりゅうじんに抱きついたまま浮上してくるとは考えにくいだろう。が、一刻も早く解放してくれないことには、台風による高波の影響を受け、りゅうじんの揚収作業が難しくなる。

「下園司令。りゅうじんを旋回させ続けてはどうでしょうか」

滝山が視線を上げて提案した。下園が表情を曇らせると、奈良橋が身を乗り出した。

「残念ながら、三半規管を持つのは、脊椎(せきつい)動物だけだ。イカが気持ち悪くなってくれるかどうかは疑問だな。さらに相手を興奮させる結果になるかもしれない」

「じゃあ、ほかに何があるんです！」

あんたも必死に考えてくれ。滝山が挑発的な目で奈良橋を睨みつけた。

「……こちら、りゅうじん。危険な状況になってきました。イカの触腕がマニピュレーターの先へ伸びてます！」

夏海の切迫した声を聞き、ボスが蒼汰たちを見回した。が、正直に答えられる者はいなかった。

マニピュレーターの先で揺れるボートに、ダイオウイカが強い関心を抱いたらしい。船首の先で、ゆらゆらとオレンジ色の折りたたまれた救命ボートが揺れているのだ。その姿はまるで巨大な提灯鮟鱇に見えたかもしれない。だから、ダイオウイカは餌になると思い、組みついてきたとも考えられる。

「ボートを奪われたら……振り出しに戻ってしまうぞ」

滝山が言わなくてもいいことを口走った。案の定、不安に駆られたボスが目を吊り上げた。

「早くイカを殺せ！　なぜおまえらは黙ってる。たかがイカだろ。どうして黙って見てるんだ！」

「りゅうじんは潜水調査を目的に造られた船だ。生物を殺すための武器は持っていない」

下園が馬鹿正直にも答えを告げた。怒りの火に油をそそぐようなものだ。

急に小銃の台尻を振り上げたボスが、下園の横の作業台を力任せにたたきつけた。金属パネルが音を立てて、大きく凹んだ。

「ハッチをたたけ。こうすればいい。音と振動でイカを脅せ！」

「りゅうじんの耐圧殻は七センチを越える厚みがある。その周囲をエポキシ樹脂製の浮力材が取り巻いている。音が外に伝わるかどうか……」

下園はどこまでも正直に言い返していた。誠実こそが相手を信頼させる。そう信じて疑わない姿勢だった。

「ふざけるな。チャレンジしろ。あきらめたら終わりだ。違うか！　早くりゅうじんに伝えろ！」

ボスが叫び、銃口の先で下園の胸を強く押した。

38

過去の潜航中にダイオウイカらしき黒い影を見かけた記憶はあった。が、のぞき窓を透して目の前で見ると、その大きさがにわかには信じられなかった。胴長は五メートル近い。旧型マニピュレーターよりふた回りは太そうな触腕を縦横にくねらせ、りゅうじんの船体に抱きついている。

かつてマッコウクジラの胃袋から巨大なイカの残骸が見つかって、その存在が知られるようになった。だからなのか、巨体を誇るイカとクジラが闘う想像図を昔はよく図鑑で見かけたものだ。イカがクジラを捕食するとは思えないので、ダイオウイカのほうから闘いを挑むケースはなかったと思われる。ところが、なぜか向こうからりゅうじんに接近して巻きつき、船体をしめつけてくる。

もしかすると、あの沈没船が彼らの根城になっていて、卵や子を守ろうとする本能から向かってきたのではなかったか。そうとでも考えないと、この状況に説明がつかない。触腕が船体をこすりつけるたび、低く鈍い音がコックピットにも伝わってくる。イカの触腕とは、すべて筋肉でできているかのようだ。

水深計に目をやると、りゅうじんはわずかながらも浮力を得て、少しずつ確実に浮上していた。が、三千七百メートル上の海面はまだ遥か先だった。

「大変だ。足がボートに伸びてる!」

セッターが窓に張りつき、苛立ちの声を放った。前方カメラが故障し、映像では確認できない。肩越しにのぞくと、先ほどより触腕がさらに近づいている。

「とにかくマニピュレーターを遠ざけて」

「無理だ。もうアームは伸びない」

「こちら、りゅうじん。かなり危険な状態です。ダイオウイカを追い払う方法はないでしょうか、どうぞ」

夏海は乱れる息を抑えながら、通話機のボタンを押して海上に告げた。だが、五秒がすぎても、なぜか応答がなかった。

「……こちら、りゅうじん。船体を揺らしましたが、効果ありません。タンクの海水を出し入れしても同じです。ますます興奮したのか、マニピュレーターの先へ触腕を伸ばしてます。どうぞ」

十秒待っても音沙汰がなかった。上で何か起きたのか。

「どうして返事がない」

「もしかすると、イカの腕が水中通話機のアンテナを……」

「もう話せないのか」

「でも、安心して。こちらの位置は上でも把握してた。このまま浮上していけば、必ず待っててくれる」

潜航中に何があろうと、パイロットは絶対に慌ててはいけない。同乗するオブザーバーを不安にさせたのでは、パニックを起こしかねないからだ。特に彼は銃を持っている。狭い空間内で銃が暴発すれば、一大事になる。

ダイオウイカに抱きつかれたままでは、海面への浮上が遅れるばかりだった。十数年前、フランスの有人潜水船が、高波のせいで揚収作業ができなくなり、乗組員が船内に取り残された。最寄りの港まで曳航されたのち、やっとコックピットから出られた。が、一日近くも激しく波に揺られ続けるという過酷な体験を強いられたパイロットは、二度と潜水船の仕事には戻らなかったと聞く。

今回も同じケースになりかねない。しかも、ここには銃を持つ男がいる。もし揚収ができなくなった場合、彼らはどうする気でいるか……。

不安が汗となって背中を伝う。仲間を見捨てるとは考えにくいが、ボートに隠した宝さえ回収できれば、彼らの目的は果たされるのだ。しかも、ひとたび海面へ浮上すれば、救難信号が自動的に発信される可能性もあった。

夏海は不安でならなかった。戦争中の日本軍は、敵の捕虜になるくらいなら自決せよ、と兵士に強要したと聞く。自白によって、軍の陣容や戦略が敵に筒抜けとなる事態を怖れたからだ。テロリストにも似たケースは多い、とニュースで言っていた。

どうかダイオウイカよ、お願いだから、りゅうじんを早く解き放ってくれ。

もし浮上が遅れた場合、彼らは仲間のセッターを見限り、先に逃げる選択肢を採るのではないか。彼が覚悟を決めて一人で死を選ぼうというのなら、まだいい。道連れにされるのではたまらなかった。

見たところ、爆薬のようなものを身につけてはいなかった。当初は背負っていたリュックも、潜航服に着替えた時に手放している。武器は拳銃だけ。あとは腰に、小型の無線機が挟まれている。

自分に銃を奪い取る腕力は、とてもなかった。直径二メートル弱の狭さでは、身動きするのも難しいのだ。できることがあるとすれば――。

夏海は必死に思考をめぐらせた。チャンスがあるとすれば、ひとつだけだ。

海面へ浮上できれば、波の状況やさがみの位置をつかむため、必ずハッチを開けることになる。セッターも無線機で仲間と連絡を取るだろう。

コニカルハッチを開ける際には、ハンドルを少しだけ回しては時間を置き、また少しずつ回すという作業をくり返す。耐圧殻の内部は、海水温によって冷やされ、空気が収縮している。外部より気圧が低くなっているのだ。

この気圧差によって、ハッチは内側に押され、簡単には開けられない。そこでコックピット内にボンベの空気を放出し、外部より気圧をやや高くしてやる必要がある。ただし、内部の気圧が高まった状態で一気にハッチを開ければ、外と内の気圧差によって勢いよくハッチは跳ね上がる。ハンドルを回すパイロットが、その衝撃で怪我を負いかねない。

ハンドルを回すには力が要る。女性では無理なので、お願いできないか。そう言えば、セッターがハッチを開けるほかはなかった。内圧を高めにしておけば、ハンドルを回した瞬間、より勢いよくハッチは跳ね上がる。その時しか、チャンスはない。

風圧で息ができなくなり、その場に倒れるか身を縮めるだろう。そこを後ろから緊急用のボンベを使って殴りつける。

ほかに銃を奪う方法はなかった。けれど、奪った銃をうまく扱えるか……。確か安全装置というものがあったと思う。それを外さないと、銃弾は発射されない。

自分に扱えるのは無線機のほうだった。セッターはさがみに密航し、仲間と連絡を取り合っていた。携帯できる小型タイプでも、国際VHF機器でなければ通信はできない。つまり、浮上して彼の持つ無線機を奪えれば、マリンバンド帯でSOSを発信できる。チャンスはその一度しかないだろう。

「もう手が届くぞ。りゅうじんを大きく揺らせ。どうして何もしない！」

セッターが苛立ちの声を上げた。もどかしい気持ちは夏海も同じだ。

「これ以上続けたら、ボートがマニピュレーターから外れかねない。よく見なさい。ロボットアームは捨てたんだから、もうボートをつかみ直すことはできないのよ」

相手を興奮させないよう、波立つ心を静めつつ言った。

「このままでも、同じだ。イカを殺す方法はないのか。何とかしろ。ボートが落ちたら、終わりだぞ」

次に潜るチャンスは、もう訪れない。台風をやりすごすにしても、パラオへ寄港するタイムリミットがくる。沈んだ救命ボートを見つけ出すのは、さらに難しい。

「早くイカにダメージを与えろ。ボートが落ちたら、次はないぞ」

セッターが怒りを放ち、上半身を起こした。その手に拳銃が握られていた。これ以上、彼の機嫌を損ねては危険だ。

「わかった。何とかやってみる」

夏海は操作パネルに手を伸ばし、再びタンクに海水を入れ、空気を外へ吐き出した。窓の奥が白い気泡に包まれる。

「続けろ。まだイカが、抱きついてる。もっと何度もやれ。休むな！」

「海水の注入と吐き出しをこれ以上くり返したら、高圧気蓄器にためた空気がなくなってしまう」

「なくなったら、困るのか」

「りゅうじんをクレーンで吊り上げる時、船体を浮かばせてやらないと、波に足をすくわれる。ワイヤーの取りつけ作業ができなくなる」

セッターがフロアマットを平手でたたきつけた。異様なまでに光を宿す目を夏海に戻して言った。

「ほかに方法、ないのか」

「あとは神に祈るだけね」

セッターが天井を振り仰いだ。悔しげにのぞき窓へ目を戻す。その動きが――ふいに止まった。

「見ろ！　ボートが膨らんでる。そう見えないか？」

海水の出し入れで、りゅうじんの船体が揺れた。その振動と浮上する水の流れによって、ボートが少し広がったのだろう。そう思いはしたが、わずかな希望を胸に灯し、肩越しに窓の外をのぞいた。

「間違いない。ガスが出たんだ！」

夏海も目を見張った。先ほどまではオレンジ色の海老みたいに身を折り曲げていた救命ボートが、大きく翼を広げるような姿へと変わりつつある。イカに襲われた衝撃で、ガスが出始めたのか。

まだ運に見放されてはいなかった。かなりの内圧を保持できるカートリッジだったらしい。深海の水圧で凹みはしたろうが、奇跡的にも壊れずにいてくれたのだ。

「このままボートが膨らんでいけば、海面まで必ず浮上してくれる」

わずかな希望も同時に膨らんできた。だが、もしダイオウイカがその触腕でボートを握りつぶそうものなら……。生地が裂けて、せっかくの圧縮ガスが漏れてしまう。ボートは浮力を失って海底へ沈む。

「今のうちにボートを手放したほうが安全かも……」

「待て。ボートは軽い。今も少し浮いてる。我々より先に浮上するな」

声がやけに張りつめていた。なぜ浮上の順番を気にしたのか、真意がつかめなかった。

「ダイオウイカが今すぐ解放してくれれば、浮上時間はそう変わらないと思うけど」

「だめだ。先に浮上は、させられない」

汗を飛ばすほどにセッターが大きく首を振った。

「なぜ？　積み荷はもう取り戻したも同じでしょ。あなたたちの目的は達成できる」

「だめだ、絶対に……」

今度は声が弱音を帯びた。視線が迷うように狭いコックピット内を行き来する。何かを怖れているように見えた。今にもミッションが叶えられようとしているのに。理由がわからず、横顔を見返した。

「……おれたちは、ひとつのグループじゃない」

「え……？」

「仲間が足りなかった。だから、助けを借りた」

さがみを占拠した手際のよさから、軍隊のように鍛えられ、ともに長く闘ってきた集団だと考えていた。志を同じにする組織のメンバーではなかったわけか。

「おれは……だめだと言った。でも、今しかなかった。さがみの航海に、間に合わせるためだ。だから、金でビアードたち四人をスカウトした」

夏海が見かけたシージャック犯は、八人。接近してきた漁船にも一人いるだろう。合計九人。その半数ほどが、金で雇われたメンバーだったとは想像もしていなかった。

「あいつらが、アキルを殺した。不幸な事故だと言ってた。絶対、嘘だ。彼が協力しないと言ったから、力でパソコンを奪った。そうに決まってる」

「ちょっと待ってくれる……。あなたたちは、民族の独立を考えて、今回の計画を立てたんじゃなかったの」

「嘘じゃない。おれの母親、姉、婚約者、軍に殺された。やつらは、おれたちを昔から人と思ってない。レオの父親は、だから闘った。そのせいで、彼の母親と愛する人は、もっとひどい目にあって殺された。レオは妻の首を抱きしめて、ずっと泣いた……」

耳を疑い、気持ちが萎えた。何たることだ。無惨にも首を切断されたらしい。たぶんレオとは、髪を束ねたボスのことだ。

本当に現代のアジアで起きた話なのか。夏海は東ティモールがインドネシアから独立した事情をまったく知らない。うろ覚えだが、スリランカでもかつて仏教徒が、ヒンドゥー教徒の少数民族を弾圧し、軍までが加わって戦闘をくり返す内乱があったと思う。中国のウイグル族や、インドでもカシミール独立の紛争が絶えないと聞いた。

日本という安全な島国で暮らしていたのでは、他国の民族紛争は遥か遠い対岸の火事にすぎず、国連軍の動向すらほとんど報道もされずにいる。

「おれは反対した。でも、レオは計画のために、あいつらをだました。嘘だとわかったら、心配だ……」

「だました……。まさか沈没船に隠した宝のことじゃないでしょうね」

だから彼は、浮上のタイミングを気にしたのだ。先に積み荷を引き揚げられ、その中身がわかった時、ビアードたちが何をするか。彼の抱く怖れの理由が想像できる。

「薬物だと嘘をついたのね。山分けにでもしようって……」

夏海が問いかけても、セッターは答えなかった。コックピットの壁に向かって銃を振りかざした。

「ここをたたいて、問題ないか」

計器類の埋められた壁には、金属製の柱が縦横に走る。音でダイオウイカを威嚇できないか、と考えたらしい。

「柱の部分なら大丈夫だと思うけど。強くたたくのは危険かもしれない。影響が出ないという保証は――」

夏海が言い終わらないうちに、セッターが銃を支柱にたたきつけた。ゴンと金属音がコックピットに響く。

船の外に、どれほど金属音が伝わるものか……。コックピットの周囲には、エポキシ樹脂製の浮力材が取り巻き、音や振動を吸収してしまいそうだ。そう思えたが、制止はできなかった。昔からの仲間であるレオのため、長く虐げられてきた民族のため、命懸けで計画を進めてきたのは疑いない。

胸に兆したこの思いは、やはりストックホルム・シンドロームの影響か。夏海にはわからなかった。けれど、体が先に動いていた。

――ダイオウイカよ、早くりゅうじんを解放しろ。

イカのような軟体動物に耳があるのかどうかも知らなかった。でも、この振動と音が届くことを念じながら、もう不要になったロボットアームのコントローラーを拾い、支柱めがけて振り下ろした。

39

救命ボートをコンテナから引き出すことに成功し、彼らの計画はほぼ達成された。が、予想もしないダイオウイカの襲撃により、りゅうじんの浮上が阻まれている。このままでは、りゅうじんの揚収が困難になる。そうは思うものの、浮上さえしてくれれば救命ボートの回収はできる。

ところが、ボスは突如いきり立ち、小銃を下園に向けた。ビアードが色めき立って叫び、二人の間で口論までが始まったのだった。

なぜ急に言い争いを始めたのか。もし事態がさらに悪化して救命ボートが海底に落ちようものなら、確かに計画は瓦解しかねない。だが、ダイオウイカの襲撃は降って湧いた災難で、下園に銃を向けようと解決はしないのだった。

蒼汰は迷った末に、水中通話機の音声を切った。司令室で怒鳴り合う声を夏海たちに聞かせたのでは、不安をあおってしまう。

ところが、切ると同時にモニター音声が新たな情報を伝えてきた。蒼汰は意を決して立ち上がった。口論を続けるボスとビアードに向けて声を放つ。

「救命ボートが膨らみだしたと言ってます。ガスカートリッジが無事だったんだ！」

「本当か」

「待て。どうして、わかる」

下園が身を揺らして訊き、ボスが小銃をかまえ直した。

蒼汰は慌てて聞こえのいい弁解の言葉を探して告げた。

「……どうも水中通話機のアンテナの調子が悪いみたいで。スイッチを切り替えていたら、ヘッドセットに二人の会話が聞こえて――」

苦し紛れの説明だった。下園たちまで半信半疑の顔だが、モニターの件を知る奈良橋は朗報に目を輝かせた。日本語を理解できないビアードがにじり寄ってきた。

「何を言ったんだ。ボートのカートリッジがガスを出したのか」

「なぜ正式に報告してこない」

ボスの持つ小銃が、今度は蒼汰の胸に向けられた。横でビアードがまたまくし立てる。

「説明しろ。何があった。英語で話せ！」

ヘッドセットには次々とコックピットの音声が聞こえてくる。蒼汰は耳を傾けつつも、急いで英語で言った。

「報告よりも、ダイオウイカを振り払おうと懸命なんです。膨らみ始めたボートが破れたら、計画は失敗に終わってしまう」

「本当にボートが膨らんだのか！」

ビアードが異様なまでに目を吊り上げた。が、横でボスのほうはなぜか眉間に皺を刻み、案じる目を見せている。

「イエス。彼女たちはそう確かに言ってた」

ビアードに答えた――その瞬間だった。

室内に轟音が響き渡った。

銃声だとわかり、反射的に頭を抱えて床へ倒れた。なぜいきなり発砲したのか。少なくとも痛みは襲ってこない。ただの威嚇射撃か。横で身をかがめた奈良橋が叫ぶ。

「何をする。約束が違うぞ！」

「黙れ。動くな。動けば、殺す！」

怒鳴り声が鼓膜を打った。ビアードが狂ったように叫び続ける。

「次に死にたいのは誰だ！」

蒼汰はフロアで身を縮め、自分たちの甘さを呪った。彼らは武装した過激派集団なのだ。もとより目的を果たすために武器を用意してきた。救命ボートが膨らみだした今、彼らの目的は果たされたも同じだ。もう人質に用はない。

フロアを転がって、作業台の下へ身を隠した。そこで蒼汰は怖ろしい光景を目の当たりにした。

うずくまる奈良橋の横に、髪を束ねた男が倒れていた。顔には一切の表情がなく、目からは生気が失せて見えた。

なぜだ？　どうしてボスが撃たれたのだ……。

意味をつかみかねていると、また銃声が響き渡った。

40

いつのまにか水中通話機でのモニターが切られていたことに気づき、夏海はスイッチを入れ直した。何度か切り替えていると、慌ただしい会話が聞こえたものの、その直後に破裂音のようなノイズが鳴って、再び通話は途絶えた。こちらからの呼びかけに答えず、一方的に上で切るとは思えないので、何か混乱が起きたのだろうか。

「おかしい……。司令室とつながらない。上で何かあったんじゃ……」

夏海が唇を嚙むと、セッターが暗いコックピット内に目をさまよわせた。

「あの野良犬どもが動きだしたか……」

「こちら、りゅうじん。応答願います」

再び上へ呼びかけた。声は届いているはずなのに、やはり五秒待っても返事は戻ってこない。

司令室で何かが起きている。そう考えると、最後に聞こえた破裂音めいたノイズが気になる。誰かが通話機の近くで転倒でもして、回路の一部を壊してしまったのか。まさか銃声ではないと思うが……。

暗い中、間近で顔を見合わせていると、船体が左右に大きく揺れ動いた。

「今のは何だ。何があった？」

「警報音は鳴ってない。外で何かあったのかも」

夏海は右横ののぞき窓に身を寄せた。ダイオウイカの吸盤がべったりと張りつき、見通しが利かない。

「見ろ。ボートがない！　足がマニピュレーターに巻きついてる」

セッターの叫びに振り返った。夏海はフロアに手をつき、横から正面の窓をのぞいた。つかんでいたはずの救命ボートが、マニピュレーターの先から消えていた。その代わりとばかりにダイオウイカの触腕がまとわり、うねり続けている。

「どいて！」

肩を押して彼をどかし、触腕の上をうかがった。船体も窓も分厚いので視界は狭い。が、かすかにオレンジ色めいた物体が黒い海中を上へと消えていったように見えた。

夏海は身を引き戻し、ソナーの画面に目を走らせた。救命ボートの行方は確認できない。だが、噴出されたガスの浮力があるため、先に上昇していったと思われる。隠した宝の重さは不明ながら、浮力のほうが勝ったのだ。

ヘッドセットをかぶり直して、水中通話機のスイッチに手をかけた。

「待て。報告するな。危険だ。やめろ！」

セッターが言うなり、夏海の左手をつかんできた。汗を飛ばすほどに首を激しく振る。

「でも、ボートのほうが先に浮上する。回収の準備を進めないと……」

「絶対だめだ。上で何か起きてる。やつら――宝を奪うつもりだ」

背中に悪寒が駆け抜ける。ビアードたちが裏切ると言いたいのか。

「まさか……」

「言ったはずだ。やつらは金目当てで、仲間になった。ビアードとゴーグルは元軍人、コップは警官だった。クラブも銃が使える。もしプランピーやモウルまで仲間にしてたら……。レオが危ない」

シージャックの裏で、ひそかに別の計画が進んでいたとすれば……。ボス一人で彼らを抑えられるのか。不安に胸をかきむしられる。

こちらが遅れて海面へ浮上したのでは、先に裏切り者が積み荷を回収し、逃げ去ったあとになってしまいかねない。裏切りを目論んでいた連中が、人質を素直に解放してくれるものか……。

蒼汰や滝山、下園司令に文佳や船長。大切な仲間の命が危ない。そう焦る気持ちがありながら、ビアードたちが裏切って積み荷を回収したあとに浮上していけば、少なくとも自分たちは助かる可能性が高くなる。つい頭の片隅で、そう考える自分がいた。

「ボートはあと何分で上に出る。教えろ」

セッターが切迫した目で尋ねてきた。問いかけの意図はわかる。彼は一刻も早く浮上し、レオに手を貸したいと考えている。

「アルキメデスの原理で、浮力の大きさは、物体が押しのけた流体——つまり海水の重さに等しくなる。水圧が減っていけば、ガスも体積を増して、ボートもさらに膨らむから浮力も増していく……」

「難しい言い方するな。だから、どうなる。あと何分だ」

「りゅうじんは今、分速十メートル前後でゆっくり浮上してる。ボートはその四倍か五倍のスピードで先に海上へ達すると思う」

セッターが母国語で苛立ちの叫びを上げた。

ダイオウイカがすぐ解放してくれない限り、救命ボートの浮上時間とは差が開くばかりだった。漁船で積み荷を回収し、さがみの作業艇で乗りつければいい。浮上と同時に動きだせば、脱出までの時間は短縮できる。

「マニピュレーターを今すぐ捨てろ。もう用はない」

セッターが鬼の形相で命令してくる。

ダイオウイカは今マニピュレーターに触腕をからませている。百キロを超える重量を持つマニピュレーターを捨てた場合、触腕で支えきれるとは思いにくい。すぐ手放そうとするか、もしくは重みで少しは体勢を崩すか。そこに隙が生まれはしないか。

たとえイカに抱きつかれたままでも、六百キロの浮上用バラストをすべて投棄できれば、かなりの浮力を得られる。マニピュレーターを捨てると同時に、最後の抵抗を試みて、再びタンクの空気を放出しつつ、船体を左右に振ってみるのはどうか。

ほかに方法はない。あとは行動するのみ。

救命ボートを追って浮上すれば、裏切り者が待ち受けているだろう。が、蒼汰たち乗組員に危機が迫っているのだ。最後のチャンスに賭けるしかなかった。

決意を固めていくと、新たなアイディアが浮かんだ。夏海は水中通話機のスイッチを入れた。

「――こちら、りゅうじん。ようやくダイオウイカが離れていきました。浮上用バラスト、投下します」

セッターが驚き顔で何か声を発しかけた。手で制して夏海はマイクに告げた。

「これより救命ボートをつかんだまま、浮上します。どうぞ」

だが、上からの返事はなかった。司令室で突発事態が起きているのは、もう疑いない。

蒼汰の無事を祈り、夏海は続けて言った。

「こちら、りゅうじん。バラスト投下。くり返します。これよりボートをつかんだまま浮上します」

お願いだから、司令室のスピーカーに届いてくれ。しつこく言い続ければ、誰かの耳に伝わってくれると今は信じるだけだ。

怖ろしいほどに応答がなかった。やはり触腕でアンテナが破壊されたか。それでも最後のチャンスに賭けるため、手順を頭の中でくり返した。絶対に成功させてみせる。

マニピュレーターの離脱スイッチを押した。同時にバラストタンクから海水を排出し、ジョイスティックを倒して船体を旋回させた。

41

仲間割れの原因がどこにあるのか、蒼汰には想像もつかなかった。ただ彼らのボスが後ろから撃たれて死んだ。その怖ろしい事実は動かなかった。

「立て、ジャップ！」

ボスを撃ったビアードが司令室の中を歩き、大声で吠え立てた。

しばられた両手でフロアを押した。怯えながら立ち上がる。ビアードが興奮に目を吊り上げて小銃を手に叫びまくる。

「早く立て！　おまえらも殺すぞ。言うとおりに動け。早くしろ！」

「OK、わかった。撃たないでくれ。今すぐ立ち上がる。なあ、みんな」

奈良橋が大声で言い、両手を上げながら立ち上がった。作業台の向こうでも、下園と滝山が身を起こした。慌てて見回すと、操舵室にいた池田チーフも高々と両手を上げていた。幸運にも、流れ弾が当たった者はいなかったのだ。

ビアードの興奮ぶりから見て、主導権争いがあったようには思えなかった。ただ宝を奪おうという単純な裏切りだろう。いずれにせよ救命ボートが膨らみだしたため、必ず浮上してくるとの見通しが立ち、計画の完遂はほぼ決定的となっている。あとは積み荷の宝を引き揚げて逃走すればいい。日本語を話せるボスがいなくなったところで困りはしない。邪魔者でしかないボスを先に排除すべし、との選択なのだ。

「全員、無線室へ入れ。急げ。ぐずぐずするな、殺されたいか！」

ビアードが血走った目で叫び続ける。

ここは命令にしたがうしかなかった。奈良橋と目を見交わすと、並んで向かいの無線室へ移動した。下園たちも後ろを歩いてくる。

「そこで立ってろ。絶対に座るな。座ったら、撃ち殺す」

そう命令したあと、ビアードは満足げな笑みを浮かべ、作業台の椅子に座った。胸元の無線で仲間に連絡を取り始めた。最初から頃合を見て、ボスを殺す算段だったと見える。

「……やつら、民族の独立など眼中になかったらしいな」

奈良橋が蚊の羽音に負けない小声で毒づいた。

「殺されますよ」

「やつは自分の話に夢中だ。心配ないさ」

無駄口をやめない奈良橋の度胸に驚かされるが、視線は窓を通して司令室のビアードにそそがれている。

「なあ、久遠。りゅうじんが戻ってきたところで、デタラメな位置を教えて時間稼ぎをしたら、どうなると思う」

蒼汰が黙っていると、ひじを軽くつついて催促までしてきた。内心冷や汗もので、唇をなるべく動かさず、腹話術師になったつもりでささやいた。

「……たぶん、我々の誰かが殺されるでしょう。で、死にたくなければ、正確な位置を教えろ、と言われるのが落ちですよ」

「しかし、おれたちが犠牲になれば、ボートの救難信号が発信されて、周辺国が偵察機を飛ばしてくる」

「だからって、人質は助かりませんよ。彼らはさがみを沈めて、逃げるでしょうから」

何度も胸の中でシミュレーションをくり返してきた。この結論はまず動かないだろう。

「あいつはずっと一人でいると思うか」

「だったら、どうする気です。無線室におびき寄せて、銃を奪い取るなんてアイディアは無謀すぎますからね」

「やっぱ、無理かな」

「ええ、百パーセント」

「打つ手なし、か……」

ビアードの無線はまだ続いていた。彼らの間で内紛が起きてボスが殺されようと、蒼汰たちの置かれた状況は何も変わらなかった。仲間を躊躇なく射殺してのけたのだから、人質の命など虫ほどにも考えていないだろう。

「我々を……どうする、気でしょうか」

滝山が声を震わせ、途切れとぎれに言った。

「わたしが犯人なら、一人ずつ撃ち殺すなんて無駄なことはしない。爆薬を仕掛けて逃げる。ただし、アジアの同胞が苦しんでると知りながら何もせず、海洋資源を手に入れようと大金を使ってきた連中を許せないと思えば、人質を血祭りにあげたくなるかもな」

怖ろしいことを、さらりと言ってくれる。だが、蒼汰も教授の意見に賛同できた。

彼らは日本が潜水調査船を持つと知り、今回の計画を練り上げたのだ。しかも日本は、さらなる発展のために海洋資源を手中に収めようと画策している。彼我（ひが）の埋めようもない経済力と科学力の格差に、打ちのめされた思いになっても不思議はなかった。

かつては東南アジアを力で支配し、多くの罪なき民衆を苦しめ、命を奪ってきたくせに、今もアジアの先進国として君臨する日本。この船に乗る日本人には、せめて自分らが味わってきた苦しみの一端を思い知らせてやりたい。そう憎しみの念を燃やしても当然だったろう。

ビアードの無線が終わった。視線が再び向けられた。待っていたかのように、奈良橋が発言した。

「──我々は、君たちのために最良のアイディアを持っている」

蒼汰たちの意見も聞かず、勝手なことを言いだした。研究室ではいつものことだが、教授の行動ひとつで、こちらの命まで危機にさらされたのでは迷惑このうえない。

「黙れ。口を閉じてろ」

「お願いだ。話を聞いてくれ。絶対に悪い話ではない。本当だ。嘘はつかない」

なおも奈良橋は両手を胸の前で組み合わせ、祈りのポーズとともに懇願してみせた。

ビアードは疑わしげな目を変えなかったが、わずかにあごを突き出し、話せと伝えてきた。

「ありがとう」

奈良橋は大げさに頭を下げてから、わかりやすい英語を選んで説明を始めた。

「君たちも知っていると思う。救命ボートが浮上すれば、レーダートランスポンダが反応して救難信号が自動的に発信される。そうなれば、近くを航行する船や周辺国の軍が受信し、直ちに偵察機が飛んでくる。早くて三十分。遅くとも一時間以内に。上空から見て、発信元の海域から離れていく君たちの漁船に気づけば、必ず不審に思う。だから、救命ボートが浮上してきたら、手違いでボートを膨張させてしまった。我々のミスでSOSが発信された。そう本船から先に無線で広く伝えておくべきだ。そうすれば、君たちは必ず安全に逃げ延びられる」

思案げなポーズを見せつつも、ピアードの視線には相手を射貫こうとする凄みがあった。奈良橋がさらに続けて言った。

「その無線を終えたところで、司令室の船舶電話を破壊すれば、我々は外部に連絡を取る手段がなくなる。だから、君たちは安全に逃げられる」

理屈は通っていた。しかし、救命ボートに隠した宝を回収できた時点で、彼らはこのさがみに火を放つつもりだったろう。悪くすれば、爆薬を使うかもしれない。たとえ偵察機が飛来しようと、大型船に火の手が見えれば、脱出のためにボートを下ろしたのだと考える。近くを航行する小さな漁船に、そもそも注目すらしないだろう。

奈良橋も、その程度は予想できている。が、人質を守るために、できることはないか。我々は今後も変わらず、君たちの計画に協力を誓う。そう訴えることで、わずかでも仲間意識を抱いてもらえたら、人質の殺害をためらってくれるのではないか。

蒼汰も誠心誠意に訴えかけた。

「我々は約束する。君たちが無事に逃げられるよう最後まで協力する。教授が言ったようにすれば、必ず君たちは安全に逃げられる」

ビアードが椅子から立ち、小さくうなずき返してきた。

喜んだのもつかの間、小銃が天井へ向けられた。銃撃音が二発、轟き渡った。照明が砕け散って、破片がフロアに飛んだ。

それが彼の答えだった。

42

マニピュレーターを投棄して、りゅうじんは二本の腕を失った。ところが、ダイオウイカはしつこく船体を取り巻き、マニピュレーターに触腕をからめていた。

何たる怪力なのだ。重みに耐えかねて、少しはバランスを崩すと考えたが、右の窓にはまだ吸盤が吸いついている。圧搾空気を船外へ噴出しようと、逃げる素振りもない。

頼むから解放してくれ――などと下手に出て祈っていたから、振りほどけないのだ。おまえたちの住処である深海へ帰れ。海の貴重な資源を根こそぎ奪うつもりで、潜ったのではない。人類が深海を自由に行き交う術を身につけるには、まだ時間を要する。この先も当分、深海はおまえたちの楽園であり続ける。さあ、早く安息の地へ戻るがいい。

抱きつくダイオウイカは、りゅうじんをクジラやシャチと間違えたのではない、と思えた。彼らのテリトリーを守り、深海生物の代表として、人類に目に物見せるつもりで挑んできたのではなかったか。

人は森林を伐採して燃やし、熱エネルギーを手に入れ、多くの大地を砂漠に変えた。化学物質を垂れ流したあげく、マイクロプラスチックで海洋生物を苦しめ、地球環境を今なお破壊し続けている。最後に残された手つかずの楽園と言える深海にまで、その汚れた触手を伸ばす気か。そういう海の怒りを背負った執拗さで、りゅうじんをしめつけているのだった。

けれど、悔い改めようという動きも、遅ればせながら人類には出ている。このままでは地球が危ない。母なる偉大な海が、最後の自然環境を守ってくれている間に、一刻も早く手を打とうと考えている。人類の英知を結集し、地球を守るつもりだ。今はりゅうじんを解放し、最後のチャンスを与えてほしい。

ジョイスティックを倒し、今度は右へ旋回させた。網から逃れるイルカのように身を振り乱し、船首を起こしたところで推進器をフル回転させる。たった一・七ノットでも、辺りの海水を泡立てるぐらいのパワーはある。

「見ろ。マニピュレーターを捨てた」

セッターが叫んだ。おそらく敵は体勢を立て直す気だ。

そうはさせるか。夏海は推進器を逆回転させた。すぐに後退はしてくれない。が、さらにダイオウイカのバランスを崩したかった。バックと同時に、また船体を振る。触腕のしめつけが強くなったのか、金属をこすり上げる音がコックピットに伝わる。りゅうじんも懸命に闘っていた。

「よし、やったぞ。イカが逃げていく。成功だ！」

ついに手を放してくれた。海を守るとの誓いが聞き入れられたか。夏海はすぐさま浮上用バラストを切り離すスイッチを押した。たちまち青ランプが点る。問題なくバラスト離脱ができた。

これで六百キロの浮力が新たに得られた。ロボットアームとマニピュレーターも捨てたので、通常より上昇速度は上がる。

「こちら、りゅうじん。順調に浮上しています。応答願います、どうぞ」

いくら呼びかけようと、依然として返事は戻ってこない。上で何が起きているのか。

セッターが探るような目を向けた。

「あと何分で浮上する」

夏海は深度計に目を走らせた。まだ水深三千メートルを超えたところだ。分厚い海水の壁が行く手をはばむ。

「分速五十メートルで上昇しても、あと六十分近くはかかるでしょうね……」

「ほかに捨てられるものは、ないのか」

一刻も早く海面へ出て、レオと無線で連絡を取り合いたいのだ。もちろんレオが今も生きていれば、の話だったが。

「やってみるけど、十分も早くはならないと思う」

「頼む」

セッターは銃口を向けもせず、頭を軽く下げてみせた。

夏海はうなずき、緊急離脱ボルトを点火して、上昇用バラストを支えていた金具ごと海中に捨てた。残っていた圧搾空気をバラストタンクの中に満たし、わずかながらも浮力を増してやる。

金具とタンクの海水を捨てても、百キロにもならなかった。新旧のマニピュレーターと合わせて三百キロ強。おおよそ一・五倍の浮力にもならないだろう。

「りゅうじんの位置は、上からもわかるな」

「同期ピンガの音波が今も発信されていれば、ね。でも、たとえダイオウイカがアンテナを壊したとしても、さがみのソナーにはおおよその水深が表示されるから、船との位置関係はアマチュアでもつかめると思う」

不測の事態を念頭に置き、夏海は答えた。もしビアードたちが裏切ってレオを拘束——または殺害——したのでも、りゅうじんの位置ぐらいは彼らにも把握できる。

ただ——夏海はあえて上に嘘の情報を与えておいた。救命ボートをつかんだまま浮上する、と。

もしその言葉を彼らが信じていたなら、一足先に救命ボートが浮上しようと、りゅうじんを待っているはずではないか。ソナーで小さなボートの影をつかむには、経験が必要だからだ。

「ビアードたちは、ドラッグを引き揚げると聞いて、あなたたちに協力した。そうよね」

夏海は確認のために訊いた。セッターは目をそらし、口を開こうとしない。

「ドラッグであれば、売りさばいて金に換えられる。でも、もし違うものだとわかったら、彼らは怒り狂う。だから、あなたは先に回収されるのを怖れている」

「おまえに関係ない。やつらじゃ、宝を売ることは、できやしない」

「でも、あなたたちは宝を引き揚げ、売ることを考えている。まさか、次の殺し合いに使う武器を買おうとなんか——」

「うるさい。日本人に、関係ない！」

「何言ってるの。関係あるでしょ。こうして手を貸してるのよ。仲間を助けるためでもあるけど、どこかであなたたちの言葉を信じてもいた。虐(しいた)げられてきた同胞のために闘ってきたんでしょ。でも、殺し合いに使う武器を買うためだとしたら……やりきれない」

セッターは答えず、拳銃を胸元へ引き寄せた。夏海は冷静でいられた。彼が引き金に手をかけたのは、脅しのためのポーズにすぎない。そう信じられたからだ。

「わたしたち日本人は、もうあなたたち民族と深い関係ができた。この事実を多くの国民が知れば、絶対に広く報道される。あなたたちの苦境も、世界に広まる」

「黙れ。おまえらに何がわかる」

「わかってもらう努力が必要だと思う。日本人をもっと利用して、世界に訴えていけば――」

「勝手なことを言うな！」

汗を飛ばし、銃口を向けてきた。が、彼はこのコックピットに閉じこめられているも同じ状況なのだ。この狭い空間で銃を撃てば、跳弾が彼自身を襲う可能性もある。そこまで考えられない愚かな男だとは思えなかった。だから、冷静に言葉を続けられた。

「もしさがみで、あなたが怖れているような事態が起きていたら、我々に何ができるか。おそらく、彼らはりゅうじんの揚収作業はしない。そこにチャンスがあると思う」

「銃を撃ったこともないおまえに、何ができる」

「よく聞いて。救命ボートをつかんだまま浮上すると司令室に告げておいたし、ダイオウイカを早く振り切ることもできた。たとえビアードたちが裏切ったにしても、彼らはソナーだけを見て、りゅうじんの浮上を待つしかないはず……」

「やつらだって、ばかじゃない。ボートに気づく」

「可能性はあるかもしれない。もし彼らが自力で浮上してきたボートを見つけたら、一刻も早く回収しようと動く。あなたたちが乗ってきた漁船を使って。そうするのと同時に、作業艇でさがみを出て、漁船と合流して逃げにかかる」

「だから、何だ。逃げるに決まってるだろ」

「そう、彼らは宝を奪って逃げていく。そこに、りゅうじんが浮上してきても、たぶん彼らは何もしない。というより、逃げるのを優先するはずで、わざわざ手間をかけてあなたを始末しようとはしない。その隙をつけば、さがみに乗り移れる」

そこまで言えば、彼にもわかるはずだった。ビアードたちが裏切った場合、さがみはまず無事ではないと思われる。

「だから、念のために確認させてほしい。当初の計画では、どうするつもりだったのか。さがみを沈める目的で爆薬を持ってきたか。人質を皆殺しにして、火を放つつもりだったのか」

正面から目を見て訊いた。計画の主導権をビアードたちに奪われたとなれば、もうあなたも人質とさして違いはない。この状況を脱するには、彼らの行動を読み、裏をかく必要がある。それくらいは理解できるはずだった。

　セッターが薄闇を見すえて言った。

「ビアードは、さがみを沈めろと言っていた。けど、大量の爆薬がいる。レオは、火をつければOKだと言った。だから、爆薬は少ししか用意してない」

　わずかに希望の光が見えてきた。沈めるほどの爆薬は用意されていないのだ。燃料タンクに爆薬を仕掛ける手はあるが、バルブの場所を彼らが知るとは思えなかった。二重底まで下りて、船底の隔壁に穴を開けるのにも、知識と技術がいる。その結果を見届けるより先、彼らは一刻も早く逃げ出したいはずなのだ。

　そう考えると、爆薬を使う場所は限られてくる。――操舵室だ。

　あらゆる通信手段を奪えるし、船も航行できなくなる。もしビアードたちが操舵室を爆破した場合、その影響で発生する火災さえ消し止めることができれば、さがみは沈没せずにすむとの見通しが立ってくる。

　司令室で待機する蒼汰たちの身が案じられた。爆破から逃れることができるだろうか。たぶん彼らなら、犯人の行動をすでに読み、どう動くべきかを考えている。どうか生き延びてくれ。今はただ祈るしかなく、胸がしめつけられた。

「問題は……ビアードたちが救命ボートの浮上に気づくか。我々が何分遅れで浮上できるか」

「おまえのアイディアを聞かせろ。海面へ上がったら、おれたちに何ができる」

「方法はあると思う。でも、それをやりとげるには、少なくともわたしたち二人が力を合わせていくしかない」

夏海は声に力をこめた。セッターが真意を疑うような目を寄せてくる。誠意をこめて続けた。

「わたしは仲間を何としても助けたい。あなたは救命ボートに隠した宝を守りたい。お互いの目的を果たすには、浮上したらまずビアードたちがどこにいて、何を考えているかを見極める必要がある。わかるでしょ」

「人質はあとだ。まず宝を守る。そのために力を貸せ」

悔しいかな、夏海は銃を扱えなかった。セッターの手を借りない限り、仲間を助けることは難しい。

「あとで裏切らないでよ、ビアードたちのように」

そう言って夏海は右手を差し出した。

セッターは拳銃をベルトに挟み、夏海の手を強く握り返した。

「信じるぞ、おまえを」

これで休戦協定と同盟条約が締結された。

今さがみで何が起きているか。あと四十五分ほどでりゅうじんは海面へ浮かび上がる。

それまでの間、蒼汰たちのために何ができるかを懸命に考え、戦略を練り上げるのだった。

43

無線室に閉じこめられて何分が経過したか。メインデッキに筋肉質のコップと呼ばれる男が上がってきた。手にはリンゴの入った袋を持っていたので、また冷蔵庫を漁ったようだ。司令室でビアードと合流し、ずっと小声で話しこんでいる。

この二人が裏切りの首謀者なのか。まだ事態は予断を許さないと考えているらしく、張りつめた表情で、時にソナーやパソコンに目をやり、密談を続けた。

「ボスを殺しても、我々に銃を向けなかった以上、まだ利用する腹づもりでしょうね」

司令室の二人を観察しながら、蒼汰は奈良橋にささやいた。

「当然だろ。りゅうじんが浮上しても、あいつらだけで正確な場所がつかめるか、心配だろうからな」

「その確認ができたところで、どうしますかね……」

「問題は、そこだ。誰かに命じて、外部へ言い訳の無線を発信させるか。さもなくば、爆破炎上させてから逃げ出すか。どっちにしても、火ぐらいは絶対に放つだろうな」

救命ボートに装備されたトランスポンダの電池が壊れていなければ、SOSと位置情報が発信される。偵察機が飛来しようと、火を放って逃走すれば、さがみからのSOSだったと思いこませることができる。

「ただし、彼らが目的の品を手に入れられた場合の話だ」

まだ不測の事態は起こりうる。そう彼らも怖れているから、蒼汰たちを無線室に監禁したのだ。

その予測が当たったらしい。ビアードが小銃をかまえて大声を放った。

「そこの年寄り、こっちへ来い!」

二人の視線が下園に向けられた。りゅうじんの現在位置を知りたいのだ。

下園がおどおど通路へ出て司令室へ向かった。ビアードが声高に命令する。

「ソナーを見ろ。これは何だ。りゅうじんより細長い影がある。クジラなのか。何だ。教えろ」

下園が壁際へ歩き、ソナーの画面をチェックした。何度かパネルを操作してから、ビアードたちを振り返った。

「形と大きさから、りゅうじんではない。ほかに浮上してくるものがあるとすれば……救命ボートだろう」

「つかんでいたはずだ」

「ダイオウイカを振り払う際、弾みでマニピュレーターから外れたのかもしれない」

「どうして報告してこない」

ビアードが気ぜわしく問いつめ、後ろでコップも何事か母国語でまくし立てた。

下園が首をひねり、自信なさそうに言う。

「考えられるとすれば、ダイオウイカのせいで、水中通話機のアンテナが壊れたか」

苦しい説明に思えたが、真相を語るわけにはいかないだろう。司令室からの応答がなくなり、セッターが異変を感じ取ったに違いなかった。ボスが応答できない状況におちいった。だから、ボートの件をあえて報告しなかったと考えられる。

「あと何分だ。海面に達するのは」

下園が作業台に手を伸ばしてボールペンをつかんだ。紙の上で計算を続け、二人に目を戻した。

「あと十三分ぐらいだろう」

「場所を教えろ。どこに浮上する」

下園がソナーを見てから、再びペンを走らせた。海図を引き寄せて、指で示した。

「潮の影響を受けず、このまま浮上してくれれば、本船から南南西八百メートルくらいの海域になる計算だ。しかし、波も出てきているので、もう少し西へ流される可能性はある」

「ここから、場所の確認はできるな」

「ソナーと音響航法システムを照らし合わせれば、問題なくわかる」

「おれたちでも、か」

「正確な位置を知りたいなら、我々が協力する」

「その時がきたら、やれ。いいな、戻れ」

ビアードがにべもなく言い、小銃の先を振った。

どこに救命ボートが浮上するか。これまでの下園の行動から見て、事実を教えたと思われる。彼らは先に仲間の漁船を迎えに行かせるだろう。ソナーさえ見れば、浮上のタイミングはわかる。

ボスを殺害したので、日本人は危機感を強めている。その手を安易に借りては、自暴自棄の反乱を呼びかねない。そう警戒したのだ。ただ素直にさがみから逃げてくれるとは考えにくい。

「ひとつだけ言わせてもらえないだろうか」

下園が無線室に戻ると、奈良橋が背筋を伸ばして呼びかけた。

「黙れ」

「大切なことだ。君たちの逃走に直結する重要な話だ」

コップが母国語で何か呼びかけた。ビアードがうなずき、小銃をかまえたまま通路へ出てきた。

「短く言え」

「下園司令は、アンテナが壊れたので連絡が司令室にこなかったと言った。しかし、別の可能性も考えられる。君がボスを撃ったので、我々がりゅうじんからの呼びかけに答えられなくなった。不審を覚えたセッターが勘づいた、とも考えられる」

たちまちビアードの頬が張りつめた。コップのほうは、まさかという表情を見せている。

奈良橋がわずかに間を開け、先を続けた。

「……救命ボートへ近づき、引き揚げる作業には、ある程度の時間がかかる。その間に、りゅうじんが浮上してきたら、君たちの逃走に支障が出る」

「なぜだ」

「船体の上部が波の上に出れば、セッターの持つ無線機が使える。ボスからの返答がなければ、彼は事態に確信を抱く。君たちの逃走を妨害するため、シージャックの事実を外部に向けて発信するだろう」

携帯型の無線機でも、国際VHF機器であれば、近くを航行する船舶に緊急発信ができるのだ。

指摘されて初めて、彼らはその事実に気づいたようだ。亡霊にでも出くわしたような目で、顔を見合わせた。

「無線機を使わせない方法が、ひとつだけある」

奈良橋が緊張を感じさせる固い声で言うと、ビアードが睨むような目を向けた。

「教えろ」

「りゅうじんが浮上してくる位置に、このさがみを動かして、邪魔をすればいい」

「何を言うんだ、あんたは。気は確かか！」

奈良橋が息を継ぐと、滝山が身を震わせて日本語で叫んだ。

「おかしなことを言うな。そんなことをしたら、りゅうじんがどうなると思う」

「そうですよ、教授。船体が傷つくどころか、もしハッチが歪みでもしたら、乗員が出てこられなくなる」

下園も色をなして日本語で反論した。が、奈良橋は平然とうなずき、英語で言った。

「そう。ハッチが損傷して乗員が出てこられなくなれば、分厚い耐圧殻に隔てられて、無線機は使えない」

「台風が近づいてるんだぞ。あんたは大畑君を殺す気か」

また滝山がなじり、しばられた両手を伸ばして奈良橋の襟首をつかもうとした。下園が慌てて割って入る。

「よせ、滝山。落ち着け！」

「波が高くなるんだ。りゅうじんを引き揚げられなくなる。彼女たちがどうなると思う」

「ほかに手はないんだよ！」

奈良橋が滝山に叫び返した。すぐビアードたちに向き直って、続ける。

「わたしは君たちに協力を誓う。りゅうじんの上にさがみを移動させて、浮上を妨害する。それを見届けてから、君たちは逃げればいい。だから、この船に火を放ってもいいが、人質は殺さないでほしい。我々が協力しないと、君たちは無事に逃走できなくなる。交換条件をつきつけるつもりはない。両者にとって、最上の選択がある。だから、協力すべきだと言っている。わかるだろ」

「貴様。そんなことまでして、助かりたいのか！」

滝山が身を揺すって下園の手を振り切り、体ごとぶつかっていった。奈良橋がひじを突き上げてガードする。

蒼汰は呆然と見るだけだった。奈良橋の論法は、またもデタラメだからだ。

確かに、りゅうじんを浮上させなければ、無線機は絶対に使えない。よってビアードたちの逃走に支障は出ない。だが、無線機が使えないのは、りゅうじんが水中にある時だけなのだ。分厚い耐圧殻が電波をはばむからではない。水が電波を吸収するからだ。

つまり、たとえりゅうじんがさがみの船底に衝突して船体が傷ついても、中にいる夏海たちが無事でいる限り、洋上に耐圧殻の一部が浮かべば、無線での交信はできるのだ。

もちろん、衝突のリスクは大きい。船体は確実に損傷する。だが、分厚い耐圧殻が壊れることは、絶対にない。

ただ、下園が口走ったように、コニカルハッチが歪めば、夏海たちは外へ出られなくなる。台風の接近する洋上で、ずっと波に揺られ続けるのだ。

危険な賭けとも言えるアイディアだった。が、ビアードたちを信じさせることができれば、チャンスが生まれる。耐圧殻に守られた夏海たちが、洋上に出たところで無線機を使えるようになる。

滝山も、奈良橋の狙いは読めたはずだ。が、夏海を耐圧殻の中に閉じこめかねない危険なアイディアだと悟り、激しく反論していた。日本人同士がいがみ合うことで、奈良橋のアイディアに事実と違っているところはないと補強する理由づけにもなる。だから、大げさなまでに奈良橋をなじっているのだ。

悪くすれば、夏海はコックピットから出られず、何十時間も波に揺られ続けるだろう。だが、ビアードたちからすれば、りゅうじんの乗員を生け贄(いにえ)に差し出し、自分たちを助けてくれと願う取引のように思えたはずだ。

44

奈良橋が落ち着き払った声で、さらに説得を試みた。

「これが最良の選択だ。君たちにもわかるだろ」

意識を取り戻してから、二時間は経ったろうか。江浜は後部操舵室で一人、ただ床に横たわっていた。手足を結束バンドでつながれたうえ、作業台の脚とも結ばれ、立つことはできなかった。

文佳も今ごろ同じように、どこかで監禁されているのだろう。どうか無事であってほしい。こんな情けない男のために苦しむのでは、不憫がすぎる。

深海へ潜航したりゅうじんの動向も気になった。ミッションが失敗すれば、人質すべての命すら危うい。文佳一人の身を案じる意味もなくなってしまう。

たとえミッションが成功しても、シージャック犯がこの後部操舵室にやってくることはもうないかもしれない。江浜を殺しに来る暇があるなら、一刻も早く逃げたほうがいい。浮上したボートから救難信号が発せられずとも、さがみからの定期連絡は絶たれ、不審を抱いたジャオテックが海上保安庁へ捜索願を出すはずなのだ。

遅くとも、明日の朝には偵察機が飛来する。それまで、さがみが沈没せずにいてくれれば……。火を放たれたとして、乗組員の何人が助かるだろうか。

仲間の身を案じていると、予想外に足音が近づいてきた。

汗が全身から噴き出してくる。逃げ出す前に江浜を殺しにきたのか。ミッションが失敗し、道連れを求めにきたか……。まったく度胸がすわっていない。気が動転し、息までが苦しくなった。

足音が近づき、後部操舵室のドアが開いた。

「仕事だ。動くな。おとなしくしていろ」

筋肉質のコップと呼ばれる男だった。下手な英語で言い、卑屈そうな目で江浜の横にかがんだ。作業台の脚と結びつけた結束バンドにナイフをあてがった。手と足を結ぶバンドと一緒に切断した。

「立て。船を動かせ」

「りゅうじんが戻ってきたのか」

江浜は希望を胸に訊いた。

「黙れ。これで指示を受けろ。無駄口はたたくな。いいな」

フロアを押して立ち上がった。小さな無線機を渡された。彼らが連絡用に使っていたものだ。

「グリーンのボタンを押して、英語で話せ」

言われたとおりにボタンを押した。状況が今ひとつつかめてこない。

「こちら、江浜。応答願います」

「……こちら、奈良橋です。これから指示する場所に、さがみを動かしてください。池田君が、一人では自信がない、船長ならうまくできる、と言ったからです。どうぞ」

奈良橋も英語を使っていた。つまり、近くで犯人一味が聞き耳を立てているのだ。

「ミッションは成功したんだね。どうぞ」

「そのとおりです。りゅうじんが間もなく浮上してきます。積み荷を回収するため、このさがみを移動させろ、そう命令されました。どうぞ」

「了解した」

実に意外な展開だった。さがみを動かさずとも、彼らが乗ってきた漁船を使えば、救命ボートの回収はできる。逃走までの時間を節約するため、両船でりゅうじんに接近して隠した宝を引き揚げ、直ちに逃げる腹づもりなのだろうか。

いずれにせよ、ミッションは見事に成功したのだ。まずそれを喜びたい気持ちが強い。だが、宝を回収したあと、犯人どもがどう動く気でいるか。

江浜は舵輪(だりん)の前に立ち、窓から海の状況を見渡した。広い海原に白波が立ち始めている。シーステート3に近い波だ。

視界の及ぶ海域に、シージャック犯の漁船は見当たらなかった。つまり、後部操舵室から見える船尾方向でなく、前方にりゅうじんが浮上してくるのだ。

「準備はできた。位置を教えてくれ。どうぞ」

「機関部にはエンジン始動を伝えてあります。微速前進で八百メートル先まで、後部操舵室から見て前方左十度の方向へ進んでください。その後、詳しい位置を伝えます。どうぞ」

了解、という声が出てこなかった。なぜなら、奈良橋が語る背後に、誰かの日本語がかすかに聞こえたからだった。

——やめてください、教授。

かなりの慌てぶりに聞こえた。滝山潜航士のものだったろう。彼が遠くで声を上げると、奈良橋までがにわかに声を大きくした。まるで滝山の発言を無線相手の江浜に聞かれては困る、と考えたかのように。

今のは何だったのだ……。なぜ滝山が奈良橋を制しようとするのか。

ほかにも不可解な点はあった。池田ほどの技術と経験があれば、一人で船を動かすなど簡単にできる。彼が犯人たちに逆らいでもして、怪我を負うかしたのだろうか。どうやら司令室で何かしらの突発的な事態が起きているのだと思われる。

「了解した。これより本船を移動させる」

監視の目があるので、そう無線に答えた。

浮上先に近いとなれば、船を動かすのは当然だ。が、その際、八百メートルという細かい指示を出す理由が、またわからなかった。

江浜は左を向き、海上レーダーを観察した。近くに船影がひとつ。右舷の前方、七百メートル先。彼らの漁船だ。りゅうじんを待ち受けるのだろう。

船を動かしながら、司令室で何があったのか、必死に想像をめぐらせた。誰かがシージャック犯への協力を拒んだのか。奈良橋を制するからには、本船をその場所へ移動させたくない理由があったとしか考えられない。

さがみが移動して困ることがあるとすれば……。

ひとつの回答に行き当たる。りゅうじんの浮上先に近づくことだ。ほかに何があるだろうか。

自分で出した結論が信じられず、江浜は唇を嚙んだ。浮上先に本船を移動させるのは、あまりにも危険だった。常識として、あり得ない命令なのだ。

司令室で何が起きているのか。銃口を向けられながら、江浜は不吉な予感に身を震わせた。

45

焦燥感に炙(あぶ)られる長い四十分が経過した。

ソナーと水深計から弾き出した計算では、あと十分ほどで海面に到達する。先に浮上した救命ボートは、そろそろ波間に顔を出すだろう。が、依然として司令室からの指示は入らない。上で抜き差しならない事態が起きているのは、もはや疑いなかった。

「あと十分で海面に出る。このままだと、救命ボートの近くに浮上してしまう。今のうちに、できる限り離れておきましょう」

　夏海はコントロールボックスを両手でつかんで言った。

「待て。この上で待つ漁船に、ぶつけられるか」

　セッターがコニカルハッチを見上げて言った。夏海は耳を疑った。

「馬鹿なことを言わないで」

「なぜだ。やつらの船を壊せる。あいつらは逃げられなくなる」

「言っとくけど、りゅうじんの最大速力は、たったの二・七ノットしかない。しかも、海上では波の影響を受けるから、もっと遅くなる。漁船に逃げられて、銃弾の集中砲火を浴びるだけよ」

「どうする。ほかにプランはあるのか」

「さがみの反対側へ回りこんで浮上する。後部デッキの近くに作業艇をつないであったでしょ。ビアードたちが乗っていくにしても、昇降用の梯子まで取り外しはしない。そこから問題なくさがみに乗船できる」

「無理だ。やつらだって、りゅうじんがどこに浮かんでくるか、ソナーで見てる。銃弾を浴びる」

　夏海の立てたプランは、先にビアードたちが漁船に乗り移って回収に向かった時のみ実行できる。もし彼らがさがみのデッキで待ち受けていれば、コニカルハッチを開けたとたん、狙い撃たれる。

もちろん、りゅうじんのコックピットから出ずにいれば、耐圧殻が銃弾から守ってくれる。が、その間にビアードたちは積み荷を回収して逃げ去るだろう。それでも、海面へ浮上できれば、セッターの持つ無線機が使える。外部にSOSを発信できる。

「漁船の近くに浮上しろ。やつらの邪魔をする」

「でも、回収作業を引き延ばせたところで、ボートの救難信号が発信されてたら、偵察機が飛んでくる。あなたも逮捕されて、積み荷の宝も没収される。それでいいわけね」

「だめだ。おれたち民族の大切な宝だ」

宝の回収に固執する気持ちはわかるが、りゅうじんでの体当たりは、まず不可能だった。ビアードたちを多少は邪魔できても、宝を取り戻せるとは思えなかった。

では、何ができるか。あらゆる可能性を整理しつつ、夏海は言った。

「まず、あなたの持ってる無線で外部に助けを求める。次に、りゅうじんからさがみに乗船する方法を考える。それしかないと思う」

どう考えても、さがみの巨体を挟んで、漁船とは反対側へ浮上するしか道はなかった。

夏海は上方監視ソナーに目を走らせた。そろそろ海面の様子が表示されてくる。

モニター画面を見て、自分の目を疑った。ありえない物体が映っていたのだ。

「嘘でしょ……。さがみが真上にいる」

「何だと？」

まるでりゅうじんの浮上を待ち受けるかのように、巨大な船体がソナーの中心点に居座っていた。通常は、司令室でソナーをチェックし、さがみが先に距離を取ってくれる。この位置では、りゅうじんの浮上を妨害するようなものだった。

そう考えて、震えが走った。まさか……。

ビアードたちの仕業だ。救命ボートに続いてりゅうじんが浮上してくると、ソナーで把握できた。回収の邪魔をされては困る。セッターはボスの忠実な部下だから、裏切りを知れば、宝を取り戻そうと躍起になる。ならば、先手を打って、浮上させないに限る。

「やつらが船を動かしたのか……」

セッターが見えない洋上を睨みつけた。

水中通話機で何を訴えようと、応答がないのは当然だった。司令室はビアードたちの手に落ちたのだ。さがみの船体でりゅうじんの浮上を妨害し、あわよくば破損させる気でいる。このまま浮上したのでは危険だった。

遠くへ逃げるしかない。夏海はジョイスティックを倒し、フルスロットルで前進させた。コントロールボックスとコードで直結されたパソコンの画面が視界に入る。驚きに目が釘づけとなる。

日本語のメッセージが表示されていたのだ。

『上にさがみがいる。尾翼だけをうまく衝突させて、漁船と反対側の左舷へ逃げろ。衝突音さえ聞かせれば、やつらは信じる。幸運を祈る。』

水中通話機の音声信号に乗せて、メッセージを送ってきたのだった。こんな芸当ができるのは、教授のほかにはいなかった。ビアードたちの目を盗むか、りゅうじんの浮上位置を計算するとかの理由をつけてパソコンを使い、メッセージを書いたのだろう。

「どうした。何があった」

説明している時間がなかった。ソナーでさがみの位置をまた確認し、推進器を使って左舷方向へ移動させてやる。

りゅうじんの船尾には、姿勢制御の尾翼が上へ突き出している。その高さは、ソナーや音響測位装置の設置された船首より上に位置する。つまり、うまいこと船首を下げ、船尾から衝突すれば、りゅうじん本体の損傷を最低限に抑えられる。

衝突音はさがみの船内にも響くだろう。りゅうじんを破壊できたと、ビアードたちは信じてくれる。難しい操縦になるが、衝突と同時に推進器をフルパワーにして左舷へ逃げながら浮上するのだった。

よし。必ず成功させてみせる。

司令室からのメッセージを受けて、夏海は確信した。まだ奈良橋たちは危害を加えられておらず、ビアードたちに手を貸している。蒼汰も絶対に無事だ。

ビアードたちはりゅうじんが船底に衝突した音を聞き届けてから、さがみをあとにする気なのだ。その隙をつけば、海面へ浮上し、さがみに乗船できる。仲間を助ける方法が見えてきた。

夏海はソナーの画面を見てジョイスティックを操り、この上で待ち受ける船底の端へとりゅうじんを誘導した。

46

「救命ボートが浮上するぞ。右舷前方三百メートル！」

ソナーを見ていた奈良橋が叫んだ。

ビアードが窓に歩み、無線で漁船の仲間に位置を知らせる。遅れて操舵室に上がってきたゴーグルが近づき、双眼鏡で海上を眺め回した。ついに彼らの求めていた宝が海面に届けられるのだった。

すでにさがみは、りゅうじんの真上にいる。下で夏海もソナーを見て気づいたはずだ。どうか逃げてくれ。蒼汰は無線室で一心に祈った。

さらに、連中がこのあと何をする気でいるか。火を放つにしても、一斉射撃をしてくるおそれはあった。彼らの動きに注意をはらい、備えておくのだ。もし銃口を向けてきたら、ドアの陰に身を隠し、銃弾をやりすごす。見るからに薄そうなドアで、どこまで弾丸を食い止めてくれるか。

「頼む。うまく逃げてくれ……」

横で滝山も祈りの言葉をささやいた。気持ちは同じなのだ。

蒼汰は奈良橋の行動に期待を抱いていた。司令室へ入ると、救命ボートの正確な位置を計算すると言って、パソコンに向かったからだ。ソナーと音響航法システムで、りゅうじんの正確な位置はつかめる。別の意図を秘めてキーボードに向かったとしか思えなかった。

昨夜も奈良橋は、コックピット内をモニターできるようにプログラムを書き換えた。きっとまたひそかに何かを企んでいる。

司令室のパソコンは、船舶電話の回線から遮断され、外部へメールは送信できない。連絡が取れる先は、りゅうじんのコックピットだけだ。おそらく音声信号に変換して、りゅうじんのパソコンへ指示を送ったのではないか。ビアードたちが裏切り、ボスが殺された。さがみをうまく回避して浮上できれば、セッターの持つ無線機で外部へ助けを求められる。

「救命ボート、浮上。波の高さ、二メートルから三メートル。りゅうじん海面下三百メートル。あと五分で浮上する」

奈良橋がソナーの前で報告した。

「セッターはもう、この船の位置に気づいてるだろうな」

ビアードが後ろからソナーの画面をのぞいて言った。

「心配はない。りゅうじんの最大速度はたった二・七ノットだ。もう逃げられはしない」

「グッ・ジョブ。プロフェッサー」

ビアードがほくそ笑み、操舵室のゴーグルを振り返った。彼らの母国語で何かを告げた。英語を使わなかったからには、日本人に聞かせたくなかったのだろう。

「キャプテン。また船首を十度、右に向けてください」

奈良橋が手にした無線機で後部操舵室の江浜に告げた。すぐに返事がある。

「ラジャー」

ゆっくりと船がまた動いた。振り向いたビアードたちに奈良橋が説明する。

「これで万全だ。りゅうじんはさがみの船底に衝突する。あと一分」

蒼汰はわずかに身を乗り出し、操舵室の様子をうかがった。ビアードの指示を受けて、ゴーグルがナップザックから何か取り出したように見えたからだ。爆薬か……。

「いいぞ。見てくれ。りゅうじんはこの真下だ」

奈良橋がソナーを示してビアードに告げた。その声が凄みを帯びた。

「距離三十。そろそろ秒読みだ」

「よせ、さがみを動かせ。彼女を助けろ！」

滝山が演技なのか本気か、ドアをたたいて叫んだ。奈良橋は顔色を変えず、目を向けもしなかった。

「テン、ナイン、エイト……」

秒読みが始まった。りゅうじんが海面へ――さがみの船底めがけて――浮上してくる。

ファイブ、フォー、スリー、ツー……。

煩悩(ぼんのう)を払う除夜の鐘のような音が、遠く船体を通して伝わってきた。

ついにりゅうじんが船底に衝突した。夏海の操船は間に合わなかったか。それとも耐圧殻に影響の出ない船尾の接触ですんだか。

「よくやってくれた。日本人の諸君、協力を感謝する。ささやかながら、これがおれたちの礼の贈り物だ！」

下手な英語で言うなり、ビアードが小銃を揺すった。その銃口が無線室へ向けられた。

「伏せろ！」

蒼汰は叫び、隣の下園を押した。と同時に銃撃音が炸裂して鼓膜に衝撃がきた。

47

かすかな重低音が船体を通して伝わってきた。

今の音は何だ。過去の経験から、瞬時にひとつの可能性が浮かび上がる。否定したい気持ちはありながら、どう考えようとも船底に何かが衝突した音だ。

江浜は血の気が引いた。奈良橋の指示どおりにさがみを動かしたが、最も怖れていた予感が的中したのだ。

「おい、今のは何だ。りゅうじんが衝突した音じゃないのか。なぜ船を動かせと命じたんだ！」

江浜はコップに視線をぶつけた。奈良橋はシージャック犯の命令で、指示を伝えてきたと思える。支援母船の船長でありながら、よりによってりゅうじんの浮上をこの手で妨害したのだった。

「黙れ」

コップが口元をゆがめて笑った。と思う間もなく、手にした小銃を翻し、台尻で江浜の腹をたたきつけてきた。

息がつまり、内臓を押し破るかのような苦痛が腹の奥で暴れ回った。なすすべもなくフロアに崩れ落ちた。

涙でかすんだ視界の先に、コップの薄汚いブーツが迫った。よける間もなく、鼻先に衝撃がきた。血の味が口の中に広がり、苦痛の波が押し寄せた。意識が飛んでくれれば、痛みを感じなくてすむ。腹と顔面を襲う激痛と闘いながら、羽をむしられた蛾のようにフロアをのたうつしかない。

今の音は、りゅうじんだ。彼らの仲間も乗っていたが、何らかの意図からりゅうじんごと葬り去ると決めたらしい。日本語を話せるから組織に引き入れ、重責を担わせたのち、最後に使い捨てる。平然と仲間を見殺しにできる連中なのだ。しかも、役立たずの船長を、貴重な国の知財と大切な仲間を葬る行為に荷担させた。おまえが船を動かしたからだぞ。高らかな悪魔の笑い声が脳裏で木霊する。

「これで終わりだ。バーイ」

耳鳴りの奥で、かすかな英語が聞こえた。次の瞬間、銃撃音が狭い室内に轟き渡った。コップが小銃を乱射したのだ。壁やフロアや窓を撃ち抜く破裂音が続き、次なる激痛が左足を襲った。流れ弾に貫かれたらしい。

これで終わりだ。命運がつきた。このまま船の上で死を迎えるのだ。

壁のほうへ転がり逃げながら、なぜか娘の笑顔とともに文佳の泣き顔までが浮かんで、消えた。江浜は身を縮めて、死んだ妻に詫びた。おまえの顔を最初に思い出さなくて、申し訳ない……。でも、今そばに行く。

苦痛と恐怖の波状攻撃を受けて、今度こそ意識が飛んだ。

48

コックピットが激しく揺れて、耐圧殻が大鐘のように打ち鳴らされた。

上方探知ソナーの警報音を聞きながら、夏海は目を固く閉じた。尾翼だけをぶつけようと試みたつもりだが、浮上のスピードが予想外に速く、船体の一部が衝突したようだった。

頼む。動いてくれ。

ジョイスティックを前に倒し、りゅうじんを前進させた。さがみの船底をくぐり抜けさえすれば、海面に顔を出すことができる。

続いて真上から、固いブロック塀を巨大な鶴嘴（つるはし）で削るような音が伝わってきた。尾翼をぶつけた反動で今度は頭が上がり、船底をこすり続けていた。残った電力を総動員してフルパワーで推進器を回してやる。

「前に進んでる。行け。そのまま進め」

警報音に負けじと、窓をのぞいたセッターが叫ぶ。ごりごりと頭をこすりながらも、りゆうじんは前進している。蟻のごとき一歩を重ねていけば、母船の下からはいずり出られる。

傷ばかりつけて、申し訳ない。でも、りゅうじんよ、あとひと踏ん張りだ。さがみの全幅は十六メートル。頭を押さえつける邪魔者は、あと少しでいなくなる。その先は、たった五メートル浮かべば、切望する新鮮な大気を支える海面が待っている。

ふいにフロアが斜めに傾いた。船首が持ち上がり、頭をこする不快な音が消えた。ついに船底の下から脱出できた。

水深計に目を走らせる。四メートル。もう海面は目の前にある。窓の外は太陽光に照らされた青い海が広がる。光をたたえた海の青の、何と美しいことか。

ビアードたち裏切り者は、右舷に係留した作業艇に乗り移り、漁船へ急いでいるだろう。左舷の海面に浮上するりゅうじんの姿は、さがみの巨体にさえぎられて見えないはずだ。教授の狙いも、そこにある。

二メートル、一メートル……。コックピットが前後左右に大きく揺れた。窓の外が白い気泡に包まれている。波に翻弄される笹舟のように船体が大きくローリングを続ける。近づく台風の影響で、シーステート5に近い波になっていそうに感じられる。

「早く、ハッチを開けろ」

「待って。気圧を調整しないと、ハンドルは回らない」

今にも海上へ飛び出していきたそうなセッターを手で制し、夏海はボンベの純粋酸素を多めに放出させた。これでコックピットの気圧は外の大気圧を上回り、ハッチを開けられる。

「揺れてるから、ゆっくりハンドルを回して。コックピットの気圧を上げたから、急ぎすぎると、ハッチが跳ね上がる」

「任せろ」

セッターが立ち上がり、頭上のハンドルに手をかけた。波のせいで上下に揺られているため、両足で踏ん張った姿勢を取り、ハンドルを回す。ハッチがわずかに持ち上がり、コックピットから空気が外へ漏れ出す音が、ホイッスルのように鳴った。

「OK、もう大丈夫。ハッチは開けられる。でも、その前に無線機を渡して」

夏海は手を差し出した。だが、セッターはハッチを見上げたまま、ハンドルを回し続ける。

「早く無線機を貸して。救助を求めるのよ」

「おれに触るな」

「約束したでしょ。SOSを出せば、助けが飛んでくる」

「もう救命ボートは浮上してる。SOSは発信された」

「さがみが救助を求めたと思われてしまう。無線で詳しく説明しないと、やつらは逃げのびてしまう」

「黙れ」

セッターの態度が豹変した。まさしく猟犬のように目を光らせ、ハンドルから手を放して夏海に向き直った。腰に挟んだ銃を握っていた。

「無線は、まだだ。宝を取り戻してからだ」

「あなた一人で何ができるのよ！」

無茶だ。宝を目当てに裏切ったビアードたちを許せない気持ちはわかる。信頼するレオは、たぶん殺されたのだろう。さがみの格納庫に予備の作業艇が残っているとはいえ、セッターはたった一丁の拳銃を持つだけなのだ。ビアードたちを追ったところで、宝を取り戻せるものか。

「邪魔するな。おれから離れろ。撃つぞ。おまえはもう必要ない。本気だ」

充血した目が異様なまでに光り、表情が張りつめていた。彼を刺激しないよう、夏海は静かに語りかけた。

「よく考えて。拳銃ひとつで闘えるわけないでしょ」

「さがみで追いかける。体当たりで、沈めてやる。ほかに方法はない」

あまりに乱暴で場当たり的な計画だった。夏海はあきれて首を振った。

ビアードたち裏切り者は、さがみから逃げる前に火を放つかしたはずなのだ。操舵室も使えないだろう。さがみが動く保証はなかった。が、仲間を助けるには、まずさがみに乗り移るしか方法はない。

夏海はセッターを見返して言った。

「わかった。協力する。とにかく急ぎましょう。ハッチを開けて、早く外の様子を見て」

49

驟雨(しゅうう)のごとく連射される銃撃音に気が動転し、蒼汰は頭を抱えて身を縮めると、無線室のフロアに頬を押しつけた。

救命ボートが先に浮上したため、救難信号が自動的に発信された可能性はある。付近を航行する船が受信すれば、広く情報を求める無線が飛び交う。AISによって、さがみの現在地は多くの船や基地局のレーダー上に投影されており、確実に呼び出しの無線が入る。

裏切り者たちは一刻も早く逃げ出したいところだ。だから、その前に船舶電話と無線を一挙に破壊しようというわけだった。

銃撃音に全身が固まり、フロアにはいつくばった。恐怖に息がつまる。ドアの陰へ転がり逃げられたのは、身を守りたいとの生存本能が盾となるものを探したからだ。

五秒ほどで連射は止まった。激しい耳鳴りと動悸が続く中、恐るおそる視線を上げた。

――その時、爆音が鳴り渡って、フロアが激しく揺れた。たぶん悲鳴を発していたと思う。

衝撃波と爆風が頭上を走り抜けた。どこかで電極がスパークでもする音が鳴り響く。司令室の配電盤か。爆薬が使われたのだ。そう瞬時に悟って、蒼汰はしばられた手でフロアを押した。隣では下園が身を丸めている。

ビアードたちはどこだ。もう階段を下りて逃げたか。司令室に残っていた奈良橋の身が案じられる。

耳鳴りのために平衡感覚が狂い、視界も定まってくれなかった。炎の爆ぜる音も聞こえた。火災が起きている。白煙が天井付近で渦を巻く。

慌てて見回すと、壁を埋める無線機がショートサーキットを起こし、大きく破裂音が鳴った。が、もう銃撃音は聞こえてこない。

幸運にも、ダイバーを務める予定だった蒼汰の足は結束バンドで結ばれていなかった。立ち上がれる。壁を手がかりに力をこめ、ひざ立ちになった。怪我は負っていないようだ。

ドアの陰から通路をのぞいた。やつらと出くわせば、一巻の終わり。が、スパーク音と白い煙が押し寄せ、足音は聞こえてこない。

「教授！」

腹の底から声を振りしぼった。そのつもりでも、老人めいた嗄れ声しか出なかった。勇気を振りしぼって、身をかがめながら通路へ進んだ。

今度は黒い煙が操舵室から押し寄せてきた。火の爆ぜる音が散発的に聞こえる。爆破されたのはもう疑いない。司令室にも黒い煙が充満していた。

「教授、どこですか」

今度は声に出せた。煙の中を踏み出し、左右を見回した。後ろで下園も身を起こしたらしい。

「滝山、無事か！」

また大きくスパーク音が鳴り、司令室の中が青白い光に包まれた。パソコンでも発火したか。やはり銃撃音は聞こえないので、ビアードたちは逃げたのだと勝手に信じて、うねる煙の中へ飛び入った。

正面の作業台と壁を埋める通信配電盤が紅蓮の炎を吹き上げていた。煙の奥で青と白の火花が上がる。ケーブルを伝って炎が広がりだしている。

名前をいくら叫んでも、奈良橋からの返事はない。あの作業台の奥でパソコンに向かっていたのだ。流れ弾が当たりでもしたか……。

「滝山、逃げるぞ、立て。久遠君に続け。階段を下りるんだ」

下園が後ろで叫んでいたが、生憎と目的地は違った。階段を下りていけば、炎と煙からは逃れられる。だが、奈良橋を見捨てるのは忍びなかった。あんな人でも、蒼汰を研究室に置いてくれた恩人だ。

「教授、今行きます」

「よせ、久遠君、逃げろ！　火を消すのは無理だ」

池田チーフの叫び声が近くを通りすぎた。彼も銃弾からは逃れられたらしい。

「久遠君、こっちだ。わかるか」

下園がまた呼びかけてきた。が、たった三メートル進めば、作業台に突き当たる。教授がその近くにいるはずなのだ。

炎が躍り上がり、火花が飛んでいるので、かすかに見通しは利いた。煙の勢いが増してきたため、はって進むしかない。渦巻く煙の先に視線をすえると、フロアの先に横たわる人影が見えた。あそこだ。

腰を上げて一気に走り寄った。人だ。奈良橋であってくれ。

作業台を回りこんで、顔をのぞきながら声をかけた。息を吸いすぎて、煙がのどに押し入り、咳しか出てこなかった。だが、奈良橋の顔が見えた。その額が赤く染まっている。

「教授、起きてください！」

息があるかどうか、確かめる余裕がなかった。肩先を両手でつかんで、通路のほうへ引いた。偏食家だからか、幸いにも痩せている。このまま引きずるしかない。

また頭上でスパーク音が上がり、火の粉が降ってきた。焼き鏝を当てられたような痛みが、うなじを襲う。が、奈良橋をつかんだ手は放さなかった。死体の重さかと疑いたくなるほど、動いてくれない。もしかしたら、結束バンドで椅子につながれているのか。それなら一緒に引っ張るまでだ。

煙が鼻と目をふさぎ、息ができない。歯を食いしばって、大地に埋まった巨大な蕪を根こそぎ引き抜くつもりで力をこめた。通路まではたったの三メートルだ。

もう下園たちは階下へ逃げたか。呼びかけは聞こえず、メラメラと炎が舌なめずりする音だけが頭上に迫ってくる。

数十センチは動かせただろう。体重を乗せて後ろへ引いた。煙が充満して、もう奈良橋の顔も見えなくなった。あと少しで階段へ出られる。

涙を流し、全体重をかけて引いた。次の瞬間、頭上で爆発音が聞こえ、天井が炎もろとも落ちてきた。

50

大波をまともに横から受けたのか、船体が上下に揺れた。眩みかけた意識が現実に引き戻されて、江浜は再び足首の激痛に涙した。海の神は楽をさせまいとしているらしい。

すでに銃撃音は静まっていた。代わりにプラスチックの焼ける臭いと煙が、目と鼻を刺激する。どこかで何かが燃えていた。足首の痛みに耐えてフロアに爪を立て、ひじで体を押して視線を振り上げた。

赤い炎が視界をかすめた。ソナーのモニターが発火していた。銃弾を浴びて回路の一部がショートしたのだ。表面の樹脂が溶けて、火花を散らしながら燃えている。

あの延焼を食い止めないと、船が危ない。後部操舵室は格納庫の上にある。この床下には、予備の充電用バッテリーと発電機の燃料タンクがあった。引火しようものなら、格納庫の棚に並ぶ作動油までが燃え広がる。船内で火気厳禁の最たるエリアなのだ。

神経をえぐる痛みをこらえ、江浜は身を起こした。早く炎を消し止めるのだ。延焼が下へ及べば、船が一気に炎上する。もし爆発を起こせば、乗組員もろとも沈没の運命が待つ。

銃弾を連射したコップはすでに出ていったようで、室内に人の気配はない。消火器はドア横の壁に収納されている。

無理して体をひねると、足先から腰にまで激痛が駈けぬけた。すすり泣きながら腕を伸ばし、壁を探った。小さなガラス窓の奥に赤い消火器が見える。

ところが、コップの放った銃弾が扉のレバーを直撃していた。金属製のカバーが大きくひしゃげて、力を入れようともまったく動かなかった。

しばられた両拳を握り、ガラス窓に打ちつけた。ガラスではなく、透明なプラスチックだったらしい。三度目にしてようやく罅(ひび)が広がった。その間も、右奥ではソナーが炎を広げつつある。

指先で罅を押し広げて、手を差し入れた。破片でどこかを切ったみたいだが、足首の痛みしか今は感じられない。血に染まった手で消火器をつかんだ。

が、扉が開かず、取り出せなかった。だだっ子のように身を揺すって、力任せに引き出そうとしたが、薄っぺらい鉄の扉のくせに、意地でも開こうとしてくれない。

目の前に消火器がありながら、どうして取り出せないのだ。海の神をまた呪ってみても、状況は変わらなかった。どうすればいい。今もソナーと通信機を焼く音とともに熱が背中を炙る。

消火器が使えないとなれば、上着を脱いでたたき消すのが最善の策だ。江浜は慌てて襟元に両手を寄せた。だが、結束バンドで結ばれているため、ボタンをすべて外そうとも上着を脱ぐことができないと気づいた。

ここまで神に見放されるとは思わなかった。が、手をこまねいていれば、この操舵室が炎に包まれ、階下の格納庫に燃え広がる。油に引火すれば、爆発炎上はまぬがれない。

臆病風に吹かれて、逃げることを考えた。今なら、はって脱出できる。

早く逃げるんだ。たとえ船が沈もうと、浮き輪代わりになる板でも見つけられれば、波間を漂うことはできる。このまま迷っていたのでは、燃え広がる炎に囲まれて行き場を失う。さあ、早く逃げろ。一刻も早く後部操舵室から出て、アッパーデッキへ下りていけ。

船長の江浜が燃える後部操舵室から退散した時、さがみの命運は確実に決まる。下の格納庫まで延焼が広まれば、たとえ近海の船舶が煙に気づいて救助を呼ぼうと、もはや手遅れだろう。人質となった乗組員の何人が、海中へ逃げられるか。しかも、台風の接近によって、この先は波が高くなる一方だった。

——なあ、江浜安久よ。おまえはこの船を預かる責任者ではなかったのか。船長たるもの、船と運命をともにする覚悟を持たずに、どうする気だ。今もアッパーデッキの部員食堂には、大切な乗組員が監禁されている。おまえがこの場から逃げ出せば、仲間を見殺しにするのも同じになるぞ。それでもおまえは船長なのか。

若いころは、仲間と夢を語り合った。船長は船と一心同体。何があろうと絶対に港まで帰り着かねばならない。乗組員を家族のもとへ送り届けることこそ、最大の職務なのだ。

——本当におまえは炎の前から、すごすごと逃げ出す気か。

初老に差しかかった年齢とはいえ、こんな命でも惜しむ気持ちは強かった。死の恐怖も人並みにあった。足首の激痛からは逃れたいが、まだ生にしがみついていたい。だったら早く逃げろ。このままでは、炎に取り巻かれて焼け死ぬだけだ。

江浜は意を決してフロアを押した。骨を齧られるような痛みに負けて、ひざが折れた。が、壁をかきむしって、両手で体を支えた。一本足で立ち上がり、そのまま体を前に投げ出した。

炎を上げるソナーと通信機が、目の前に迫った。痛まない右足で、大きくフロアを蹴って前に踏み出した。ソナーの埋めこまれたカウンターの横に倒れこむ。結束バンドで見たところプラスチック製だ。火の中へ差し入れてやれば、確実に燃えつきる。しばられた両手を前に突き出した。結束バンドは見たところプラスチック製だ。火の中へ差し入れてやれば、確実に燃えつきる。

右足で踏ん張り、両手を炎にかざした。さあ、この手首をしばる忌々しい枷を焼き切ってくれ。多少の火傷は覚悟の上だ。何より大切な乗組員を助けるには、ほかに方法は見つからない。

足首に負けじと、高熱に包まれた両手から激痛のパルスが脳へと直撃した。引き戻したくなる気持ちを抑えるために、体ごと前のめりにしてやった。もう逃げ道はない。炎の中で体を支えねば、顔まで火傷に見舞われる。

肉を焼く臭いが鼻を刺激した。痛みに視界を奪われて、白い靄に覆われた。もはや手で体を支えられなかった。右肩からフロアへ倒れこんだ。

頼む。たかだか幅一センチもない結束バンドなど、焼け落ちてくれ。背中から倒れながら、煙を放つ両手に力をこめ、左右に押し広げた。

この世に神はいないのか。

江浜は号泣した。両手は離れてくれない。袖口が焦げて、不満たらたらと煙だけがくすぶっていた。結束バンドはまだしぶとくも鎖の役目を果たし、両手をつないでいる。

なぜだ。こんなプラスチックを引きちぎれなくて、どうするのだ。おまえの両肩には、乗組員四十七人の命の重みがのしかかっているのではなかったか。その重量を力に変えれば、焼けて脆くなったプラスチックなど絶対に引きちぎれる。両腕の骨が砕けてもかまわない。天岩戸よ、開け。そう念じてうめきながら左右に押し広げてやる。

――礼子よ、どうか力を貸してくれ。あとで地獄へ引きずろうと、恨みはしない。頼むから、この手首をつなぐ鎖を断ち切る助けをしてほしい。

奇跡が起きた。泣いて詫びながら力をこめると、両手が左右に離れた。礼子のおかげだ。

喜びにひたる時間はなかった。上着を早く脱げ。一秒の遅れが、爆発炎上につながってしまう。

火傷のせいで、指がまともに動かなかった。十本の指にあるすべての関節で、骨を削り取られるのかと疑いたくなる痛みが襲い、叫びがあふれた。まともに体を動かせないもどかしさに、胸をかきむしり、ボタンを引きちぎった。

けれど、これで上着が脱げる。激痛にフロアをのたうち、袖を引き抜いた。真っ赤な血が辺りに飛び散る。涙と血を流して踊り狂う道化師となって、上着を脱いだ。あとは火傷の手でつかみ上げ、広がる炎に振り下ろせばいい。燃え盛る火を消し止めろ。おまえがこの世に生を享(う)けたのは、四十七人の大切な仲間を助けるためだったのだ。そう信じて自分に鞭打ち、痛まない右足で立ち上がった。

壁に頭をぶつけた。嗚咽(おえつ)を呑んで歯を食いしばり、目を開いた。見える。燃えるソナーが確認できた。さあ、火を消せ。それがおまえに科された贖罪(しょくざい)なのだ。

文佳は今どこにいるだろうか。浮かんだ邪念を払うため、江浜は振りかぶった上着を炎めがけてたたきつけた。

51

怖れていた銃弾の出迎えはなかった。セッターがコニカルハッチを持ち上げると、潮風がコックピットに吹きこんできた。目映い光が射し、船体に寄せる波音も聞こえた。猛烈な水圧の世界から、一気圧の海上に戻ってこられたことを実感する。

外の様子を見るには、昇降筒をよじ登ってコックピットから出ないといけない。セッターはフロアを蹴ると、懸垂(けんすい)の要領で昇降筒の上に体を持ち上げた。

「さがみはどうなってる。そこから見えるでしょ！」

夏海は揺れるコックピットから叫んだ。連絡用の簡易無線で呼びかけても、司令室からの応答はなかった。何かが船内で起きている。肥大化した不安が猛烈な水圧のように身をしぼる。

「見えるぞ。煙が上がってる」

ぎゅっと鷲づかみにされたかのように心臓がしめつけられた。やはり裏切り者たちは火を放って逃げ出したのだ。

「どこからさがみに乗る。教えろ」

船体の上に出たセッターが、昇降筒から顔をのぞかせた。

「無線を貸してくれたら、教える。さあ、早くしないと、ビアードたちが逃げるわよ」

セッターの目がつり上がる。まだ言うのか。再び銃をコックピットの夏海に突きつけた。

「好きにしなさい。わたしを撃ったところで、裏切り者は逃げるだけでしょ。それでもいいなら、撃ちなさいよ、さあ」

彼は撃たない。夏海は信じていた。ここまで力を合わせてミッションを成し遂げてきたのだ。二人の間には互いへの信頼が大きく根を広げている。その仲間を残酷に撃ち殺せるはずがなかった。

「救助を呼んでも、偵察機が来るにはまだ一時間近くかかる。その間にビアードたちを追いかけなさい。ほら、早くして。火が燃え広がったら、さがみを動かせなくなる」

忌々しい女めが。セッターの目元が赤く染まった。悔しげに何か毒づいたあと、昇降筒の上から彼の顔が消えた。が、すぐに戻り、口元に無線機を寄せて英語で言った。

「メーデー、メーデー。こちらさがみ、日本船籍の海洋調査船。メーデー、メーデー。応答願います」

マリンバンドで呼びかけたのち、セッターが無線機をコックピットの夏海に向けて差し出した。手を伸ばすと、無線機が大きくノイズを発し、英語が聞こえた。

「こちら、エストラーダ二世号。何があったか、知らせてください」

セッターが素早く無線機を口元に引き戻して言った。

「こちら、さがみ。船が燃えています。海賊に襲われました。救助を願います」

海賊とはずるい言い方だった。あくまで自分たちの素性を隠すつもりだ。セッターは無線機のスイッチを切り、夏海に叫んだ。

「さあ、教えろ。どこから船に乗り移る」

「船尾に、接岸する時に使うロープがある。そこから上がれると思う。作業艇をつないだデッキに梯子もあるけど、それは最後の手段。やつらに見つかるかもしれない。ただし船尾に近づく時は、スクリューに気をつけて。巻きこまれたら命はないからね」

夏海が言うなり、昇降筒からセッターの姿が消えた。ほぼ一秒後に、波間へ飛び入る水音が聞こえた。すぐさま海へダイブしたのだ。

遅れてなるか。夏海もフロアを蹴って昇降筒の縁をつかんだ。力の限りに体をねじ上げ、はい登る。

風が髪に吹きつけ、さがみの巨大な船体が間近に見えた。

海上を漂うりゅうじんから見上げると、まさしくビルのような高さがある。その上層階にある操舵室の付近から、白と黒の煙が蜷局を巻きながら澄み透る群青の空へ立ち昇っていた。デッキに乗組員の姿は見えない。まだ監禁されたままなのだ。

夏海は波に揺れる船体の上で立ち上がった。セッターはもう十メートル先の波間を泳いでいる。幸いにも、エンジン音は聞こえず、スクリューに巻きこまれる危険はなかった。ただ、早くも海面がうねりだし、足元に波が打ちつけてくる。が、怯んではいられなかった。あのブリッジの火を早く消し止めるのだ。

難燃性の繊維で織られた潜航服の生地は厚い。水を吸えば、重くなって手足の自由を奪う。

案の定だった。さがみへ泳ぐセッターの動きが、早くもスローモーになっていた。危ない。あれでは体力が持たないだろう。

夏海は覚悟を決めた。素早く潜航服のジッパーを引き下げた。これを着ていたのでは満足な泳ぎができない。

七月の太平洋の水温は高い。潜航服とTシャツを脱ぎ捨て、下着姿になった。下は大人用おむつというみっともない姿だが、誰に見られようとかまうものか。大切な仲間を助けるためだ。

前方の海に目を戻すと、セッターが苦しげに立ち泳ぎをくり返していた。水を吸った潜航服に動きを邪魔され、早くも体力がつきかけている。

夏海はりゅうじんの船体を蹴り、白波めがけて大きくジャンプした。

52

だから、やつらは信用できないと言ったのだ。それなのに、宝を引き揚げるには、もっと仲間が必要だと考え、レオはビアードたちをスカウトした。彼らは元軍人や警官で、銃を扱った経験が豊富なうえ、度胸もすわっていた。が、悪事がばれて、サマ族の村へ逃げ帰ってきた連中なのだ。悪い噂を聞きつけて報告したのに、レオは頑として譲らなかった。

――何かあれば、おれがやつらを始末する。

そう胸を張ったくせに、レオはさらなるミスを犯したのだ。引き揚げる宝の正体をやつらに詳しく説明してこなかった。それが大きな誤解を生んだ。

やつらは沈没船に隠した荷物を引き揚げると聞き、ドラッグだと勝手に信じたのだ。サマ独立革命軍のリーダーたるレオ・グスマンであれば、武器を購入する資金を手に入れたがっているはず。そう頭から決めこんでいるふしがあった。

もちろん、レオは宝を現金に換えて、サマ族のために使う気でいた。しかし、社会的常識に欠けたビアードたちでは、絶対に換金はできない品なのだった。ジョマルもその点は正直に伝えておいたが、やつらは卑しい笑いを返すばかりだった。ドラッグなら絶対に売りさばける。そう甘く考えていたに違いなかった。

どこかに油断があったのだ。やつらは計画スタートの直前になって、アキル・シナワットという研究員がリュウジンで深海へ潜ったことを聞きつけ、連絡先を手に入れてきた。おかげで貴重な資料が手に入り、成功の確率が格段とアップしたのは事実だった。

――ほら、見ろ。仲間にしてよかっただろ。

レオは言ったが、やつらはあきれたことにシナワットを殺害して資料を手に入れていたのだと判明した。

やり方があまりに乱暴すぎた。やつらは信用できない。不安は増した。が、このチャンスを逃せば、宝を引き揚げるのは難しくなる。リュウジンがフィリピン海に出ていく次の機会を待つことになる。

レオの判断で、計画にゴーサインが出た。ジョマルは夜の海を泳いでサガミに潜入した。

プランピーとモウルにも、やつらから目を離さないでほしいと、うるさいほどに伝えておいた。二人はジョマルより十歳も上だが、意志の強さに欠けていた。もしかするとビアードとコップに脅されて、やむなく裏切りに手を貸したとも考えられる。

彼らを恨めはしないだろう。すべてはレオとジョマルが急ぎすぎたのだ。民族の将来など考えたこともない小悪党の手を借りようと決めたところに落とし穴があった。

念願叶って、サマ族の宝を取り戻すことができた。祖国で苦しむ仲間のために支援ができる。もう少しで夢が実現したのに……。レオは一人で先に逝ってしまった。まず間違いなく生きてはいないだろう。そのうえに宝を奪われたのでは、民族の独立という悲願は遠のくばかりだった。

今日まで多くの英雄が、仲間のために命を散らしていった。レオたちの無念と血の涙を無駄にしてはならなかった。絶対に裏切り者を逃がしてはならない。

怒りを燃料にして、波を切り裂くように泳いでいった。地球という器にたまった海水をすべてかき分けてやるつもりで、サガミを目指した。たった百メートルほどを、なぜか遠く感じた。手足をいくら動かそうと、サガミの船体が近づいてくれない。

水を吸ったせいで、怖ろしいほどに潜航服が重くなり、手足の動きを奪っていった。服を着て海に飛びこむのは危険だ。幼いころ、おじいに言われた記憶が今さらながら甦る。

あの優しいおじいも、政府軍の銃弾を浴びて命を散らした英雄の一人だ。その血を引く自分が、こんなところで溺れ死ぬわけにはいかない。

生まれた民族の違いで、その先の人生が決まるなど、理不尽だった。未来を奪われた多くの仲間が味わってきた怒りを思い起こし、水を蹴った。鬼の形相になって手足を突き動かす。が、ちっとも前に進んでくれない。ひじが海面から上がらず、腰が沈む。鼻と口に波が押し寄せ、塩辛い海水をまともに飲んだ。酸素を求めて全身が震えだしている。

とんだ誤算だった。これほど潜航服が水を吸うとは……。

手足をただ闇雲にばたつかせた。息を継ぐため、ほとんど立ち泳ぎのような姿勢になった。まだサガミは大陸よりも遠かった。絶望的になるほど長い五十メートルの海峡が、目の前で底知れない海淵となって大きく口を開け、ジョマルの体を呑みこもうと待ち受けていた。

村一番の秀才とジョマルは言われてきた。先に国を出たレオたちの力を借りて、アメリカへ逃げることができた。英語を学び、偽のパスポートを手に入れた。金を稼いで送金するには、日本へ渡るのが一番だと聞いた。実はアメリカよりも日本のほうが、粗悪なドラッグでも高く売れた。

さらに日本では、貧者の核兵器と言われる毒物を製造したテロ集団も存在した。その情報を手に入れ、母国の軍事施設にロケット砲で撃ちこむ計画を、レオが立案した。ところが、やっと製造法を入手したところで、レオから急の呼び出しがきた。

政府軍が奪っていった民族の宝を取り戻す時がきた、と。

その昔から、母国は長くオランダに支配されてきた。かつて総督府の長官として一人の男が赴任し、宝となる品を祖国から持ってきたのだという。たまたま休暇ですごしたサマ族の村で、若い娘に一目惚れして、その宝をプレゼントした。

今と違って、当時はまったく母国でも評価はされておらず、価格も低かったと聞いた。十九世紀の後半になって、ようやく真価が認められるようになり、今では数億ドルの値がつくとも言われているらしい。

総督府の長官からその宝を贈られた娘は、レオのひいおばあさんに当たる女性だった。

その後不運にも、宝は政府軍の横暴な兵士によって奪われてしまい、長く所在不明になっていた。ところが、サマ独立革命軍の一隊が急襲した軍事施設の倉庫から、その宝が見つかったのだった。兵士どもでは学がなく、真の価値をまったく理解できず、薄汚い軍の倉庫で長く埃をかぶっていたのである。

宝を奪還したものの、折り悪く、首都から特殊部隊が送られてきた。革命軍はサマ族の宝を貨物船の救命ボートに隠し、他国へ持ち出そうと計画した。船さえ沈没しなければ、レオのもとに宝は届いたはずだった。

レオは正当な宝の相続人なのだ。ビアードたちが裏切らなければ、宝を取り戻してサマ族の未来のために役立てることができた。多くの仲間が未来を信じて明日を生きていける……。絶対にやつらを許しはしない。民族の未来を取り戻すのだ。

一刻も早くサガミに乗り移って追いかけたいのに、手足が重く、まったく前へ泳げなかった。いくら水をかこうと、意思とは反対に体が沈んでいった。鼻と口に海水が押し寄せ、息がつまる。潜航服を脱ごうにも、息が苦しく手足が動いてくれない。

あまりにも愚かすぎる失態だった。

怒りに任せて海へ飛びこみ、水を吸った潜航服の重みで、あえなく溺れかけている。このままでは魚たちの餌になる結末が待つ。おじいの戒めを忘れた自分をいくら呪おうとも、体はちっとも浮いてくれなかった。

意識が遠のき、白くうねる海面が光の渦に包まれていった。輝きが薄れて暗くなり、ダーク・ブルーに身が包まれる。きっと深い海の向こうに、死んだ仲間たちが待っている。

ジョマルは苦しみの中で、幻影を見た。

太平洋の深海に降り積もるマリンスノーとなりゆく運命だから、神がせめてもの慰みを与えてくれたのだろう。伝説に名高き生き物が身をくねらせながら、こちらに近づいてくるのが見えた。

沈みゆくジョマルのもとへと、濃紺の海をバックにして、肌色の身をイルカのようにくねらせつつ突き進んでくる。最初はジュゴンかマナティに思えたが、頭部で黒く長い髪が揺れていた。

人魚だった。

太平洋の真ん中に美しい人魚が棲(す)んでいたとは知らなかった。死にゆく者を迎えにきてくれたらしく、手を差し伸べながら泳いでくる。きっとあの手を握り返せば、安らかな場所へ誘(いざな)ってくれるのだろう。

薄れゆく意識の中で、ジョマルは精いっぱいに手を差し出した。

53

落ちてきた天井をよけるため、蒼汰は渾身の力で壁を蹴って身をくねらせた。つかんだ奈良橋の腕は何があっても放さなかった。二人でフロアを転がれば、階段を落ちていける。そう信じて通路へ逃げた。

蒼汰の鼻先に、燃える天井が落ちてきた。髪の毛に引火でもしたのか、オーブンの中へ頭を入れたような熱さに叫びが洩れる。が、脊髄反射の為せる業で、炎から逃げろと無意識に体が動いてくれた。奈良橋の重みを感じながら、階段めがけて転がった。

一瞬、熱い空気がなくなったように感じたのは、司令室から抜け出せたからだ。そう察知した時には、フロアが消え失せて体が裏返しになった。階段に出たのだ。このまま落ちていけば、炎から逃れられる。

体が転がり、ピンボールの球さながらに全身を打ちすえられた。炎の竜巻に翻弄されたのか、全身を鬼の金棒で殴られたみたいな痛みが続き、回転が止まった。

「おい、久遠君、大丈夫か。教授、目を開けてください！」

聞こえた叫びは、下園か池田チーフか。火傷を負ったらしく、こめかみが痛んで目が開いてくれない。誰かに腕をつかまれて上半身を起こされた。

「息はあります。腕を撃たれてます」

「出血を止めろ。急げ、滝山！」

耳元で声が聞こえた。どうやら奈良橋を救い出せたらしい。

ひと安心だが、怪我の具合が気になり、蒼汰は痛みをこらえて目を見開いた。階段下の景色が薄ぼんやりと見えてくる。倒れた奈良橋を、滝山と池田チーフが囲んでいた。

「わかってますから、教授、とにかく話はしないで。今血を止めます。えっ？　消火器ですか……」

滝山の声が途切れて、通路を見回した。奈良橋は意識があるようだ。腕を撃たれながらも、まず火を消せと命じたと見える。その冷静さに、また驚かされた。

「滝山、任せたぞ。立てるか、久遠君」

腰を浮かした下園が手を差し伸べてきた。その手が赤く見えたのは、彼もどこかに傷を負っていたのだろう。

「おれは消火器を探して、上の火を消し止める。君は食堂へ行ってくれ。犯人たちはもう逃げたと思う。みんな生きてくれてるさ、きっと。頼む」

言うなり下園は狭い通路の左右を見渡した。階段の先に赤い消火器のマークを見つけて走り寄った。

この階段をあと二層分下りていけば、アッパーデッキにたどり着ける。船首の部員食堂に、多くの乗組員が監禁されている。火を消すためにも、人手がほしい。

蒼汰は壁に手をついて立ち上がった。あちこち痛むし、右目もよく見えなかった。が、歩くことに問題はない。揺れる階段を駆け下りた。波のせいではなく、足がふらついていた。手すりにしがみついて体を支え、部員食堂へ急ぐ。

どうか全員、無事でいてくれ。海面へ浮上したはずの夏海も心配だが、コックピットの中にいてくれれば、少なくとも身は守れるだろう。

「みんな、無事か！」

とっさに声が出ていた。監視役の者がもし残っていたら、銃撃を浴びかねない。が、くずおれそうになるひざに力をこめ、階段を懸命に下りた。

「ここだ、怪我人がいる。犯人はどうなった。逃げたのか」

返事が聞こえた。柴埜潜航長の声だった。

蒼汰は通路へ下りて叫び返した。

「やつらは逃げた。操舵室が燃えてる。火を消し止めないと危ない」

「銃で撃たれた。怪我人が何人もいる」

やつらは逃げる際に、無線室へ向かって銃弾を放った。同じように食堂でも連射したのか。血の海を想像して足が萎えそうになる。

階段下に人影が駆けつけた。柴埜と二人の潜航士だ。彼らは無傷に見える。すでに結束バンドも外していた。厨房の調理器具を使ったのだろう。

「おお、久遠君か。司令や船長は無事か」

「下園さんが操舵室の消火に向かいました。船長は――わかりません」

「岩上、おまえは救護室へ走れ。小柳は何人かを集めて消火を手伝え」

「潜航長は？」

「無線を探す」

「それなら、後部操舵室です」

食堂から若い甲板部員が飛び出してきた。その後ろに藤島整備長と三峯チームのエンジニアも続いていた。

「緊急用に小型無線機が置いてあります」

「キャプテンも後部操舵室よ！」

副料理長の女性がドアから泣き顔で叫んできた。

「案内します」

若い甲板部員が柴埜に言い、通路の先へと走り出した。藤島もあとに続いた。

蒼汰は少し迷ってから、フロアを蹴った。後部操舵室へ上がれば、左舷に浮上したりゅうじんをこの目で確認できる。作業艇は奪われたろうが、格納庫には予備の船もある。夏海の救出に向かう準備ができる。

狭い通路を進み、格納庫へ駆け入った。甲板部員はさらに後部デッキへ走り出た。りゅうじんが出動し、Aフレームクレーンも海側へ突き出したままなので、奥の空間が開けている。蒼汰も柴埜に遅れて台車とレールを飛び越え、グリーンに彩色された後部デッキへ飛び出した。

左手の外階段が上へ伸びている。甲板部員と柴埜に続いて駆け上ろうとしたところで、蒼汰は足を止めた。視界の端を、ありえないものがかすめたのだ。

「夏海！」

デッキの先は途切れた欄干の間に転落防止のロープが渡され、その奥でAフレームクレーンの太い柱が海へ伸びていた。左側の柱に近い欄干の下だった。ずぶ濡れになった夏海が上半身をデッキに乗り出していた。たった今、海からはい上がってきたとしか思えない姿に見える。

「助けて、蒼汰……」

波が打ちつける中、苦しげな声が聞こえた。柴埜も階段の上で振り向いている。

深海から戻ってきたばかりの夏海が、なぜ後部デッキにしがみついているのか。疑問を解くより先、蒼汰は階段から飛び降りた。後ろの欄干へ駆け寄った。

「大畑っ！」

藤島整備長も叫んでデッキにかがみ、手を伸ばした。その隣に走り寄って、蒼汰は驚きに声をなくした。

ずぶ濡れの夏海の上半身は下着姿だったのだ。しかも、彼女は左手で手すりをつかみながら、右手で半裸の男を抱えていた。

一瞬にして状況が理解できた。浮上したりゅうじんのハッチを開けて、二人は海に飛びこんだのだ。ところが、泳ぎに慣れていないセッターが溺れかけてしまい、夏海が手を貸しながら二人でどうにか後部デッキまでたどり着いたに違いなかった。

「夏海ちゃん！」

後ろから副料理長の女性も駆けてきた。夏海が顔を上げようとしたが、あえぐばかりで声は出てこない。

「大畑。もう大丈夫だ、手を放せ。おれがつかんでる」

デッキから身を乗り出した藤島が、セッターの腕をつかんで叫んだ。蒼汰も横から手を差し出した。柴埜も駆けつけた。二人で夏海の腕をつかみ、引き揚げる。よく三メートル近い甲板までロープを伝ってよじ登れたものだ。後ろに甲板部員も走ってきて、藤島とともにセッターを引きずり上げた。

「よくやったぞ、夏海」

呼びかけたが、彼女は息も絶え絶えにデッキの上へ横たわり、全身で激しく息継ぎをくり返した。そこで初めて気づいた。彼女は下半身に下着すら身につけていなかった。泳ぐうちに脱げてしまったらしい。蒼汰がうろたえていると、副料理長が自分のジャージの上着を脱いで、彼女の腰を隠した。

「どういうことなんだよ、これは……」

事情をつかめていない柴埜が呆然と問いかけてくる。

「りゅうじんから泳いできたんですよ。無茶するやつだ……」

もっと言うべきことがあると思えたが、蒼汰は鼻の奥がつんとして、声が続かなかった。

夏海が顔を上げ、あえぎながら言った。

「蒼汰、乗組員は……みんなは無事なの」

「怪我人が――出てる」

蒼汰が答えると、夏海の肩に手をかけていた副料理長が、急に立ち上がった。

驚きながら彼女の背中を目で追うと、横で苦しげに咳きこみながら、セッターが身を起こした。

「ボスは、どこだ……」

全身が激しく震え続けている。かなり水を飲んだらしい。蒼汰は肩を支えて言った。

「残念ながら、彼は死んだ。ビアードたちが裏切った」

セッターが何か呟き、拳でデッキをたたいた。

「やつら、どこだ」

震える指先で欄干の柱をつかみ、立ち上がろうとした。辺りの海を見回して、震える声を押し出した。

「この船は、まだ動くよな」

声は震えていたが、目には力を取り戻していた。この男は、さがみを使って裏切り者を追おうと考え、りゅうじんから泳いできたと見える。

「何をしてる、おまえら。上で何があった。答えろ！」

ふいに背後で、英語の叫びが上がった。

慌てて振り返ると、格納庫の奥に小銃をかまえたプランピーが立っていた。どうやら彼は裏切りの仲間には加わっていなかったようだ。おそらく下の機関室で人質を監視している最中に爆音を聞いて驚き、無線で仲間に問い合わせていたのだろう。が、応答がないため、様子をうかがいに来たと見える。

ひざ立ちになったセッターが、母国語でプランピーに何か呼びかけた。プランピーの顔が蒼白になり、銃口が力なく下がった。すぐにセッターが今度は大声で叫んだ。やつらを追いかけるぞ。それに近い言葉だったろう。プランピーの表情が強張り、小銃をかまえながら走ってきた。

蒼汰はセッターに告げた。

「追いかけるなら、好きにしろ。メインブリッジは破壊された。けど、この上の後部操舵室へ上がれば、まだ動かせるかもな」

セッターの目が暗い光を帯びた。蒼汰を見つめ返し、日本語で言った。

「手を貸せ。嫌だとは言わせないぞ。――プランピー」

視線の先を仲間に振ると、銃口が蒼汰たちに向けられた。

54

肩を揺すられて激痛が身を駆けぬけ、意識が呼び起こされた。泣きながら上着を炎にたたきつけていたのは鮮明に覚えていた。あらかた火が見えなくなり、煙がくすぶりだしたあとの記憶がなかった。

「キャプテン！」

まだ頭が混乱しているらしい。不思議にも女性の声が耳元で聞こえている。一瞬、死んだ妻が呼びかけてきたのかと錯覚したが、彼女は船の仕事とは無縁で、夫をキャプテンと冗談にも呼んだことはなかった。

「大丈夫ですか、江浜キャプテン！」

今度は男の声も耳に届いた。足首と両手に焼けるような痛みが続き、目の焦点が定まるのに時間が必要だった。窓から射す陽光が目に痛い。

記憶だけでなく、視覚と聴覚までがやられたようだ。薄目を開けた先に、どういうわけか、文佳の泣き顔が見えている。そうなのか、と思った。いつしか自分は娘より先に彼女のことを思いたがっていたらしい。そう柄にもない感傷にひたると、また肩を揺すぶられた。

「わたしです、玉城です。わかりますか、キャプテン」

涙ぐむ文佳の横に、見慣れた玉城昭次（あきつぐ）の顔が割りこんできた。彼らは食堂で監禁されていたはずだ。その玉城が手を伸ばして肩を揺するのだから、夢にしても不可解極まりない。

「船長。あなたって人は……」

今度は玉城の後ろに、久遠研究員が顔をのぞかせた。なぜか涙目になっている。

「そうか……この操舵室もやつらが銃撃をしていったんだな……」

久遠が言って、焼け焦げたソナーのモニターへ目を向けた。どうやら現実の光景なのだ。彼の横で、文佳が声を振りしぼるようにして言った。

「誰か早く、キャプテンの手当を……」

「心配しないで。今、大場さんを呼びに走らせました」

久遠が言って、文佳の肩に手をかけた。その背後に、半裸の男が進み出た。セッターと呼ばれたシージャック犯の若い男だ。

まだやつらがいたのか。いや……違う。彼はりゅうじんで深海へ向かったのだ。ようやく理解が追いついてくる。さがみの船底に衝突したものの、りゅうじんは海面に浮上できたのだ。ハッチを開けて、さがみまで泳いできたと思われる。

「エンジンはまだ動くな。立て」

セッターが手の拳銃を突きつけてきた。が、周囲の乗組員たちは、恐怖におののく様子もなかった。まるで仲間の一人のように、セッターを受け入れている。

「ビアードたちが裏切ったんです」

「やつらは逃げました。今、下園司令がメインブリッジの火を消してます。怪我人が出ていて、みんなで応急処置をしてるところです」

玉城に続いて、久遠が手早く説明を入れてくれた。

「そうか……全員、解放されたか」

何よりの朗報に、傷の痛みがわずかに和らいでくる。久遠がうなずき返し、後ろのセッターに目を走らせながら言った。

「彼らはこの操舵室を使ってさがみを動かし、やつらを追いかけたいと言ってます。できますかね」

「船を動かせ。やつらを追う。早くしろ、キャプテン」

セッターが言って、窓の外へ視線を転じた。その先に、逃げたビアードたちの漁船が見えているのだろう。

「起こしてくれ……」

江浜は言って、火傷を負った手でフロアを押そうとしたが、痛みのためにうめき声が洩れた。慌てて文佳が体を支えてくる。

「無茶しないでください……」

「玉城、ぐずぐずするな。電源の確認だ。それから機関室を呼び出してくれ」

「了解です！」

意地でもここは立たねばならなかった。こんな自分にも、まだ仕事が残されている。

甲板部員の有馬も駆けつけ、久遠とともに肩を貸してくれた。横で文佳がまた涙を見せたが、二人のおかげで体は起こせた。傷のない右足に力をこめ、立ち上がる。よし、やればできるじゃないか。

江浜は窓から海を眺め渡した。台風が接近しているため、波はもう三メートル近くに迫っていそうだ。体が揺れているのは、自分がだらしなかったからでないとわかり、少し安心する。

白波の立つ右舷三百メートルほど先に、一艘の漁船が見えた。間違いない。シージャック犯の一味が乗っていた船だ。江浜は言った。

「右舷六十度に船影あり。エンジン始動できるか」

「サードの佐橋さんが機関長を助け出したところです」

伝声管の前で玉城が振り返った。乗組員の救助作業は進みつつある。セカンド・エンジニアが機関室にいてくれれば、エンジンは動かせる。心強い。

「エンジン始動。面舵一杯。全速で追いかける」

「小さな船だ。ぶつけられるな」

セッターが思いつめた表情のまま横に進み出た。この男は漁船に体当たりしたあと、乗り移るつもりなのだろう。江浜は痛みをこらえて言った。

「わけはない。しかし、総トン数に差がありすぎる。悪くすると、向こうが転覆する」

「双眼鏡を貸せ」

セッターが振り向いて命じた。有馬が背後の棚に手を伸ばし、双眼鏡をつかんだ。奪うようにセッターが受け取って、窓の前に戻った。プランピーという小太りの男もドアから近づき、下手な英語で叫んだ。

「早くしろ。やつらはボートを引き揚げてる。急げ。漁船を沈めろ」

犯罪者を逃してなるか、という思いはあった。が、さがみを衝突させれば、小さな漁船はひとたまりもない。シージャック犯の多くが命を落とす結果になるだろう。

迷いを見せると、セッターが銃を向けた。

「やつらは、おまえたちを撃った悪人だ。思いきり、船をぶつけろ。おれたちは本気だ。やつらを許すな」

エンジン音が室内に響いてきた。玉城が速度レバーを上げて、ハンドル型の舵輪を大きく右に切った。さがみが波を切り裂きながら右へ針路を変えていく。

怒りを宿したセッターの横顔に、江浜は語りかけた。

「君のボスにも言った。海底から引き揚げた宝で武器を買うのでは、君たちはただのテロリストで終わってしまう」

「最後まで、君は人質を傷つけなかった。君とボスはただのテロリストじゃない。そう我々は信じている」

久遠までが銃を持つ男に言っていた。勇気づけられた気がして、江浜は続けた。

「頼む、我々の願いを聞いてくれ。君たちが母国で虐げられてきた苦境を、もっと世界に伝えるんだ。その手伝いなら、わたしも喜んでさせてもらう」

「宝を取り戻して、絶対に逃げ延びろよな」

久遠が大胆な激励を送り、驚くセッターに笑ってみせた。

「日本人に協力できることがあれば、いつでも連絡をくれ。本気で言っている。教授も同じ思いのはずだ」

セッターが目を見開いた。張りつめていた表情が一気に崩れていった。

おそらく彼は他人を信じることなく、心を鋼の鎧で武装しながら生きてきたのだ。銃で脅しつけてきた日本人から、予想もしなかった言葉をかけられ、困惑している顔に見えた。江浜は続けて言った。

「日本人を信じてくれていい。君たち民族のために、何かをしたい。わたしも本気で言っている」

セッターの目が激しく何度もまたたかれた。唇を嚙みしめたまま横を向いた。けれど、その横顔に一筋の涙がこぼれ落ちたのを、江浜は見逃さなかった。

55

藤島整備長たちの助けを借りて、夏海はどうにか立ち上がれた。その間に動きだしたさがみは、見る間に漁船へ近づいていった。

「おいおい、このまま体当たりしようってわけかよ……」

柴埜が欄干から身を乗り出して言うと、外階段の上で足音が聞こえた。振り返って見上げると、一段飛ばしに蒼汰が駆け下りてきた。

「大丈夫か、夏海」

「本気で漁船に体当たりする気なの」

夏海は階段下へ歩み寄って訊いた。

蒼汰はデッキまで下りてくると、夏海にうなずいてから、すぐに柴埜たちを見て言った。

「ごめん、説明してる時間が今はない。――二人も手伝ってください。食料を用意したいんです」

「乗組員に分けるんだな」

柴埜が当然の問いかけをすると、意外にも蒼汰が首を振った。

「いえ、セッターたちの分です」

「何だって？」

「銃で脅されたんですよ。さあ、急ぎましょう」

脅されたと言いながら、少しも怖がった様子がない。夏海に意味ありげな目配せを送ってきた。その表情を見て、たちまち想像がついた。蒼汰は自ら進んでセッターたちに協力するつもりなのだ。

「わたしも手伝う」

「いいから、君は休んでろ。さあ、急ぎましょう」

言うなり蒼汰は一人で格納庫へ走りだした。慌てて柴埜と藤島もあとを追っていく。

もう少し優しい言葉をかけてもらいたかったが、今の状況では無理な注文かもしれない。夏海はあらためて思う。蒼汰とあの偏屈な教授が乗船していない時、もしシージャックされていたら……。今回の無謀なミッションは絶対に成功していなかったろう。

ふいに海で銃声が弾けた。

近づくさがみに気づいて、ビアードたちが発砲してきたのだ。今ごろ彼らは、自分たちのミスを呪っているだろう。日本の調査船と乗組員を甘く見すぎていた。操舵室を爆破されても、さがみはまだ雄々しく動いてくれる。それも多くの乗組員が消火活動を進めたからだ。見上げると、メインブリッジから上がる煙が少なくなってきていた。

そろそろ格納庫の中に身を隠し、衝突に備えたほうがよさそうだった。怪我人の手当にも参加したい。

夏海はデッキを力強く蹴った。走りながら、左舷の後方に浮かぶりゅうじんを振り返った。尾翼が折れ、船体が傷だらけになっている。

よくここまで耐えてくれた。本当にありがとう、りゅうじん。必ず横須賀へ連れて戻り、元通りに修理してあげる。そしてまた必ず一緒に深海の旅を楽しもう。

銃声が再び風音を裂いて、洋上に響き渡った。

夏海はりゅうじんに一礼したあと、格納庫へ向けて走りだした。

エピローグ

セッターとプランピーがフィリピン海から無事に逃げ延びられたか、蒼汰たちにはわからなかった。

さがみに追突されて彼らの漁船は大破し、五分とかからずに沈没していった。が、江浜船長の寛大な指示によって、さがみの救命ボートが海に投じられて、ビアードたちは必死に泳ぎつくことができていた。

その間に、セッターとプランピーは予備の作業艇を出して漁船へ向かい、裏切り者たちと一緒に海へ投げ出された救命ボートを回収したのだった。そこまでは、操舵室から双眼鏡で確認できた。

簡易無線機とおよそ五日分の食料を持っていったものの、台風の影響で波が高くなりつつある大海原をどこまで逃げられただろう。彼らが小銃で脅してきたから無謀とも言える航海に送り出したのではなく、死を覚悟した二人の熱意に水を差すことが、蒼汰たちにはできなかったのだった。

さらに言えば、二人の行く末を案じるより、急いで取りかかりたいことも多かった。怪我人の応急処置をして、軽食と飲料水を乗組員に配り、外部と連絡を取る必要があった。ほぼ三十分後に、SOSを受信したフィリピン海軍の偵察機が飛来し、救難活動が本格化した。

幸いにも、さがみはまだ航行できたので、流れ弾で怪我を負った十三名がまずヘリコプターに収容されて、ミンダナオ島の病院へ搬送された。重傷者の命が助かったのは、看護師の資格を持つ大場無線士たちの的確な処置があったからで、現地の医師たちもいたく感心していた、とニュースでも大々的に報道された。

足首を痛め、両手にも火傷を負った江浜船長は、ヘリコプターでの移送を拒んで、応急処置のみを受けたあと、船の指揮を最後まで執り続けた。フィリピン海軍の協力もあって、傷だらけのりゅうじんも波が高くなる中、ミンダナオ島まで曳航された。

蒼汰たちを待っていたのは、港を埋めつくすほどの報道陣と日本の外交官たちだった。

前代未聞のシージャック事件は、たちまち世界に発信された。

ジャオテック職員の活躍を聞きつけた日本政府は、りゅうじんとさがみの修理費を国の予備費から拠出すると確約したが、下園司令に言わせると、そう糠喜びはできないらしい。形だけ修理しておき、演習艇に格下げする案が、早くも文科省の官僚から出ているらしい。来年度の予算が正式に決定したところで、新たな無人潜水艇の開発費に回すとの意見が根強いのだという。

「何騒いでるのかしらね。りゅうじんはまだ現役でばりばり働けるって。誰が何を言おうと絶対、全面的な修理の費用を分捕ってみせるからね。見てなさいよ」

日本へ戻る航空機の中で、夏海はずっと息巻いていた。

ビアードたち裏切り者は、彼らの母国には引き渡されず、フィリピンでの取り調べが今も続けられている。日本国内での殺人事件もあるため、いずれ合同捜査が進められる予定だという。

彼らは沈没船からドラッグを引き揚げると聞いたため、サマ独立革命軍を名乗る男たちに手を貸すことを決め、土壇場で裏切ったのだと自白した。殺されたボスの名は、レオ・グスマン。彼の身元が特定されるに及び、母国で弾圧を受けていたサマ族の現状が、あらためて世界中に報じられた。国連が正式に動くとのニュースもあり、少なくともレオたちの目的は果たされつつある。

「おい、彼女とはよりを戻したんだろうな」

メディアに追い回されるのが嫌なので、蒼汰は帰国して家族と会ったあと、怪我の癒えた教授と直ちに研究室へ閉じこもった。さすがは奈良橋で、ジャオテックの予算が増えると踏んで、早くも無人潜水艇の研究をスタートさせる気でいるのだった。

「若いくせに、だらしないやつだ。あの船長、二十歳になる娘がいるってのに、どうやら再婚を考えてるそうじゃないか。週刊誌が美談のひとつとして書いてたらしいからな」

「人のことは放っておいてください」

「もし正式に別れたっていうんなら、君も仕事に集中できるだろうから、基本設計の一部を任せようかと考えてたんだが……どうしたものかな」

「本当ですか！」

「ああ、まったく理解できないよな。誰が見たって、あの滝山って潜航士のほうが数万倍も頼り甲斐があっていい男なのに、女という生き物は謎だ。深海なんて目じゃない。女心こそ、地球上で最大かつ最も神秘的な領域だ」

「勝手に言っててください」

「彼女のためだ。おまえは潔く身を引け。でないと、設計には参加させないからな」

どうせ最初から一人で設計するつもりなのだ。今後もジャオテックの機嫌を取りつつ、できるだけ予算の分け前に与りたい。そのために、蒼汰をけしかけるつもりもあるようだった。大学と奈良橋研究室の未来にもつながる大切な仕事になるのは間違いなかった。

日本へ戻ってひと月後のことだった。奈良橋が蒼汰たち研究員に無断で急に休みを取り、大学から姿を消した。

また一人で隠密行動を始めたらしい。いつものことではあったが、蒼汰にまで講義の仕事が割り振られてしまい、迷惑このうえない。どこで何をしているのやら。

奈良橋が研究室から姿を消して四日目の夜、久しぶりに夏海から電話があった。

「ねえ、今すぐテレビをつけて。ニュースを見なさい！」

「何だよ、いきなり」

「あなたの先生が一瞬だけど、今テレビに映ったのよ。ロンドンで開催されるオークションのニュースだけど、何も聞かされてなかったわけ？」

早口にまくし立てられ、首をひねった。どうして機械工学の教授がロンドンのオークションに参加するのか。

研究室に置いてあるテレビをつけて、ニュース番組を探し当てた。アナウンサーが興奮気味にオークション会場の前からレポートしていた。

『……アムステルダム国立美術館の学芸員も真筆に疑いないとの鑑定結果を出しています。もし本物であれば、まさしくオランダの至宝であり、現存するフェルメール作品としては三十八点目となります。世界的な美術商が言うには、数百億円の値がつくのは間違いないとのことでした。また、今回のオークションには、フェルメールと同じオランダ美術界一の風景画家として名高いヤコブ・ファン・ライスダールの作品も出品されることが決まり、世界の美術界に大きな衝撃を与えそうです』

オランダの至宝、フェルメールの絵画……。

蒼汰の脳裏で一気に想像の翼が広がった。

「なあ、本当に教授が映ってたのか――」

蒼汰が言いかけると、スマホを通じて夏海が叫んだ。

「ほら、見なさい。インタビューまで受けてるじゃない」

テレビを見つめて、啞然となった。

一張羅と思われるスーツを着た奈良橋がテレビ画面に映し出されたのだ。

『……先のシージャック事件に巻きこまれた栄央大学の奈良橋教授にお話をうかがいました。――教授が大の美術ファンでいらしたとは失礼ながら、初めて知りました』

『たまたま古い友人に、絵の具の鑑定を依頼されたので、ちょっと協力をさせていただいただけでして』

『と言われると、新たに見つかったフェルメールの鑑定なのですね』

『いやいや、依頼人の意向で、詳しくはお話しできないんですよ。申し訳ない』

さも自慢そうに鼻の穴をふくらませる奈良橋の顔がアップになった。

「どうやらセッターたち、逃げ延びたのね、あの台風の中を……」

夏海が感慨深げにつぶやいた。

彼らが海底から取り戻した宝とは、フェルメールをはじめとするオランダ美術界の絵画だったのだ。

そう考えると多くが納得できた。彼らの母国は長くオランダの植民地下にあった。当時はまだ世界的な評価を得ていなかったフェルメールの絵を、オランダ人が赴任地へ持っていき、どこかに保存しておいたのだろう。

「でも、どうして教授なんだよ」

蒼汰は怒りをぶつけて言った。

セッターは見抜いていたのだ。サマ族の宝を現金化するには、世間を信頼させるに足るネームバリューの持ち主が必要だ。今回の乗組員の中で、大学教授という肩書きこそ最も利用価値がある。

しかし、彼らから連絡を受けたのなら、なぜ教えてくれなかったのか。本当に身勝手がすぎる人だ。

テレビ画面の中で奈良橋が、鼻高々にまだ何か言っていた。

『いやいや、値がいくらつくのか。今から明日のオークションが楽しみでなりませんよ』

だらしない笑顔の奈良橋を見て、確信ができた。彼らがサマ族の宝で武器を買うことは、絶対にない、と。その意志を信じられたから、奈良橋は協力を決めたのだと思われる。そうでなければ、あれほど得意満面の笑顔は作れない。いくら変わり者で名をはせる奈良橋であろうとも。

「なあ、これから二人で乾杯しないか。オークションの前祝いに」

蒼汰は低姿勢に提案してみた。

日本に帰ってきてから、もう二度も食事の誘いを断られていた。彼女は深海の過酷なミッションを成功させた女性パイロットとして、メディアに追われる日々が続いていた。

が、今なら受けてくれるのではないか。

長い間(ま)のあと、夏海が笑いながら言った。

「……そうね。教授が帰ってきたら、どうやって問いつめるか、相談しましょう」

蒼汰は誰もいない研究室で、密かにガッツポーズを決めた。

参考文献
『ぼくは「しんかい6500」のパイロット』吉梅剛　こぶし書房
『深海でサンドイッチ』平井明日菜・上垣喜寛　こぶし書房
『有人潜水調査船しんかい6500』　電撃ホビーマガジン編集部

謝辞
本作品を執筆するに当たり、
国立研究開発法人海洋研究開発機構のご協力により、
しんかい6500と支援母船よこすかを見学させていただきました。
その際、素人の基本的すぎる質問にも快く答えてくださり、
実に貴重な話をうかがうことができました。心より感謝いたします。

本作品は、二〇二〇年三月に小社より刊行されたものです。

|著者|真保裕一　1961年東京都生まれ。'91年に『連鎖』で江戸川乱歩賞を受賞。'96年に『ホワイトアウト』で吉川英治文学新人賞、'97年に『奪取』で山本周五郎賞と日本推理作家協会賞長編部門をダブル受賞、2006年『灰色の北壁』で新田次郎文学賞を受賞。他の著書に『アマルフィ』『天使の報酬』『アンダルシア』の「外交官シリーズ」や『デパートへ行こう！』『ローカル線で行こう！』『遊園地に行こう！』『オリンピックへ行こう！』の「行こう！シリーズ」、『おまえの罪を自白しろ』『暗闇のアリア』『真・慶安太平記』などがある。

真保裕一（しんぽゆういち）

定価はカバーに表示してあります

2023年８月10日第１刷発行

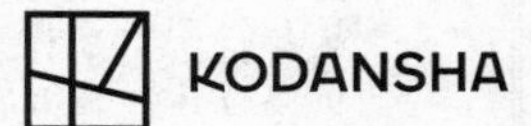

発行者――髙橋明男
発行所――株式会社　講談社
東京都文京区音羽2-12-21　〒112-8001
電話　出版（03）5395-3510
販売（03）5395-5817
業務（03）5395-3615

デザイン―菊地信義
本文データ制作―講談社デジタル製作
印刷――――中央精版印刷株式会社
製本――――中央精版印刷株式会社

Printed in Japan

ISBN978-4-06-532440-0

講談社文庫刊行の辞

二十一世紀の到来を目睫に望みながら、われわれはいま、人類史上かつて例を見ない巨大な転換期をむかえようとしている。

世界も、日本も、激動の予兆に対する期待とおののきを内に蔵して、未知の時代に歩み入ろうとしている。このときにあたり、創業の人野間清治の「ナショナル・エデュケイター」への志を現代に甦らせようと意図して、われわれはここに古今の文芸作品はいうまでもなく、ひろく人文・社会・自然の諸科学から東西の名著を網羅する、新しい綜合文庫の発刊を決意した。

激動の転換期はまた断絶の時代である。われわれは戦後二十五年間の出版文化のありかたへの深い反省をこめて、この断絶の時代にあえて人間的な持続を求めようとする。いたずらに浮薄な商業主義のあだ花を追い求めることなく、長期にわたって良書に生命をあたえようとつとめるところにしか、今後の出版文化の真の繁栄はあり得ないと信じるからである。

同時にわれわれはこの綜合文庫の刊行を通じて、人文・社会・自然の諸科学が、結局人間の学にほかならないことを立証しようと願っている。かつて知識とは、「汝自身を知る」ことにつきていた。現代社会の瑣末な情報の氾濫のなかから、力強い知識の源泉を掘り起し、技術文明のただなかに、生きた人間の姿を復活させること。それこそわれわれの切なる希求である。

われわれは権威に盲従せず、俗流に媚びることなく、渾然一体となって日本の「草の根」をかたちづくる若く新しい世代の人々に、心をこめてこの新しい綜合文庫をおくり届けたい。それは知識の泉であるとともに感受性のふるさとであり、もっとも有機的に組織され、社会に開かれた万人のための大学をめざしている。大方の支援と協力を衷心より切望してやまない。

一九七一年七月

野間省一

講談社文芸文庫

伊藤痴遊

隠れたる事実 明治裏面史

歴史の九割以上は人間関係である！　講談師にして自由民権の闘士が巧みな文辞で説く、維新の光と影。新政府の基盤が固まるまでに、いったいなにがあったのか？

解説＝木村　洋

いZ1
978-4-06-512927-2

伊藤痴遊

続 隠れたる事実 明治裏面史

維新の三傑の死から自由民権運動の盛衰、日清・日露の栄光の勝利を説く稀代の講釈師は過激事件の顛末や多くの疑獄も見逃さない。戦前の人びとを魅了した名調子！

解説＝奈良岡聰智

いZ2
978-4-06-532684-8

講談社文庫　目録

塩田武士　盤上に散る
塩田武士　女神のタクト
塩田武士　ともにがんばりましょう
塩田武士　罪の声
塩田武士　氷の仮面
塩田武士　歪んだ波紋
芝村凉也　孤闘の寂〈素浪人半四郎百鬼夜行(六)〉
芝村凉也　追憶の翰〈素浪人半四郎百鬼夜行(拾遺)〉
真藤順丈　畦と銃
真藤順丈　宝島(上)(下)
柴崎竜人　三軒茶屋星座館1〈冬のオリオン〉
柴崎竜人　三軒茶屋星座館2〈夏のキグナス〉
柴崎竜人　三軒茶屋星座館3〈春のカリスト〉
柴崎竜人　三軒茶屋星座館4〈秋のアンドロメダ〉
周木律　眼球堂の殺人〈~The Book~〉
周木律　双孔堂の殺人〈~Double Torus~〉
周木律　五覚堂の殺人〈~Burning Ship~〉
周木律　伽藍堂の殺人〈~Banach-Tarski Paradox~〉
周木律　教会堂の殺人〈~Game Theory~〉
周木律　鏡面堂の殺人〈~Theory of Relativity~〉
周木律　大聖堂の殺人〈~The Books~〉
下村敦史　闇に香る嘘
下村敦史　生還者
下村敦史　叛徒
下村敦史　失踪者
下村敦史　緑の窓口〈樹木トラブル解決します〉
九把刀　阿井幸作/泉京鹿 訳　あの頃、君を追いかけた
神護かずみ　ノワールをまとう女
四戸俊成　芹沢政信　神在月のこども
篠原悠希　霊獣紀〈獲麟の書(上)〉
篠原悠希　霊獣紀〈獲麟の書(下)〉
篠原悠希　霊獣紀〈蛟龍の書(上)〉
篠原悠希　霊獣紀〈蛟龍の書(下)〉
篠原美季　古都妖異譚〈玉手箱~シール オブ ザ ゴッデス~〉
潮谷験　スイッチ〈悪意の実験〉
潮谷験　時空犯
潮谷験　エンドロール
島口大樹　鳥がぼくらは祈り、
杉本苑子　孤愁の岸(上)(下)
鈴木光司　神々のプロムナード
鈴木英治　大江戸監察医
杉本章子　お狂言師歌吉うきよ暦
杉本章子　大奥二人道成寺〈お狂言師歌吉うきよ暦〉
諏訪哲史　アサッテの人
菅野雪虫　天山の巫女ソニン(1)　黄金の燕
菅野雪虫　天山の巫女ソニン(2)　海の孔雀
菅野雪虫　天山の巫女ソニン(3)　朱鳥の星
菅野雪虫　天山の巫女ソニン(4)　夢の白鷺
菅野雪虫　天山の巫女ソニン(5)　大地の翼
菅野雪虫　天山の巫女ソニン　巨山外伝〈予言の娘〉
菅野雪虫　天山の巫女ソニン　江南外伝〈海竜の子〉
鈴木みき　日帰り登山のススメ〈あした、山へ行こう!〉
砂原浩太朗　いのちがけ〈加賀百万石の礎〉
砂原浩太朗　高瀬庄左衛門御留書
ラトナ・サリ・デヴィ・スカルノ　選ばれる女におなりなさい〈デヴィ夫人の婚活論〉
瀬戸内寂聴　新寂庵説法　愛なくば
瀬戸内寂聴　人が好き［私の履歴書］

2023年6月15日現在